经典传家

经典回到生活　阅读从心开始

经典传家

『经典传家』丛书遴选了清代《四库全书》的精华，而且每一种书在注释、译文、解读等方面做了大量的、扎实的工作。

——傅璇琮

国学就是中国人的学问。『经典传家』是一套非常适合大众阅读的国学经典丛书。国学的传承和发展迫切需要好的大众读本。

——毛佩琦

《四库全书》浩如烟海，真正的必读经典就这百余部。

——任德山

国学是相互通融的，切忌断章或是割裂。今人只有从《周易》等原始经典入手，才能真正找到进入国学的门径。

——刘君祖

经典传家

经典传家系列丛书

图解豪放词

苏轼等著

崇贤书院释译

黄山书社

《豪放词》阅读指南

译文典雅再现诗词韵味

以最优异的品质呈现给读者权威的华彩词章。

图文相扣勾勒文章意境

以图释文，图文应和，延展文章的深层情境。

作者介绍

- 作者生平概述。
- 词作产生背景简介。

注 释

- 权威、准确、客观，极具启发性。

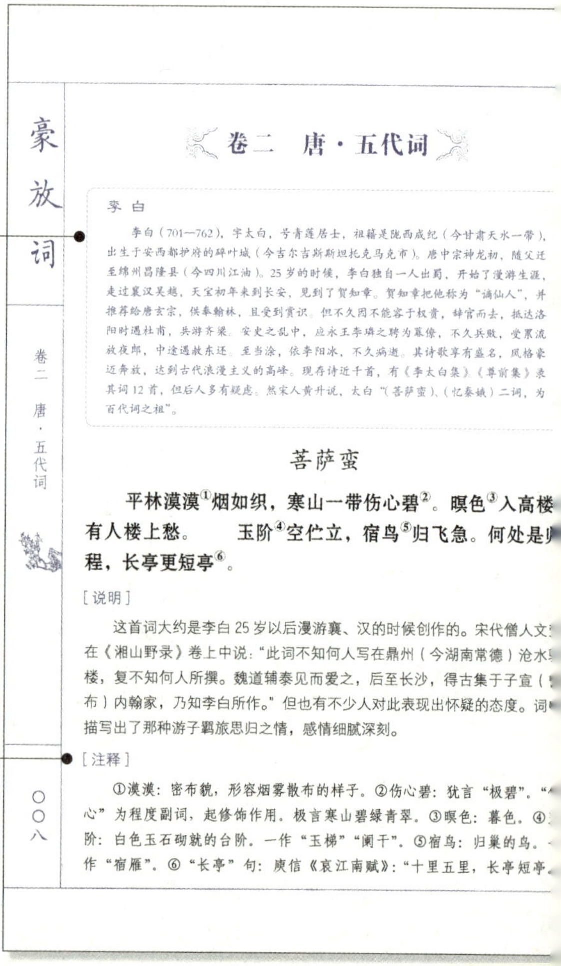
豪放词

卷二 唐·五代词

卷二 唐·五代词

李 白

李白（701—762），字太白，号青莲居士，祖籍是陇西成纪（今甘肃天水一带），出生于安西都护府的碎叶城（今吉尔吉斯斯坦托克马克市）。唐中宗神龙初，随父迁至绵州昌隆县（今四川江油）。25 岁的时候，李白独自一人出蜀，开始了漫游生涯，走过襄汉吴越，天宝初年来到长安，见到了贺知章。贺知章把他称为“谪仙人”，并推荐给唐玄宗，供奉翰林，且受到赏识。但不久因不能容于权贵，辞官而去，抵达洛阳时遇杜甫，共游齐梁。安史之乱中，应永王李璘之聘为幕僚，不久兵败，受累流放夜郎，中途遇赦东还。至当涂，依李阳冰，不久病逝。其诗歌享有盛名，风格豪迈奔放，达到古代浪漫主义的高峰。现存诗近千首，有《李太白集》《尊前集》录其词 12 首，但后人多有疑虑。然宋人黄升说，太白“（菩萨蛮）、（忆秦娥）二词，为百代词之祖”。

菩萨蛮

平林漠漠①烟如织，寒山一带伤心碧②。暝色③入高楼……有人楼上愁。　玉阶④空伫立，宿鸟⑤归飞急。何处是……程，长亭更短亭⑥。

［说明］

这首词大约是李白 25 岁以后漫游襄、汉的时候创作的。宋代僧人文……在《湘山野录》卷上中说：“此词不知何人写在鼎州（今湖南常德）沧水……楼，复不知何人所撰。魏道辅泰见而爱之，后至长沙，得古集于子宣（……布）内翰家，乃知李白所作。”但也有不少人对此表现出怀疑的态度。词……描写出了那种游子羁旅思归之情，感情细腻深刻。

［注释］

①漠漠：密布貌，形容烟雾散布的样子。②伤心碧：犹言“极碧”。“……心”为程度副词，起修饰作用。极言寒山碧绿青翠。③暝色：暮色。④……阶：白色玉石砌就的台阶。一作“玉梯”“阑干”。⑤宿鸟：归巢的鸟。……作“宿雁”。⑥“长亭”句：庾信《哀江南赋》：“十里五里，长亭短亭。……

〇〇八

《豪放词》阅读指南

注释精准解除读者疑惑

注释、词评及诗词说明，全方位诠释诗词的背景意蕴。

再现经典在国人中的权威

编者精心挑选词中的豪放篇章，飨之于所有爱读书的人。

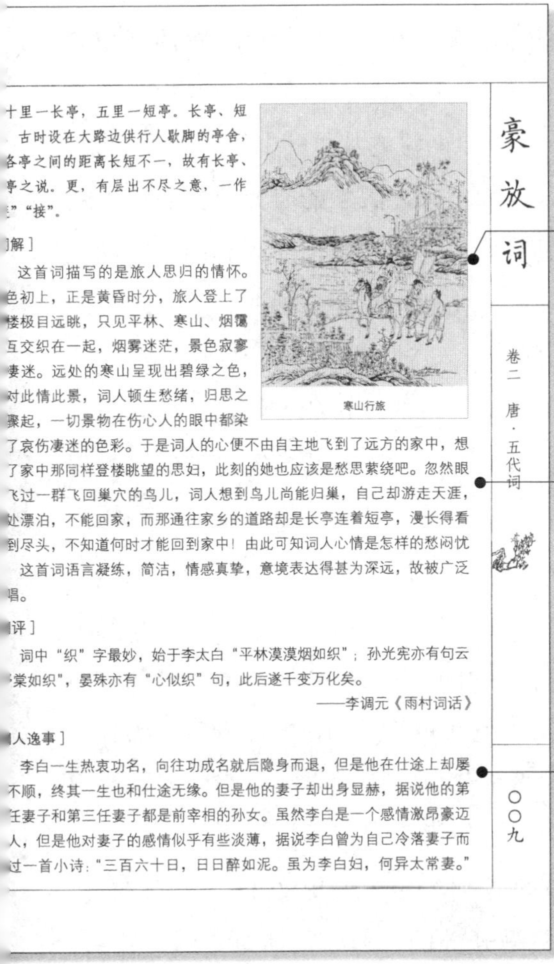

以古版画与经典图文相配

- 精选古版画图，确保原汁原味。
- 选图方面，广征博采，保证插图清晰质感。

词 解

- 用流畅、雅正的现代语言再现古词的悠远意境。

词人逸事

- 摘取词人生平趣事妙谈。
- 扩大知识面，增强阅读的趣味性。

总序

国学是什么？简单说，就是中国人之所以成为中国人的学问。因此，国学不仅包括数千年积累流传下来的经典，比如“四书五经”、《老子》《庄子》《孙子》《史记》《汉书》、唐诗、宋词，也包含研究中国人思维方式、生活方式、行为方式乃至娱乐方式的各种学问。广言之，国学研究的对象不仅包括文献，也包括实物；不仅包括物质文化遗产，也包括非物质文化遗产，如我国各民族的建筑、服饰、饮食、音乐、绘画、医药、戏曲等等。

国学是不断丰富、不断发展的学问。上面说的从“四书五经”到唐诗、宋词就是一个不断丰富发展的过程。近代以来，国学的研究范围还在不断地扩大，比如敦煌学、甲骨学，是随着有关文物的出土而兴起的；比如红学，是随着文学理论和学术风气的发展变化而兴起和发展的。随着时间的推移和学术的进步，必将有更多的学问被纳入国学研究的范围。

数千年来，中国人做学问形成了自己独特的理论和方法，比如思想理论、史学理论、文学理论，以及训诂学、考据学、音韵学等等。但这些理论和方法并不是一成不变的。比如，在史学研究领域，由于地下文物的出土，王国维等人提出了以地下文物与传世文献相补充互证的“二重证据法”。近代以来，西风劲吹。国人主动借鉴西方学术研究的理论和方法，研究中国学问。王国维借鉴尼采的哲学理论研究中国的文学戏剧，胡适以杜威的实验主义研究中国的“国故”。国学从来没有拒绝外国学问的融合，佛教传入中国后，经过改造，形成了中国独特的佛学、因明学；自明朝末年西学传入中国后，中国的天文学、数学等就已经融入了西学的因素。马克思主义传入中国后，不少人用马克思主义理论研究中国历史文化，它们自然也成为了国学的一部分。因此，国学又是开放的、随时代而进步的。那么，当今我们研究、振兴国学，不允许也不应该倒退，不允许也不应该僵化。

然而，国学又是与西学明显区分的。国学是西学的对应物，是与西学完全不同的学术体系。在近代，西学挟坚船利炮强势进入中国之后，中国人还视自我，对于中国固有之学问的称呼出现了中学、国故学、国粹、国学这样的名称。面对“帝国主义”的强大，中国人自愧不如，一方面拼命地学习、引进西学，另一方面拼命地贬低、抛弃国学。虽然也有一些人，如张之洞为保护中华文化之根本，提出“中学为体，西学为用”，如胡适，提出“整理国故”，以“再造文明”“建立民族自信心”，但其声音终被时代所淹没。国学一再被严重曲解和轻视，造成了中国历史文化的大断裂。也许，这一历史过程是必然的。但回顾过去，中国在走向独立富强的过程中，国学所付出的代价实在太大、太惨重了。

新中国成立后，饱受屈辱的中国人从此站立了起来，民族自信心大大加强，但没有能够及时认识到国学在新时代的重要性，甚至仅存的一点点国学遗产也进一步成为被抛弃的对象。改革开放三十年之后，走向富强的国人终于幡然醒悟，保护和振兴国学逐渐成为全民的共识。一个强大的自立于世界民族之林的国家，必然要有与之相匹配的伟大的民族文化。中国人，从领导者、学术界到普通百姓，都在重新发现国学的现代价值。同时，在走向全球化的进程中，东西方各国也把目光投向了中国。中国学问，中国的一切都在被重新评价。中国不仅为了自身的建设和发展需要从传统文化中汲取智慧，而且也面临着以优秀的中华文化向全人类贡献智慧的责任和挑战。

那么，这套经典传家丛书的编纂就是可喜的，编纂者的初衷和努力就是可敬的。希望这套丛书能发挥点滴作用，如同涓涓细水与千百万有志者的努力一道汇成大潮，去迎接中华民族的伟大复兴！

是为序。

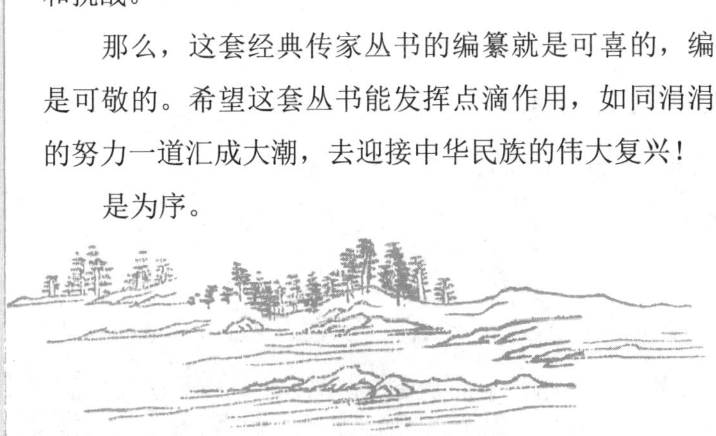

毛佩琦

二〇一五年五月

前 言

豪放词，顾名思义，风格豪迈阔大，迥异于婉约词花间夜月的绮旎风情。极言“大江东去”“千古江山”……悲慨雄壮，气势恢弘，沉郁豪放之情力透纸背。自李白的“西风残照，汉家陵阙”到苏轼的“大江东去，浪淘尽，千古风流人物”，豪放词打破了词以闺阁馆台为主要场景的格局，将天地万物、世间百态都纳入词的表现领域。怀古伤今、论史治世、田园风物、师友情谊、吟啸松风……真正做到了无事不可入于词，无情不可以词抒发的境界。

时至两宋，边塞告急，朝政剧变，许多士子报国无门，遂将一腔热血注入词中。所谓“国家不幸诗家幸，赋到沧桑句便工”，在此时得到了极鲜明的体现。辛弃疾、陈亮、张元幹等人，将豪放词发展到了淋漓尽致的地步。

几千年后的我们，独坐尘嚣，透过这些豪放词，遥想当年的那些风云际会，胸中自有磅礴云气涌起。红尘纷扰、物欲横流，日复一日地忙碌生活，倦怠的心灵更需要宁静的空间。那么，一起赏读豪放词吧，它可以助我们涤荡心灵，开阔胸襟。

因此，我们特意编选了这本《豪放词》，汇集自唐朝到清代的优秀词作，希求读者能借此一扫委靡，激励斗志。虽然市面上诗词版本不胜枚举，但我们仍竭尽所能，力求博采众长，兼求各家评论，为读者贡献更精准、更全面的《豪放词》读本。总的说来，本书的主要特点有以下几点：

一、翔实的词作辅助介绍

本书编选豪放词，不拘管见，以词作风格为先，配以词作背景和作者生平介绍，再现历史画面和作者立体形象。词往往有感于现实，是词人心境的抒发，了解词作的历史背景、作者生平逸事，有助于更透彻地领悟词作意蕴。另外，许多词作后辅以说明，总叙词作风格和写作特点，帮助读者高屋建瓴地把握该词作。

二、经典的诗词评说

本书囊括了历史上有名的豪放词作，经无数人赏读，留下不少经典评论。如刘克庄评论辛弃疾词作“横绝六合，扫空万古，自有苍生所未见”。一语道尽稼轩词的豪迈风骨。本书摘取众多名家中肯、贴切的评说，用专业的视角赏评这些词作。

三、细心的拼音标注体系

古时许多字词与字音在流传过程中，早已散失，为助读者理解，我们给许多生僻字和异读字都标注了古时的读音。如“欸乃”为古音，现已不传，但它是古时常用的象声词。此外，我们将所有的标注字词都反复注音，不仅免去读者反复查阅之苦，也能加深印象，帮助读者记忆。

四、丰富的版画插图

古时诗词与绘画相通，为此，我们翻阅了浩如烟海的古代刊刻书籍资料，遴选出近两百幅与正文意境相合的古代版画图。这些资料包括《唐诗画谱》《宋词画谱》《吴友如画集》《诗馀画谱》《三才图会》《古圣贤像传》《诗经集传》等，卷帙浩繁，包罗众多。遴选出来的插图线条清晰，与文字意境融合，利于读者顺畅阅读，也激发了读者的兴趣。

崇賢書院

目 录

卷一 敦煌曲子词

卷二 唐·五代词

卷四 南宋词

卷一　敦煌曲子词

敦煌曲子词简介

清光绪二十六年（1900），一批在甘肃敦煌莫高窟中沉睡了千年之久的珍贵古文献重见天日，其中就有千首之多的曲子词。因为是在敦煌发现的，所以被称为“敦煌曲子词”。它的创作年代从盛唐开始，一直到五代，大约在公元8世纪至10世纪之间，其中一小部分是民间词的抄本，因多有散佚，现存的敦煌曲子词约为1000首。王重民所辑《敦煌曲子词集》录词161首，任二北《敦煌歌辞总编》收词1300多首。这些词，除极少数可考知作者姓名的文人词之外，绝大多数是无名氏的作品，包括部分民间创作。其题材广泛，内容丰富，多写歌女的恋情、妓女的怨恨、商人的豪富、旅人的离愁，同时对社会的动乱、征战的痛苦也有反映。其风格质朴，格调清新，感情淳厚，语言直白，形式多样，较多保留着词初产生时的原始状态；对于了解词的起源、演变具有重要意义。

酒泉子

每见惶惶，队队雄军惊御辇（niǎn）①。蓦②街穿巷犯皇宫，只拟夺九重③。　　长枪短剑如麻乱，争奈失计无投窜。金箱玉印自携将④，任他乱芬芳⑤。

［说明］

关于这首词，有人认为是写黄巢起义时，起义军攻入长安，直捣皇宫，唐朝军队大败，溃不成军，而王室贵族仓皇失措，狼狈逃窜，只求自保的情形，词中充满了讽刺之意。也有人认为这首词写的只是某次农民起义时的情形，不必太过执著于背景。

［注释］

①御辇：指皇帝的车驾，这里指代皇帝。②蓦：原义为突然，这里作超越讲。③九重：九重城阙，是帝王居住的地方。④将：携带。⑤芬芳：纷纷的意思。

［词解］

起义军攻入了都城，只见到处都是一幅荒乱的情形。一队队起义的士兵雄赳赳气昂昂地闯入都城，震惊了高堂之上的皇帝。他们在大街小巷横冲直撞，直逼皇宫，试图一举攻下皇宫，阵势锐不可当。城中的官军手持着长枪短剑抵御义军，一时间兵戈相交，纷乱如麻，无奈最终不敌义军，无计可施，只得四处逃窜。那些王侯贵族们见势，各自携带金箱玉印，只顾着自己逃命，再也不关心都城的存亡安危。

生查子

三尺龙泉剑①，匣里无人见。一张落雁弓②，百只金花箭③。　　为国竭忠贞，苦处曾征战。先望立功勋，后见君王面。

[说明]

这是一首颂扬爱国将士的词作。词中所描写的是一位身藏三尺宝剑、百只金花箭的守边将士，歌颂了将士们为国尽忠、艰苦作战的精神面貌，以及为国立功的雄心壮志。

军中登城楼

唐宋时许多人满怀豪情，希望报效国家、建功立业，由是镇守边关的场景也在诗词中频频出现。

[注释]

①龙泉剑：古代传说中的宝剑。②落雁弓：据《战国策》中记载，更赢告诉魏王说，他能够引弓虚发而射落天空中的鸟。当时恰好有大雁从东方飞来，更赢虚发弓，果然使空中大雁落下。这里是用来指良弓。③金花箭：制作精美的箭，箭杆上饰有金花。

[词解]

这首词是以一位守边的爱国将士的口吻写的：我有三尺龙泉宝剑，一直藏在剑匣之中，不曾给人看见；我有一张虚发而能落雁的良弓，以及百只雕着金花的箭，这些武器都是用来报效国家的。这些年来我为国竭尽忠心，曾经参加过艰苦的战斗，一心想着要先立下显赫的功勋，在建功立业以后再去当面觐见君王。

菩萨蛮

敦煌古往出神将，感得诸蕃遥钦仰。效节望龙庭①，麟台②早有名。　只恨隔蕃部③，情恳难申吐。早晚灭狼蕃④，一齐拜圣颜。

［说明］

安史之乱之后，吐蕃也乘机入侵唐朝，攻掠占领了唐朝西北边界的几个地区，长达 70 年之久。这首词表现的就是人民迫切希望能出现一个英勇无敌的将军打败敌人，将边疆收复回来。词中的将军一心为国，对朝廷忠心耿耿，并且早就立下了汗马功劳，威望甚高，但是由于东边诸州被吐蕃占领，一时无法入朝面圣，在和唐王朝无法取得联系的情况下仍然期盼着有一天能收复失地，进京拜见皇上。词中的将军忠贞爱国、性情豪放，这一形象的塑造充分表现出广大人民希望能够消灭“狼蕃”，使国家统一的愿望和决心。

［注释］

①效节：为国家尽忠节。龙庭：是古代匈奴祭祀天神的场所，这里指朝廷。②麟台：指麒麟阁，汉代的阁名。汉宣帝曾将十一位功臣的像画在此阁上，后来此阁成为皇帝褒奖臣子功勋之处的代称。③蕃部：指吐蕃的部落。④狼蕃：对边疆地区异族部落的蔑称。这里指吐蕃。

［词解］

敦煌的地理位置非常重要，在历史上曾起过很重要的防御作用，而敦煌自

郭子仪

唐朝时为国尽忠的神武将军不少，其中最有名的，莫过于郭子仪了。安史之乱中他大败史思明，平息战乱。八十四岁高龄才告别疆场，备受世人崇敬。

古以来也出现过很多神武勇猛的将军，他们守边有功、战绩卓越，使得诸边的蕃侯国不仅心生畏惧，而且钦佩仰慕。这位神武的将军为国尽职尽忠、战功显赫，在麒麟阁上（也就是朝廷中）早就负有盛名，只是此时却因吐蕃占领了西北边境，和长安的通道被阻断，不能亲自面见圣上表露忠心。于是便立下誓言，不管时间早晚，一定要将这些入侵的狼蕃彻底消灭，亲自拜见圣上。词作风格大气豪迈，令人心生敬佩之情。

浣溪沙

五两竿头风欲平①，张帆举棹(zhào)②觉船轻。柔橹③不施停却棹，是船行。　　满眼风波多闪灼④，看山恰似走来迎。子细⑤看山山不动，是船行。

[说明]

这是一首表现水上自由自在生活的船夫谣。这首词节奏轻快，风格俊爽，很有生活真实感，借助对行船以及舟中人所见到的情景的生动描写，传达出船夫自得其乐的心情。词作押韵自由，“行”字韵重复又重复，却又不是独木桥体（也就是使用同一个字作为全篇或一半以上韵脚的词），体现出早期民间词的特点。

船行

[注释]

①五两竿头：原作“五里竿头”，而“五里”乃“五量”（“里”为“量”之残字），据此改为“五两竿头”。五两是船上的候风器。古人以鸡毛五两系在船上竿顶，视鸡毛被风吹起的程度判断风力的大小。这种装置亦用于陆地，如军营等。风欲平：指鸡毛被风吹得接近水平之状。②张帆：原作“长风”。棹：划船的桨，多置于两旁。③柔橹：摇船用的工具，多置于船尾。柔，是形容摇橹时动作的轻巧和声音的柔和。④闪灼：闪

烁，形容波光荡漾不定。⑤子细：仔细。

[词解]

船夫将船停泊在了避风的港湾处，待到他从候风器上观察到风势见小以后，便起锚出巷。船刚刚驶出港湾却遇到了打头风，船夫举棹划船，但是由于逆风而行，船走得很慢。待到船划到江心时，风向已经调转，变成了顺风，顺风扬帆，船只便轻捷而进，连橹和桨都无须使用，船儿行走飞速，故说“是船行”。既然无须划船，船夫便悠然地坐在船上欣赏两岸的美丽风光，而水面上也是一片旖旎美景，只见波光粼粼，闪烁不定，两岸的青山好像也正在迎面走来。仔细一看，原来山并没有动，而因为船只行走飞快，所以映入船夫眼帘的仿佛是山在迎面走来。“看山恰似走来迎”一句，纯为口语，却赋予山以动态感，将山写活了，并且符合人们的日常生活经验，富有生活情趣。

浣溪沙

卷却①诗书上钓船，身披蓑笠执鱼竿。棹②向碧波深处去，几重滩。　　不是从前为钓者，盖缘时世掩良贤。所以将身岩薮(sǒu)③下，不朝天。

[说明]

词作通过一个读书人决意隐居的行为，塑造了一位洁身自好不愿涉足俗世的隐士形象，并且含蓄地批评了当时黑暗的政治现实，表达了主人公不愿和世俗同流合污的高尚情怀。

江边垂钓

[注释]

①卷却：卷起。却：语气助词，无实义。②棹：船桨。这里名词用作动词，是摇船前进的意思。③薮：湖泽的通称。亦专指少水的泽地。

［词解］

在苍茫的江水边，一位读书人卷起手中的诗书，登上渔船，身上披着蓑笠，举棹划船，向那碧波深处行去。江水广阔深远，行船途中经过了几重险滩。他原本是一位读书人而非钓者，只是由于朝政黑暗，皇上不辨忠奸，贤良之才都被埋没，才能不得施展，于是便到这江边隐居，不再涉足俗世。

定风波二首

其 一

攻书学剑①能几何，争如沙塞骋偻椤（luó）②？手执绿沉枪③似铁，明月，龙泉三尺斩新④磨。　堪羡昔时军伍，谩（màn）夸儒士德能多。四塞忽闻狼烟⑤起，问儒士，谁人敢去定风波？

其 二

征战偻椤未足多⑥，儒士偻椤转更加。三策张良非恶弱⑦，谋略，汉兴楚灭本由他。　项羽翘据⑧无路，酒后难消一曲歌⑨。霸王虞姬皆自刎⑩，当本，便知儒士定风波。

［说明］

唐德宗建中二年（781），吐蕃入侵西部边疆，掠夺占领了好几个地区，统治敦煌长达70年之久。敦煌地区的人民在节度使张议潮的率领下，起来奋勇抵抗，为保卫西部边疆展开了艰苦卓绝的战争。这两首敦煌词《定风波》便是这一历史时期的社会状况和人民思想感情的较为真实的反映。有意思的是，这两首词一首是武将嘲笑儒士无能，一首是儒士嘲笑武将无智，却又都借用了项羽的典故，对比鲜明，各有道理，各有千秋。

［注释］

①攻书学剑：汉代司马相如有“少时好读书，学击剑”句，后遂以“书剑”为士子的代称。②偻：聪明伶俐，机灵能干。椤：指“㑩”。③绿沉枪：古代名枪。④斩新：崭新。⑤狼烟：烽火。古代烽火用狼粪点燃，取其烟

直而聚。⑥多：称道，赞许。⑦三策：原抄件作“三尺”。恶弱：原抄件即如此，“恶”疑为“愚”的形讹。⑧翘据：原抄件亦如此，“翘”疑是“窃”的音讹。⑨一曲歌：指项羽在四面受敌时所吟咏的悲歌。其时，项羽被汉军围困于垓下，在帐中饮酒时，他对爱姬虞美人、骏马乌骓歌曰：“力拔山兮气盖世，时不利兮骓不逝。骓不逝兮可奈何，虞兮虞兮奈若何！”事见《史记·项羽本纪》。⑩“霸王”句：项羽自刎于乌江，史书多有记载。而其爱姬虞姬自刎之说，《史记》《汉书》等正史均无记载，其事当出自后世传说。

[词解]

第一首是武将嘲笑儒士无能：在动荡不安的社会现实中，那种纸上谈兵式的“攻书学剑”已经失去了效力，比不上武将的征战沙场，平定战乱，这样才能急国家之急，挽救国家于危难之中。要像项羽当年一样，不学只记人名的文字和只能敌一人的剑，而是要有力拔山兮气盖世的威猛。手执着绿沉枪，腰挎着龙泉宝剑，纵横驰骋在茫茫的沙场上，显示出无人能敌的英雄气概。当战场狼烟四起的时候，试问那些儒士有谁敢亲上战场，平定风波呢？

第二首则是儒士针锋相对，嘲笑武将的无知：能够征战沙场、平定战乱并非就是能干，儒士的能干聪明要远远胜出这些。辅佐刘邦称帝的张良靠的是谋略而非武力，正是他的智慧谋略使汉兴楚灭，导致勇武的项羽走投无路，只能在酒后慷慨悲歌。要知道西楚霸王和虞姬的最终下场都是自刎而死，追其根本，便能知道真正平定风波的还是儒士。

这两首词都写得豪迈慷慨，好像是一武一文两人在激烈地辩论，并且后者更胜前者，格调激昂。

卷二　唐·五代词

李　白

李白（701—762），字太白，号青莲居士，祖籍是陇西成纪（今甘肃天水一带），出生于安西都护府的碎叶城（今吉尔吉斯斯坦托克马克市）。唐中宗神龙初，随父迁至绵州昌隆县（今四川江油）。25 岁的时候，李白独自一人出蜀，开始了漫游生涯，走过襄汉吴越，天宝初年来到长安，见到了贺知章。贺知章把他称为“谪仙人”，并推荐给唐玄宗，供奉翰林，且受到赏识。但不久因不能容于权贵，辞官而去，抵达洛阳时遇杜甫，共游齐梁。安史之乱中，应永王李璘之聘为幕僚，不久兵败，受累流放夜郎，中途遇赦东还。至当涂，依李阳冰，不久病逝。其诗歌享有盛名，风格豪迈奔放，达到古代浪漫主义的高峰。现存诗近千首，有《李太白集》。《尊前集》录其词 12 首，但后人多有疑虑。然宋人黄升说，太白“（菩萨蛮）、（忆秦娥）二词，为百代词之祖”。

菩萨蛮

平林漠漠①烟如织，寒山一带伤心碧②。暝色③入高楼，有人楼上愁。　　玉阶④空伫立，宿鸟⑤归飞急。何处是归程，长亭更短亭⑥。

［说明］

这首词大约是李白 25 岁以后漫游襄、汉的时候创作的。宋代僧人文莹在《湘山野录》卷上中说：“此词不知何人写在鼎州（今湖南常德）沧水驿楼，复不知何人所撰。魏道辅泰见而爱之，后至长沙，得古集于子宣（曾布）内翰家，乃知李白所作。”但也有不少人对此表现出怀疑的态度。词中描写出了那种游子羁旅思归之情，感情细腻深刻。

［注释］

①漠漠：密布貌，形容烟雾散布的样子。②伤心碧：犹言“极碧”。“伤心”为程度副词，起修饰作用。极言寒山碧绿青翠。③暝色：暮色。④玉阶：白色玉石砌就的台阶。一作“玉梯”“阑干”。⑤宿鸟：归巢的鸟。一作“宿雁”。⑥“长亭”句：庾信《哀江南赋》：“十里五里，长亭短亭。”

即十里一长亭，五里一短亭。长亭、短亭，古时设在大路边供行人歇脚的亭舍，因各亭之间的距离长短不一，故有长亭、短亭之说。更，有层出不尽之意，一作“连”“接”。

寒山行旅

［词解］

这首词描写的是旅人思归的情怀。暮色初上，正是黄昏时分，旅人登上了驿楼极目远眺，只见平林、寒山、烟霭相互交织在一起，烟雾迷茫，景色寂寥而凄迷。远处的寒山呈现出碧绿之色，面对此情此景，词人顿生愁绪，归思之情骤起，一切景物在伤心人的眼中都染上了哀伤凄迷的色彩。于是词人的心便不由自主地飞到了远方的家中，想到了家中那同样登楼眺望的思妇，此刻的她也应该是愁思萦绕吧。忽然眼前飞过一群飞回巢穴的鸟儿，词人想到鸟儿尚能归巢，自己却游走天涯，四处漂泊，不能回家，而那通往家乡的道路却是长亭连着短亭，漫长得看不到尽头，不知道何时才能回到家中！由此可知词人心情是怎样的愁闷忧苦！这首词语言凝练，简洁，情感真挚，意境表达得甚为深远，故被广泛传唱。

［词评］

词中“织”字最妙，始于李太白“平林漠漠烟如织”；孙光宪亦有句云“野棠如织”，晏殊亦有“心似织”句，此后遂千变万化矣。

——李调元《雨村词话》

［词人逸事］

李白一生热衷功名，向往功成名就后隐身而退，但是他在仕途上却屡遭不顺，终其一生也和仕途无缘。但是他的妻子却出身显赫，据说他的第一仟妻子和第三任妻子都是前宰相的孙女。虽然李白是一个感情激昂豪迈的人，但是他对妻子的感情似乎有些淡薄，据说李白曾为自己冷落妻子而写过一首小诗：“三百六十日，日日醉如泥。虽为李白妇，何异太常妻。”

(“太常妻”是发生在东汉时期的一个典故。东汉时，周泽任太常一职，经常找各种借口，住在斋宫里，不和妻子见面。妻子对他放心不下，便前去探望他，他却以威胁国家安全为名，将妻子送入监狱。)

忆秦娥

箫声咽(yè)，秦娥梦断秦楼月[1]。秦楼月，年年柳色，灞陵[2]伤别。　　乐游原上清秋节[3]，咸阳古道音尘绝[4]。音尘绝，西风残照，汉家陵阙[5]。

［说明］

这首词大概作于天宝十四年（755）安史之乱的前夕。当时，李白看到唐王朝已经呈现出由盛转衰的种种败象，所以便“托兴以抒幽思”，表面上写的是离人闺愁，实际上却是寄兴深远，通过写伤离惜别，表达一种伤时怀古之情。

［注释］

①咽：呜咽。秦娥：此指京城长安的美丽女子。唐都长安古属秦地，故此间美丽女子谓之秦娥。秦楼：传说春秋时期，秦穆公的女儿弄玉和她的郎君萧史所住的楼叫秦楼。②灞陵：汉文帝刘恒的陵墓，在今陕西西安东郊。附近有灞桥，人们在此折柳送别。③乐游原：唐时游览胜地，在今西安东南郊。清秋节：指农历九月九日重阳节。这天有登高的风俗。④咸阳古道：汉唐时由长安经过咸阳通向西北的大道。音尘：指车马行进的声音及扬起的尘埃，这里借指信息、音信。⑤汉家陵阙：指汉朝诸帝王的陵墓。

［词解］

箫声呜咽，凄楚无限，一个美丽的女子在箫声中惊醒，她听着凄凉的箫声，望着楼头的明月，便不由得想起几年前在灞桥边折柳送别征人的情形。柳色年年转青，送别的景象历历在目，只是所送之人却一去不回，于是她心中无限悲凉伤感。每到九月九日重阳节，她便独自一人登上乐游原，向西远望征人，而征人却一直音信全无。年年等待，年年苦盼，征人却一直没有归来。萧瑟秋风中，唯有一抹黄昏时分的斜阳，映照在古代帝王的陵墓前。整首词情调雄壮而悲凉，动人心魄，催人泪下。词中没有对女子心理的具体刻画，而是通过对箫声、月光、柳色、古道、西风、残阳、陵阙等一系列外在景物的描写，将壮阔的境界和深邃的情感结合起来，相得益彰，不愧为“百代词曲之祖”。

［词评］

太白纯以气象胜。“西风残照，汉家陵阙”寥寥八字，遂关千古登临之口。后世唯范文正之《渔家傲》、夏英公之《喜迁莺》，差足继武，然气象已不逮矣。

——王国维《人间词话》

［词人逸事］

李白面见玄宗后，被授予翰林学士的职位，经常为玄宗创作一些新词，很受大家欢迎。一天，唐玄宗和杨贵妃来到沉香亭观赏牡丹，李龟年带着一班梨园弟子奏乐助兴，而所唱的都是陈词旧曲。唐玄宗便命李龟年去召李白进宫，写作新词。而当时李白已喝得酩酊大醉。李龟年只好让随从把李白拖到马上。到了宫门前，几个人搀扶着才将李白送到了唐玄宗的跟前。唐玄宗命侍臣将其扶到玉床上休息，杨贵妃则叫人用冷水喷面为其解酒。李白躺在玉床上将脚伸向高力士，让他亲自为自己脱去靴子。高力士十分恼怒但又无法发火，只好照办，过了很长一段时间后，李白才清醒过来。唐玄宗令他作词助兴。李白稍加思索，下笔如飞，一挥而就，写成了著名的《清平调》三首。

张志和

张志和（约730—775），原名张龟龄，字子同，婺州金华（今属浙江）人。16岁游太学，以明经擢第。唐肃宗任命他为待诏翰林，同时还赐名志和。可惜没过多久就因事遭到贬官，随后隐居江湖，自称“烟波钓徒”。他博学能文，书画诗词的造诣很高。《渔父》词当时曾传到日本，天皇等人都有仿作。撰写了《玄真子》三卷。

渔歌子

西塞山①前白鹭飞，桃花流水鳜（guì）鱼②肥。青箬（ruò）笠③，绿蓑衣，斜风细雨不须归。

西塞山前白鹭飞

[注释]

①西塞山：在今浙江湖州西。②鳜鱼：桂鱼，口大鳞细，色淡黄而带浅褐。③箬笠：用箬竹叶制作的斗笠。

[词解]

西塞山前风景优美，一行行白鹭在那里自由自在地飞翔。桃花盛开，片片飞落的花瓣漂浮于一江春水之上，其间又有肥美的鳜鱼在水中游来游去。寥寥几笔，便传神地写出秀美的江南景色以及春日的盎然情思。在这如画一般美丽的风景中，还有一个披着绿色蓑衣、戴着青色斗笠的渔翁在悠然地垂钓。虽然不是晴天，但江南的斜风细雨却更具情味，这样的天气无须归去，如此垂钓一定更有滋味。这首词写得画意昂扬，情思怡然，可以触发读者的遐想，激发起对优美的大自然的向往和对自由生活的热爱，在自然美的享受中获得精神上的陶冶。

[词评]

张志和《渔歌子》“西塞山前白鹭飞”一阕，风流千古。东坡尝以成句用入《鹧鸪天》，又用于《浣溪沙》。然其所足成之句，犹未如原词之妙通造化也。太白《菩萨蛮》《忆秦娥》，张志和《渔歌子》，两家一忧一乐，归趣难名。

——刘熙载《艺概》

[词人逸事]

张志和的道号为玄真子，他的志向并不在官场，只想守持真元，葆养神气。据说他有卧雪地而不怕冷，进水里而不沾湿的能力。著名书法家、鲁国公颜真卿是他的好友。颜真卿在湖州担任刺史时，经常和宾客们饮酒赋诗。有一次以“渔父词”为题，让大家共作，只有张志和写的这首词最为出色。大家对此都称赞不已，各自有诗唱和，共赋成二十多首。张志和又按照众人的诗意，画成了五幅山水花鸟图，并把大家所作的诗词题在画面上，颜真卿等人无不交口赞叹。传说后来张志和与颜真卿在江面游览时，忽有白云和仙鹤飘飞在他头顶上，张志和便站在水面上同颜真卿挥手告别，然后飞向云霄，得道成仙而去了。

韦应物

韦应物（737—约791），京兆长安（今陕西西安）人。少任侠，曾以“三卫郎”事唐玄宗。后又做过江州、苏州等地刺史，故有韦江州、韦苏州之称。工诗词，写景诗多有佳作。词存四首，是唐代较早尝试填词的作家。今存《韦苏州集》。

调笑令

胡马①，胡马，远放燕支山②下。跑③沙跑雪独嘶，东望西望路迷。迷路，迷路，边草无穷日暮。　　河汉，河汉，晓挂秋城漫漫。愁人起望相思。塞北江南别离。离别，离别，河汉虽同路绝。

[说明]

此调被称为“宫中调笑”，亦被称为“转应曲”，一般是以咏物名开始，此词就是以“胡马”咏起的。自汉代以来，要属西北地区所产的马匹最为强健精良，这首词以“胡马，胡马”的叠语起唱，赞美之词溢于言表，全词定下了豪迈的基调。这首词虽为咏马但又不拘泥于马，处处蕴含着豪壮之情。

[注释]

①胡马：指西北地区游牧民族放牧的马。②燕支山：亦称焉支山、胭脂山。在今甘肃永昌西，山丹东南。绵延祁连山和龙山间，是水草丰美的牧场。③跑：通“刨”，指兽蹄刨地。

[词解]

时值春来，一群群矫健精良的胡马放牧在燕支山这个水草丰美的大牧场上。它们一个个尽情地奔跑驰骋，不时用蹄子刨地，将地上的没有化尽的残雪以及沙石扬起，并引颈长嘶，十分壮观。草原无比广袤宽阔，于是便不免会有迷路失群的马儿，只见它东张西望，却又辨不清来路。原本良马善跑也善于识途，不应该迷失方向，可是草原广袤，边草连天，在这样空旷的草地上，便不免"迷路，迷路"。于是远山、落照、沙雪、边草以及迷路马儿的嘶鸣便连成一片，境界豪迈而苍凉，气象雄大。

[词评]

王孟诸公，虽极超诣，然其妙处，似犹可得以言语形容之。独至韦苏州，则其奇妙全在淡处，实无迹可求。不得已，则取徐迪功所谓"朦胧萌拆，浑沌贞粹"八字，或庶几可仿像乎？

——翁方纲《石洲诗话》

[词人逸事]

传说韦应物信好成仙得道之术。一次，一位道友从"碧涧苍松"上采到了珍贵的"松英"，连夜制成了五粒"松英丸"，派人送到韦应物那里。韦应物随后在家中布置了"道场"，并"斋戒"之后，才服下"灵药"。韦应物做了一首诗以示感谢，并且极力赞美其功效，觉得身心都发生了很大的改变，从此忌吃荤膻之物，而且对人事的看法也有了很大改变，甚至见到自己的官印都认为是"与心违"的东西。还有一次是吃了黄精。道人们采回黄精的根以后，经过九蒸九晒，半夜子时开始熬煮然后送给他。韦应物吃下后感觉自己不再是"俗士"，游心"物外"，并渴望永与天存。

李涉

李涉（？—约825），自号清溪子，洛阳（今河南洛阳）人。一生仕途曲折，多次遭贬谪，辗转于多处，其诗多写迁谪之感，行旅之思。擅长七绝。《全唐诗》录存其诗120多首。

竹枝词

十二山[1]晴花尽开，楚宫双阙对阳台[2]。细腰[3]争舞君沉醉，白日秦兵天下来[4]。

[说明]

《竹枝》这种民间曲调主要流行于长江中游地区，词人多用它来歌颂咏唱当地的史实和传说。本词巧妙地融入历史典故和事件，虚实皆具，是较早的、成熟的咏史词作。

［注释］

①十二山：巫山十二峰，其中以神女峰最奇峭。在今重庆巫山县东。②楚宫：楚王在战国时期的离宫，俗称细腰宫。在巫山西北。双阙：指宫殿前的观楼。③细腰：代指楚宫美人。楚灵王以细腰为美，以致宫女们个个节食束腰，以争宠爱，结果是“楚王好细腰，宫中多饿死”。④“白日”句：指公元前278年秦国攻破楚国都城郢（今湖北江陵西北），并于其后五十余年灭楚的史实。

［词解］

本词为咏史之作。先是从秀美奇丽的巫峡风光写起。晴日里山花尽开，处处花色娇人，花团锦簇。且此地不仅自然风光优美，更有着古老的名胜古迹以及浪漫的神话传说，有春秋战国时代楚王的离宫（即著名的“细腰宫”），还有楚怀王和巫山神女交欢时的“阳台”。（相传，在战国时楚怀王曾在夜里梦见与一位巫山神女欢好，神女离去时自称“旦为朝云，暮为行雨，朝朝暮暮，阳台之下”。）楚王离宫正门两侧是对称形的门楼正和神女出现的阳台远远地相对着，以此引出了楚王的荒淫好色之事：春秋时，楚灵王以细腰为美，宫中的美人投楚王所好，纷纷节食瘦腰，并扭动纤细腰肢，争相起舞邀宠，楚王也就在这欢快的气氛中饮酒作乐，沉醉终日。而就在楚王淫乐之时，一直对楚国虎视眈眈的强秦抓住时机，一鼓作气，长驱而入，吞并了这个美丽富有的大国。

［词人逸事］

唐代是诗歌的极盛时代，诗人们也甚受尊敬。相传唐文宗大和年间，诗人李涉有一次到九江去，因为遇大风，船便暂时停在江边。忽然有几十个强盗拿着兵器闯到船上，喝问道：“船上是谁？”随从的人说：“这是李博士的船。”强盗头子便说：“是李涉博士吗？我早就听说他诗写得十分好，这次我们不要金银财宝，只希望可以得到博士的赠诗一首，因为这比金帛更为贵重。”于是，李涉便写下了一首七绝：“春雨潇潇江上村，绿林豪客夜知闻。他时不用相回避，世上如今半是君。”强盗头儿见此诗大喜，不但没有再加为难，反倒送了李涉一大堆礼物而去。

刘禹锡

刘禹锡（772—842），字梦得，洛阳（今属河南）人。唐贞元间进士，授监察御史，因参与政治革新，贬官朗、连、夔、和诸州，两度外放23年。晚年以太子宾客分司东都。以诗名，存诗约800首，多作于贬谪之后。其风格豪放，骨力遒劲，气韵沉雄。亦工词。所作《竹枝词》，以流利清新之笔，反映了地方风情和劳动人民的生活，有“独步元和间”之誉，为中唐较早依曲填词的作家之一。

浪淘沙

九曲黄河①万里沙，浪淘风簸（bǒ）自天涯②。如今直上银河去，同到牵牛织女③家。

［说明］

刘禹锡《浪淘沙》共九首，这是其中的第一首。是刘禹锡在穆宗长庆年间任夔州刺史时所作。第九首末联云：“令人忽忆潇湘渚，回唱迎神三两声。”作者或许是有感于屈原放逐沅湘间，为民作迎神曲《九歌》而作。

九曲黄河

［注释］

①九曲黄河：黄河源远流长，曲折多弯。说九曲十八弯，非指确数，是极言其多。②天涯：天边。③牵牛织女：银河系的两个星座名。自古相传，织女为天上仙女，下凡来到人间，和牛郎结为夫妇。后来织女被西王母召回，牛郎追上天。西王母罚他们隔河相望，只准他们在每年的七月七日的夜晚相会一次。

［词解］

曲折多弯的万里黄河挟裹着泥沙，河中的波涛翻卷汹涌，犹如被巨风掀簸着自天边而来。我们现在可以沿着黄河一直上到银河去（古人认为黄河与银河相通），一同去寻访牛郎织女在那里的家。

［词人逸事］

刘禹锡中了进士以后，在京担任监察御史；因为他为人放荡不羁而又性格耿直，遭到他人排挤，被贬为苏州刺史。在任职期间，当地有个名叫李绅的人，曾任过司空之职，因对刘禹锡十分仰慕，便设宴邀请他前去饮酒，并在席间请来几个歌妓作陪。喝到兴起刘禹锡还作了一首诗："高髻云鬟宫样妆，春风一曲杜韦娘。司空见惯浑闲事，断尽苏州刺史肠。"而后来"司空见惯"这个成语，就出自于刘禹锡这首诗中。

浪淘沙

八月涛声[①]吼地来，头高数丈触山[②]回。须臾却入海门去，卷起沙堆似雪堆。

［注释］

①八月涛声：指钱塘江潮。②山：指钱塘江两岸的龛山和赭山。

［词解］

钱塘海潮动地来

这首词描写的是秋天海水潮涨潮落时的壮观景象。时值八月正是海潮暴涨骤落的季节，海潮一旦上涨，就会发生"涛声吼地"的声音，并且浪高达"数丈"，这些数丈高的海浪气势汹汹地拍向海边的山石，然后又被山石撞回来，发出震耳欲聋的响声，并且让人感到惊心动魄。而潮水不但应时而来，而且应时而退，来时气势凶猛，退去时也动作疾快，须臾之间，潮水便退向"海门"，重新回归到大海之中。而潮水虽然退去了，它来时所卷起的大量泥沙却被留了下来，形成了一个个沙堆，阳光照耀下好似雪堆一般在江岸边堆积。

［词人逸事］

刘禹锡被贬至安徽和州当通判时，和州知县对他故意刁难。先是把他的住处安排在了城南门，面江而居。刘禹锡便作了一副对联：“面对大江观白帆，身在和州思争辩。”知县听说后，又把他安排到城北去住，并将原来的三间房缩小到一间半。新住处临河，河堤上杨柳垂岸，刘禹锡便又作了一副对联：“杨柳青青江水边，人在历阳心在京。”知县得知后，又把他调到城中来住，且只给他一间面积很小的房屋，仅能容下一床一桌一椅。仅仅半年，住处就被换了三次，刘禹锡对这狗官的做法也没姑息，你要我难受，我偏要高兴。于是刘禹锡又一次提笔，写下了千古名篇《陋室铭》，并让柳公权书碑勒石，立在大门前，以示“纪念”。

浪淘沙

莫道谗言如浪深，莫言迁客①如沙沉。千淘万漉（lù）②虽辛苦，吹尽黄沙始到金。

［说明］

本篇以沙里淘金这一具体事例来展现刘禹锡不畏谗言，不惧逆境，相信正义一定会战胜邪恶的坚强意志。刘禹锡一生仕途坎坷，多次遭到贬谪，常年被流放在外，但他一直乐观豪迈，不为恶劣的自然环境和社会环境所击垮，显示出非凡的英雄本色。

［注释］

①迁客：指遭朝廷贬谪或流迁到外地的官员。②漉：过滤。

［词解］

千万不要说谗言会像海浪一样深，也千万不要说迁客就如那些沉入海底的沙粒。即便是谗言如浪深，迁客也未必就会是沙沉。像刘禹锡这样的受到不公正遭遇的迁谪之客，即便是在逆境中也不会像沙粒一样沉在江底，他们会顽强地奋起挺立，坚持到底。因为他们相信自己属于正义的一方，就像大浪淘沙一样，虽然这个过程要经过千淘万漉，十分辛苦并且饱尝磨难，但是最终还是会将沙粒吹尽，得到黄沙中的真金。联系刘禹锡的政治生涯来看，谗言当是指那些诋毁永贞党人以及刘禹锡本人的流言，千淘万漉则是指刘禹锡一生所遭受的种种磨难和坎坷，但是他意志坚定，性格豪迈乐观，坚信正义终究会战胜邪恶。词作的后两句揭示出了一个广泛的真理，所以得到了广泛的流传。

［词人逸事］

刘禹锡因和王叔文等人参加革新运动而被朝廷贬到朗州（也就是今天的湖南省常德市）当司马。在外十年才又被朝廷“以恩召还”，重新返回京城长安。这一年的春天，他来到郊外的玄都观赏桃花，写下了《玄都观桃花》一诗：“紫陌红尘拂面来，无人不道看花回；玄都观里桃千树，尽是刘郎去后栽！”全诗语言风趣幽默，借用桃花来讽谕了攀附权贵的奸佞小人，表现出作者豪迈洒脱的情怀。这样的诗自然触怒了当权者，于是刘禹锡又因“语涉讥刺”而再次被贬，这一次时间更长，一去竟是十二年。十二年后，诗人再度游览玄都观，提笔作《再游玄都观》一诗：“百亩庭中半是苔，桃花净尽菜花开。种桃道士归何处？前度刘郎今又来。”

白居易

白居易（772—846），字乐天，祖籍太原（今属山西），后迁居下邽（今陕西渭南）。贞元十六年（800）进士。曾任翰林学士、左拾遗，后贬江州（今江西九江）司马，累任杭州、苏州、同州刺史，太子宾客分司东都等职。晚居洛阳，自号醉吟先生、香山居士。其为中唐新乐府运动的倡导者，主张“文章合为时而著，歌诗合为事而作”，亦是唐代写词较多较出色的词人之一。词作语言通俗平易，相传连“老妪皆解”，风格清新隽丽，具有民间文学特色，对文人词的发展有很大影响。有《白氏长庆集》，存诗近3000首。《尊前集》存其词26首，《全唐诗》收其词9首。

浪淘沙

随波逐浪①到天涯，迁客生还有几家。却到帝乡②重富贵，请君莫忘浪淘沙。

［说明］

白居易和刘禹锡两人都喜欢民歌俚词，不仅同作《竹枝词》，也分别创作《浪淘沙》词。词意贴合大浪淘沙的精神，语言通俗晓畅，亦不失典雅，用典精切，不露痕迹，显现了作者身处逆境仍不改坚韧的气节。

［注释］

①随波逐浪：颠沛流离的样子。②帝乡：皇帝居住之地。此处代指朝廷。

［词解］

被朝廷贬谪到边远之地的官员，历尽千辛万苦、颠沛流离，到外地赴任。说是赴任，实际上，能安然回来的，不知道会有几个人。皆因被贬之地都是偏远蛮荒之区，像白居易被贬谪到江州，“住近湓城地低湿，黄芦苦竹绕宅生”，条件极为艰苦。而后作者笔锋一转，说倘若日后有机会重返朝廷，重获荣华富贵，不要忘记今时大浪淘沙的艰辛啊。该词与刘禹锡的《浪淘沙》相互应和，刘禹锡说“千淘万漉虽辛苦，吹尽黄沙始到金”，白居易便再次强调，莫忘淘沙的辛苦。

［词人逸事］

白居易的很多诗都真切地反映了社会现实，因此触及了不少人的利益，遭到他们的忌恨。有一次，宰相武元衡被仇人派去的刺客暗杀了，而这次暗杀内情极其复杂，朝中官员谁都不愿意多说。只有白居易勇敢地站出来，第一个给宪宗呈上奏章，要求严查凶手。一些官员便以此为口实，攻击白居易不是谏官，不应该对朝廷大事乱提意见，将他狠狠地告了一状，接下来又有不少白居易平时得罪过的官员，纷纷造谣污蔑白居易。有人说白居易的母亲因为看花而失足掉入井中淹死，但白居易却还写《赏花》《新井》这样的诗，这不是大不孝吗？众人罗织罪名，白居易无法自辩，最终被贬去江州当司马了。

皇甫松

皇甫松（？—约857），“松”一作“嵩”，字子奇，自号檀栾子。睦州（今浙江建德）人。举进士不第，终身布衣。工诗善词，宏丽鲜妍，措辞娴雅，存古诗遗意。词集已失传。王国维辑其词22首，名《檀栾子词》。

浪淘沙

滩头细草接疏林①，浪恶罾(zēng)舡半欲沈②。宿鹭眠鸥飞旧浦③，去年沙觜(zuǐ)④是江心。

[说明]

这首词是通过对自然景物的变迁的描写来表达对世事盛衰的感慨。

[注释]

①疏林：树叶稀疏的树林。②罾：本指渔网，这里作动词。舡：指船。沈：同“沉”。③旧浦：原来的水滨。④沙觜：江口处积沙所造成的小洲。觜，同“嘴”。

[词解]

滩头稀疏的树林和柔弱的细草相连结，江面上大浪淘天，使得江面上的渔船大半部分陷在水中，像是要沉没的样子。在这样的环境中，鸥鹭虽然留恋昔日的宿眠之地，可是旧地已经不在了，因为去年的江中小洲现在已经变成了江心！本词以自然界的倏忽骤变形象地说明世事无常，转眼沧海变为桑田的深刻道理。

[词评]

桑田沧海，一语道破，红颜变为白发，美少年化为鸡皮老翁，感慨系之矣。

——汤显祖

摘得新

酌一卮[1]，须教玉笛吹。锦筵[2]红蜡烛，莫来迟。繁红[3]一夜经风雨，是空枝。摘得新，枝枝叶叶春。管弦兼美酒，最关人。平生都是几十度，展香茵。

[说明]

这首词写的是劝人要及时行乐，但在这及时行乐的背后深藏着隐痛，是一个大时代的悲哀。

[注释]

①卮：古代的一种酒器。②锦筵：锦屏绣帐，华筵盛排。③繁红：指树上盛开的红花。

［词解］

饮酒需要佐以声乐方更佳，于是饮下这一杯酒便须玉笛吹奏为妙。良宵盛宴上，红烛摇动，声色喧闹，如此佳期可千万不要来迟。须知时不我待，好景难留，纵使是满树繁花盛开，一旦经历一夜的风吹雨打，也会花落满地，徒留一树空枝，到那时，也就只留下惆怅伤感了。摘下鲜花，那枝枝叶叶上有春天的美好。端着美酒，耳听丝竹之声，沉醉悠然，牵动人心。这一生最好是香闺香褥，及时行乐。

［词评］

皇甫子奇词，宏丽不及飞卿，而措词闲雅，犹存古诗遗意。唐词于飞卿而外，出其右者鲜矣。五代而后，更不复见此种笔墨。

——陈廷焯《白雨斋词话》

韦　庄

韦庄（836—910），字端己，京兆杜陵（今陕西西安东南）人。早岁寓居长安、洛阳等地；壮岁南游，足迹遍及长江南北。辅佐前蜀立国，官至丞相（平章事）。工诗善词，与温庭筠同为花间领袖，并称“温韦”。词风清艳，情深语秀，亦有直达之作。词有《浣花词》（王国维辑）。

菩萨蛮

劝君今夜须沉醉，尊[1]前莫话明朝事。珍重主人心，酒深情亦深。　　须愁春漏[2]短，莫诉金杯满。遇酒且呵呵[3]，人生能几何？

［说明］

这首词借主人的殷殷劝酒，说明人生苦短，要及时行乐；实际上词人心中却有难以言说的痛楚，满腔悲愤，只是故作豁达而已。

［注释］

①尊：同“樽”，本是酒器，这里用以代指酒席。②漏：古代滴水计时的器具，这里指代时间。③呵呵：本是象声词，形容笑声。这里含有强作欢颜的意味。

[词解]

夜晚的酒宴上，主人正在盛情劝酒，对各位客人说道:“今天晚上诸君一定要喝个痛快，不醉不归，暂且把所有明天的事情都搁在一旁，只拿起酒杯畅饮。”词人看到主人如此的热情，感到这份心意十分珍贵，而那酒中的情谊则更为深厚！于是词人拿起酒杯，对席间诸人大声说道:“要知道良宵短暂，行乐须及时，千万不要说什么自己酒量不好、不能多饮之类的推脱之辞。既然有酒就喝个痛快、得醉且醉，连那个神武的曹孟德都说‘对酒当歌，人生几何’，何况我辈中人呢？”

对酒当歌

[词评]

一起一结，直寓旷达之思，与郭璞游仙，阮籍咏怀，将无同调?

——汤显祖

[词人逸事]

韦庄的一生十分坎坷。他自幼才思敏捷，才华过人，却又大半生都科考不中，一直到 45 岁时才应举，然而这时黄巢起义军攻占京城长安，国家政局动荡，皇帝也仓皇出逃。韦庄的夙愿又一次成空。而韦庄也因为长期生活困顿、抑郁不得志而性情大变，变得十分吝啬、淡薄寡情。据说他每次做饭都要数米的粒数，用秤砣称好所用的柴火，多一点、少一点都不行。他的一个儿子 8 岁就死了，妻子想要用衣服为孩子收殓，却遭他的训斥和怒骂。然后他用家里的破席子包裹住儿子的尸体，送殡完毕后，又把席子拿了回来。

喜迁莺

街鼓动，禁城[1]开，天上[2]探人回。凤衔金榜[3]出云来，平地一声雷。莺已迁[4]，龙已化[5]，一夜满城车马。家家楼

上簇神仙[⑥]，争看鹤冲天[⑦]。

[说明]

这首词写的是封建时代科举考试以后，放榜之日的盛大场面以及榜上有名的举子们得意喜气的神态。

[注释]

①禁城：代指帝王的宫殿。古代与皇帝有关的场所和事物常加“禁”字，如“禁中”（皇帝所居住的地方）、“禁苑”（皇帝游猎的场所）、“禁军”（保卫京都和皇帝的军队）等。②天上：指朝廷。③凤衔金榜：由成语“凤凰衔书”转化而来，言帝王使者送达诏书。金榜指科举应试考中者的名单。④莺已迁：莺迁。自唐以来，以莺迁为升擢或迁居的颂词。⑤龙已化：化龙飞天，比喻得志或升官。⑥神仙：这里是说美女。⑦鹤冲天：源于《诗经·小雅·鹤鸣》：“鹤鸣于九皋，声闻于野。”后世比喻一举得中之人。

[词解]

街道上响起震天的锣鼓声，皇宫的城门大开，在这般显赫的阵势中，朝廷放榜的使者到来了。皇帝派使者张贴出了中榜者的名单，宛如凤凰衔着金榜自云端而来，又如平地里忽地响起了一声震耳的雷响。随着金榜题名，那些中举者得到了莺迁，化龙飞天，得到了功名，扬名天下，整整一夜满城都是车马奔驰之声，举子们坐着游城的马车满城炫耀。家家户户的楼台上都站满了美丽的女子，她们怀着崇敬的心情争相观看着这些一举得中的士子们。

[词评]

“韦相此词所咏，虽涉神仙。究指及第而言，未得以鬼话目之。”其实，汤之谓“鬼话”，并非指“神仙”事。

——《栩庄漫记》

[词人逸事]

韦庄早年仕途多舛，到了50岁以后，他看到世事逐渐太平了，便再度进京求仕，辗转做过校书郎、判官等闲职。后来入蜀，五代十国时的前蜀皇帝王建称帝，任命韦庄为丞相，韦庄这才开始得到重用，开国的一些典制规章都是出自他之手。然而，王建却又带给他很大的屈辱和悲伤。据说韦庄有一位爱姬，容颜美丽并且很有才华，十分得他的宠爱。王建听说了以后，以让这位女子教自己的媳妇作词为由，强行将其夺走。韦庄十分伤心却又无可奈何，只好作词以追念，写的情词皆凄怨。据说，后来这首词传到了宫中，韦庄的那位宠姬看到之后，既感动又伤心，之后绝食而死。

李 珣

李珣（约855—约930），字德润，梓州（今四川三台）人。因为他的祖先是波斯人，所以其朋友尹鹗戏称他为“李波斯”。有诗名，特别擅长写词，为花间派重要词人之一。所吟诗句十分动人，多是些感慨之音。其词的风格清新俊雅，质朴中见明丽。《花间集》录其词37首，《唐五代词》则辑得54首。

渔歌子

楚山青，湘水渌（lù）①，春风澹（dàn）②荡看不足。草芊芊③，花簇簇，海艇棹船相续。　　信浮沉，无管束，钓回乘月归湾曲。酒盈斟，云满屋，不见人间荣辱。

［说明］

这首词写处士隐居生活的清幽怡然及其厌倦官场、寄情山水之间的情怀。

［注释］

①渌：清澈。②澹：安静、恬淡。③芊芊：草木茂盛的样子。

［词解］

繁花美景扑面来

春日里，楚山青青，湘水碧绿，和风吹来，水波荡漾，如此青山绿水、风景秀美，自然让人尽日欣赏把玩不够。草木葱茏，花团锦簇，水面上渔舟相接，棹声歌声互相应合，美妙无比。任他世事沉浮，我这个归隐的处士不受那些世俗官场的管束，每日水面垂钓，兴尽时方乘月而归，将酒杯斟满，酣然畅饮。月光笼罩，江雾弥漫，如云满屋，全然不管那世间的富贵荣辱，只对着这清风朗月，满江风景自斟自酌，乐在其中！

［词评］

李秀才词，新疏之笔，下开北宋人体格。

——《历代词人考略》

［词人逸事］

李珣还是一位本草学家，他撰有《海药本草》一书，在本草史上有相当大的影响。唐初以来，中外经济文化交流频繁，中亚诸国各层人士不断来中国从事各种活动，李珣便是来华贸易的波斯商人的后裔。李珣的祖籍在波斯，因此也被称为“李波斯”。他家主要以经营香药为生。香药是通过海舶，从国外输入的药品，所以又被称为海药。李珣也经常能够接触到那些海舶运载过来的外国药，并用心地了解和研究过海药的性质与功用，所以能创作出《海药本草》一书。书中对药名释义、产地、形态、药物出处、采收、炮制、性味、主治、用法、附方、禁忌、品质优劣、真伪鉴别等都有较为详细的记载。后来明代李时珍在撰写《本草纲目》时曾多处参考李珣的《海药本草》一书。

定风波

志在烟霞慕隐沦①，功成归看五湖春。一叶舟中吟复醉，云水。此时方识自由身。　花岛为邻鸥作侣，深处。经年不见市朝②人。已得希夷③微妙旨，潜喜。荷衣蕙带④绝纤尘。

［说明］

这首词写词人在亡国后的隐居生活，抒发了心念故国、孤洁自守的情怀。

［注释］

①隐沦：隐姓埋名。②市朝：商贾官宦。市，指商贾，为求利于市的人；朝，指官宦，为争名于朝的人。③希夷：空虚寂静不能感知。④荷衣

蕙带：神的服饰，比喻隐者的高洁。

[词解]

词人在国亡之后志在隐居于山林烟霞之间，在那里隐姓埋名度尽余生，如同春秋时代越国大夫范蠡功成以后弃官归隐，乘船泛游于江湖之间一样。悠然卧于一叶小舟之中，面对白云绿水，吟诗饮酒，只有到了这个时候词人才认识到自由自在生活的乐趣。归隐于山林深处，置身在满是鲜花的小岛，与水边的鸥鹭为邻，所见所伴皆悠然超俗，经年也不会见到那些追名逐利的商贾官宦们。自己已经得到了希夷的要义微旨，词人为此暗暗欣喜。身披荷衣腰挂蕙带，词人穿戴着这些高洁的衣物，如神人一样超脱尘俗，绝尘而去。

悠游山水间

[词评]

李德润词大抵清婉近端已。其写南越风物，尤极真切可爱……又《渔歌子》《渔父》《定风波》诸词，缘题自抒胸境，洒然高逸，均可诵也。花间词人能如李氏多面抒写者甚鲜。故余谓德润词在花间可成一派而介立温韦之间也。

——《栩庄漫记》

[词人逸事]

李珣的妹妹是前蜀第二个皇帝王衍的昭仪。这位李昭仪生得美艳动人，生性纯真活泼，但并不会取悦那个以骄奢淫逸出名的小皇帝，也未曾为她的哥哥李珣谋得什么好处。李珣从小就很有才学，中了秀才后却不想步入仕途，只想到各地去游历山水。由于心性淡泊，所以对黄老之术十分偏好，这也让他的词显出与众不同的气质。但他的词却不受当朝皇帝垂青。对于李珣词中显现的清雅曲调，也让喜好俗艳的小皇帝感到厌恶，所以连他这个人也一并厌烦上了。因此李珣在官场一向不甚得意，等到前蜀亡国以后，他更无意于官场，但始终保持着儒士的节义。

李 晔

李晔（867—904），即唐昭宗，为懿宗第七子。始封寿王，文德元年（888）即位。天祐元年（904），为朱全忠所迫，迁都洛阳。是年，终被朱全忠所杀。在位17年。今传词数首。另外，敦煌歌辞中，唐人和李晔《菩萨蛮》者，亦有数首。

菩萨蛮

登楼遥望秦宫殿①，茫茫只见双飞燕。渭水②一条流，千山与万丘。远烟笼碧树，陌上③行人去。安得有英雄，迎归大内④中？

[说明]

唐末乾宁三年（896）六月，凤翔节度使李茂贞带兵入朝。七月，进逼京师。昭宗李晔命令延王出使太原，联络李克用，请其援救，未果，反受到李茂贞的威胁侮辱。一些宦官劫持昭宗李晔到了凤翔。宣武节度使朱全忠带兵攻入凤翔，在那里昭宗受其掌握，形同傀儡，却又无可奈何，郁郁不乐，经常登城西的齐云楼以遣怀，这首词就是这时期所作。

[注释]

①秦宫殿：借指唐宫殿。②渭水：渭河，是黄河最大的支流，在陕西东部。③陌上：小路。④大内：指皇宫。

[词解]

昭宗登上华州的齐云楼，遥望远在长安的宫殿。入目的是一片茫茫的雾色，所见到的只是眼前双飞的燕子。渭河从长安那流来，流淌过千山与万丘。远处的烟雾笼罩着碧绿的树林，大路上的行人来往穿梭。此刻昭宗心中最渴望的就是能够出现一位英雄，将他迎回到长安的大明宫中啊。昭宗身为一国之君，却受人挟持，连自己的宫殿都不能回，心情之苦闷自然可想而知。

[词人逸事]

昭宗受到朱全忠的挟持，到达陕州时，他面对强横的朱全忠，哀求说中宫刚刚生完孩子，月子里出行甚为不便，想要等到十月再到洛阳宫去。朱全忠则认为他是故意拖延以等待有利时机，十分不满，对手下牙将寇彦卿说："你立即动身去陕州，当即督促他们动身。"昭宗无可奈何，只好出发去了洛阳。这时昭宗身边只剩下诸王、小宦官以及打马球的内园小儿，大约二百余人。但朱全忠对此仍不安心，把这些人全部坑杀了，并把皇帝身边的侍卫全部换成了自己人，昭宗也完全沦落为他的傀儡。

欧阳炯

欧阳炯（896—971），益州华阳（今四川成都）人。少事前蜀后主王衍，为中书舍人；又事后蜀孟知祥，历任翰林学士、门下侍郎，兼任户部尚书同平章事。后跟随孟昶降宋，任左散骑常侍之职。开宝四年（971）岭南平，议遣欧阳炯祭南海，他以有病为由不出，被罢职，不久逝世。他擅长写文章，尤其擅长诗词。其词侧重写艳情，风格秾丽，有的稍显淫靡之气。但也有少数词作，内容与格调水平超越艳词。欧阳炯还曾为《花间集》作序，述花间词的宗旨、渊源，反映了当时这派词人的创作态度与艺术趣味。存词 48 首，王国维辑为《欧阳平章词》。

江城子

晚日金陵岸草平，落霞明，水无情。六代①繁华，暗逐逝波声②。空有姑苏台③上月，如西子④镜照江城⑤。

[说明]

此词作为怀古题材在唐五代词中是写的比较早的一首。将金陵的景象和词人对古都兴衰的感慨形象地描绘了出来，表达出了一种悲凉的情感。

[注释]

①六代：指东吴、东晋、宋、齐、梁、陈六朝，均建都于金陵。②暗逐逝波声：默默地随江水东流的声音消逝了。③姑苏台：由春秋时吴王夫差修筑，用以游乐。④西子：春秋时越国美女西施。⑤江城：也是指金陵。

[词解]

傍晚的落日照着金陵城，岸边的草地远远望去十分广阔平整，晚霞正红得明亮灿烂，流水也在无声无息、不分昼夜地流淌。东吴、东晋、宋、齐、梁、陈六朝都曾在金陵建都，而今六朝的繁华全都随着波声悄无声息地消散了，繁华如流水一去不回，空留下姑苏台的夜月，依然如西施照过的明镜一样照着这金陵城。

［词评］

此词妙处在“如西子镜”一句，横空牵入，遂尔推陈出新。

——《栩庄漫记》

［词人逸事］

欧阳炯虽然偶有豪放词作，但其词大多都偏于旖旎哀婉，秉承花间一路。他曾写下了不少描写南国风情的词作，扩大了花间词的描写范围。不但如此，他还曾给《花间集》作序。序中系统地阐述了花间词倾向艳情风、词体发展的文人化趋势和词与音乐的关系，并且确立了与诗评截然不同的词评标准。在这种词论思想的影响下，欧阳炯词的创作既有一种浓情绮艳的花间情调，又在词调体式的运用上除旧布新，内容题材的表现上有所创新，从而确立了他在词史上的特别地位。欧阳炯在为《花间集》作的序中说得明白，那些写在花笺上的曲词，交给了美丽的歌女，让她们敲着檀板的节拍在酒筵歌席间歌唱，那些柔美轻艳的歌词足可用来增加歌女们妖娆的姿态，那些风流多情的辞章正可用来增加才子学士们游园聚会时的兴致。

孙光宪

孙光宪（约900—968），字孟文，自号葆光子，陵州贵平（今四川仁寿）人。曾在南平任检校秘书少监兼御史大夫等职位。到宋后，担任黄州刺史。喜好经籍，有数千卷书，校勘抄写，老而不辍。著作很多，但如今仅存《北梦琐言》。词作题材较广，内容丰富，雅善小词，写得很是婉约缠绵，在花间词中独树一帜。他的作品风格多样，一些边塞词、农家词写得雄健豪放、气骨遒伟，为后世传唱。王国维辑其词84首，名《孙中丞词》。

定西番

鸡禄山前游骑[1]，边草白，朔[2]天明，马蹄轻。鹊面弓离短韔(chàng)[3]，弯来月欲成。一只鸣髇(xiāo)[4]云外，晓鸿惊。帝子[5]枕前秋夜，霜幄(wò)冷，月华明，正三更。何处戍楼寒笛，梦残闻一声。遥想汉关万里，泪纵横。

［说明］

这是一首描写边塞生活的词。

［注释］

①鸡禄山：一名鸡鹿寨，在今陕西北部，古时属边塞地区。游骑：边塞的巡逻兵。②朔：北方。③鹊面弓：指两端绘着彩色鹊鸟图案的弓。韔：盛弓的短袋。④鸣髇：发出响声的箭，即鸣镝。⑤帝子：帝王之女。此处代指汉代去西番和亲的公主。

［词解］

清晨边塞的鸡禄山前，巡视的骑兵正在出行，太阳渐渐出来了，野草在晨光的照耀下显出颜色，朔北的天空开始变得明亮起来，骑兵乘着快马，在边塞上轻快地奔驰巡查。骑兵张开那绘着彩色鹊鸟图案的弓，将弓拉成半月形，然后射出一支利箭，箭势迅疾，直飞云外，恰好让飞过的一只大雁闻声而惊。西番和亲的公主遥望秋空的冷月，回首枕凉床寒，才惊觉，已三更时分。不知何处传来戍边将士的笛声，在梦中依稀听到一声半声。想到关内万里汉家山河，不觉已泪流满面。

［词评］

乐府遗音，词坛丽藻，好书不厌百回读。如此数词，亦应尔尔。

——汤显祖

毛文锡

毛文锡（生卒年不详），字平珪，高阳（今属河北）人。唐时考上进士，后出任前蜀翰林学士，升为内枢密使，后进文思殿大学士，拜为司徒。因争权失败，后被贬为茂州司马。前蜀皇帝王衍向后唐投降时，毛文锡也一道投降后唐，与欧阳炯等人以词章供职于内庭。其词在质直中见情致，但有时不免流于放任和浅露。存词 32 首，王国维辑之为《毛司徒词》。

甘州遍

秋风紧，平碛（qì）①雁行低，阵云齐。萧萧飒飒，边声四起，愁闻戍角与征鼙（pí）②。　青冢③北，黑山④西，沙飞聚散无定，往往路人迷。铁衣⑤冷，战马血沾蹄。破蕃奚⑥，凤凰诏⑦下，步步蹑丹梯。

［注释］

①碛：水中沙堆。②戍角：边塞守卫者的号角。征鼙：战鼓。③青冢：此指汉代王昭君墓，在今内蒙古呼和浩特南。④黑山：又名杀虎山，在今内蒙古和林格尔以北。⑤铁衣：铠甲。⑥奚：我国古代北方的少数民族，唐时与契丹被合称为“两蕃”。⑦凤凰诏：皇帝的诏书。

［词解］

深秋时节的边塞沙场上，阵阵秋风，一阵紧似一阵，成行成队的大雁在空中飞过，飞往南方。沙漠广阔无边，在这无边的宽广中，一切事物都显得十分渺小，连空中的雁群也是如此，看起来飞得十分低。战阵延绵如云，战争即将开始，气氛十分紧张压抑。此刻边声四起，军营中响起凄厉的号角声（戍角）和惊心动魄的战鼓声（征鼙），听者无不为之愁绝，空气中充满了肃杀和悲壮。

征戍的生活是那样的艰辛，环境是那样的恶劣，在那青冢之北、黑山之西的塞外边陲之地，气候变幻无常，边风强弱多变，飞沙聚散无定，人在弥天风沙中行走，最易迷失方向。将士们在寒秋天气里穿上冰冷的铠甲，在沙场上冲锋陷阵、奋勇杀敌，随着兵戈相交，战马身上都沾满了鲜血，马上的将士肯定已经血染征袍，战争的惨烈可想而知。只要能够攻破这些蕃族奚部，便能奉诏迈步走向丹墀，受到朝廷的封赏。最后这几句可以视为想象之词，也可以视为对杀敌将士的鼓励之语。

［词评］

结以功名，鼓战士之气。

——陈廷焯《放歌集》

卷三　北宋词

潘阆

潘阆（？—1009），字逍遥。一说大名（今属河北）人，一说广陵（今江苏扬州）人。在京师以卖药为生，好交结权贵，后经人推荐说其能诗，宋太宗赐进士及第，授国子四门助教。不久，因"狂妄"被削去职务。真宗时遇赦，任命为滁州（今安徽滁州）参军。诗词多浪漫色彩，笔调清新，佳句颇多。著有《逍遥集》。今传有《逍遥词》10首。

酒泉子

长忆观潮，满郭①人争江上望。来疑沧海②尽成空，万面鼓声③中。　弄潮儿④向涛头立，手把红旗旗不湿。别来几向梦中看，梦觉尚心寒。

[说明]

这首词气势豪迈磅礴，笔触雄健有力，刻画出钱塘江涌潮时的雄伟气势和壮美景观。

钱塘江潮涌

[注释]

①满郭：满城，全城。②沧海：大海。③鼓声：形容潮水带来的巨大轰响声。④弄潮儿：在潮水中游泳的健儿。

[词解]

词人曾观看过钱塘江的涌潮，印象深刻，日后也经常回忆起当时观潮看到的奇观。当时整个杭州城里的人倾城而出到钱塘江边，万头攒动，争相观看江面潮水涌涨。那涌潮的情景可真的是又惊险又壮观啊，钱塘江潮铺天盖地呼啸而来，所到之处排山倒海，而潮水发出的巨大轰响声更是犹如万面鼓同时敲响。而那些勇猛的弄潮儿却手执红旗，在浪涛中搏击。他们一个个身手不凡、履险如夷，手中的红旗似乎都不曾被江潮打湿，真是让人看得目眩心惊。而今词人离开杭州已久，但那壮观的钱塘江涌潮仍然频频入梦，梦醒以后依然感到惊心动魄，为之心悸胆寒。

［词评］

潘逍遥狂逸不羁，往往有出尘之语。自制《忆余杭》三首，一时盛传。东坡爱之，书于玉堂屏风，石曼卿使画工绘之作图。

——《历代诗余》卷一百十四引《古今词话》

［词人逸事］

潘阆为人桀骜不驯，行为狂妄自大，经常游戏人生，和柳开、钱易等人关系非常好。潘阆曾出家为僧，因为曾在钟楼题诗："散拽禅师来蹴鞠，乱拖游女上秋千。"寺中僧人怀疑他有染女色，把他赶出山寺。据《宋史》记载，潘阆离开寺庙以后却受到了宦官王继恩的重视，时来运转，被举荐给太宗。太宗对其才华很欣赏，便赐予他"进士及第"的出身，并授国子四门助教。然而潘阆天生就不是一个安守本分的人，他在就任期间作词《扫市舞》云："出砒霜，价钱可。赢得拨灰兼弄火。畅杀我。"词中狂妄大胆的行径受到了当时士人的蔑视，太宗听说后大怒，派人追还诏书，削去了潘阆的一切职务，终生不得录用。

寇准

寇准（961—1023），字平仲，华州下邽（今陕西渭南）人。真宗年间，两度出任宰相。乾兴初年因被诬陷遭贬。曾封莱国公，后世称为寇莱公。为人刚直，敢于言事，当时京城有民谣说："欲得天下好，无如召寇老。"著有《巴东集》。存词4首。

阳关引

塞草烟光[1]阔，渭水波声咽。春朝雨霁轻尘歇。征鞍发。指青青杨柳，又是轻攀折[2]。动黯然，知有后会甚时节。　更尽一杯酒，歌一阕[3]。叹人生，最难欢聚易离别。

且莫辞④沉醉，听取阳关彻。念故人，千里自此共明月。

[注释]

①烟光：指辽远迷蒙的景色。②轻攀折：古代有折柳送别的风习。因“柳”与“留”声音相谐，故送别时折柳，以示挽留之意。这里说“轻攀折”，是轻易离别的意思。③阕：量词，此指歌曲。④辞：辞别。

[词解]

清晨的塞外，野草无边，晨雾如烟，渭水浩渺，波声呜咽。春雨普降，淹没了道路上的飞尘。此刻鞍马都已经备好，将要出发。又到了离别的季节，岸边的青青杨柳又一次被行人攀折，离人的心绪十分黯然。人生苦短，不知道以后再相见时会是什么时节？暂且饮尽杯中之酒，然后放声高歌。感叹人生，最是欢聚难、离别易。不要说什么已经沉醉，也无须推辞这杯酒，只一起听听这首《阳关曲》，要知道此次一别，自今以后，故人已到了千里之外，即便再想念对方，也只能共此明月遥寄相思了。

[词人逸事]

寇准为人十分耿直，即便是在朝堂之上，当着皇帝的面，也会和其他官员争吵，一旦动了真格的，就算皇帝出面制止也不行。有时争论对了，皇帝一高兴，便对他给予升迁的奖励；争论错了，惹得皇帝不高兴，则会被降职贬谪。有一次他又当着皇帝面和别人发生了激烈的争吵，使得太宗大怒，将他贬谪在外。后来太宗回心转意，重召寇准回京，并升他为副宰相。寇准回京后，太宗正患很严重的脚病，行走很是不便。看到寇准后，太宗首先让寇准看了一下自己的病处，然后亲昵地责问他：“你怎么回来得这么迟呢？”寇准的性格却依旧耿直倔强，不会说一句讨好奉承的话，而是非常生硬地回答：“臣非召不得回京师。”

柳 永

柳永（987—1053），字耆卿，初名三变，崇安（今属福建）人。因家中排行第七，人称柳七。虽多才多艺，但多不得志，仅做过一些小官。因曾当过工部屯田员外郎一职，世称柳屯田。为人狂放不羁，一生飘无定所。精通音乐，工于歌词。其作品题材广泛，以写羁旅行役、离情别绪最为擅长；感情细腻、大胆，善用铺叙和白描的手法，是首位创作出大量慢词的词人。柳永善于融会贯通，学习民间曲子词的风格，促进了词的通俗化、口语化，对词的发展有重要影响。其词自成一派，世称“屯田蹊径”“柳氏家法”。作品在当时流传甚广，据说“凡有井水处，即能歌柳词”（《避暑录话》）。有《乐章集》传世，收词 200 多首。

夜半乐

冻云①黯淡天气，扁舟一叶，乘兴离江渚(zhǔ)。渡万壑(hè)千岩，越溪②深处。怒涛渐息，樵风③乍起，更闻商旅相呼。片帆高举，泛画鹢(yì)④、翩翩过南浦⑤。　望中酒旆(pèi)闪闪，一簇烟村，数行霜树。残日下，渔人鸣榔(láng)⑥归去。败荷零落，衰杨掩映，岸边两两三三，浣纱游女。避行客、含羞笑相语。　到此因念，绣阁轻抛，浪萍⑦难驻。叹后约⑧，丁宁竟何据！惨离怀，空恨岁晚归期阻。凝泪眼、杳杳神京路。断鸿⑨声远长天暮。

［说明］

这首词是柳永用旧曲创制的新声，所写的是柳永在浙江会稽一带泛舟游玩的情形。

一簇烟村，数行霜树

［注释］

①冻云：凝聚很厚的云层。②越溪：指春秋时越国美女西施浣纱的若耶溪，在今浙江绍兴南。这里是泛指。③樵风：顺风。④画鹢：鹢为水鸟名，因善飞，不惧风，古人遂把它画在船头，取顺风行驶、大吉大利之意。后来常以画鹢代指船。⑤南浦：泛指水边。古代常用以代指送别之地。⑥鸣榔：用木棒敲击船舷，发出声音，驱鱼入网。榔，长木棒。⑦浪萍：随浪滚转的浮萍，用来比喻旅人漂泊不定、浪迹天涯的生活。⑧后约：约定的后会之期。⑨断鸿：孤雁。

[词解]

在初冬的一个阴云浓厚的天气里，词人乘着一叶扁舟，兴致高昂地驶离江渚而去。小船轻快地驶过了千岩万壑，来到了热闹开阔的江面上，此时浪头慢慢地变小，风向转为顺风，船只行走得更为轻捷。江面上往来的商旅相互间高兴地打着招呼，船只的风帆高高扬起，一只只船儿在南岸的水边翩翩而过，船只行进顺利。词人此时的心情也是十分轻松愉悦。

过了南浦以后，词人的船只继续行驶，两岸是南浦下面的江村，词人颇有兴致地观赏着岸上的风光。只见酒旆高高地在风中闪动，在烟霭朦胧中隐现着一处村落，其间还点缀着几行满是霜叶的树。夕阳西下，在落日的余晖中，江上打鱼的渔人用木棒敲击船舷归家而去，江边的荷叶零落衰残，岸边的杨柳也只剩下光光的枝条，透过掩映的柳枝，看见岸边归来几个浣纱的女子，她们看到陌生的行客，慌忙躲避，含羞带笑地互相私语。

然而就是这几个浣纱女子，蓦地勾起了词人天涯羁旅的归思。此刻词人不禁回忆起自己当初轻率地离家，像浮萍一样四处飘来飘去，行踪不定的情形。回想当年别离时，妻子殷勤叮咛，约定了归期，现在却依然难以兑现。词人的心情十分凄楚，年关岁尽，却没有归期，又只能空自遗恨。无奈只能含泪长望那通往京城的路。然而京城无法望见，眼前所见的唯有空阔的长天，苍茫的暮色，以及耳中听到的离群的孤雁渐去渐远的叫声。

[词评]

柳词《夜半乐》云："怒涛渐息，樵风乍起，更闻商旅相呼，片帆高举，泛画鹢、翩翩过南浦。"此种长调，不能不有此大开大阖之笔。后吴梦窗《莺啼序》云："长波妒盼，遥山羞黛，渔灯分影春江宿，记当时短楫桃根渡。"三四段皆用此法。

——陈锐《褒碧斋词话》

[词人逸事]

柳永的词写得精妙绝伦，一旦有新词出炉，便会大受欢迎，只要他给哪个歌妓写上几句词，她的身价也会高涨几倍。于是，歌妓们对柳永都十分爱戴。柳永又称柳七，如果可以和柳七亲近，得其新词以唱和，哪怕是倒贴银子，歌妓们也非常愿意。为此她们专门编了一首歌谣："不愿君王召，愿得柳七叫；不愿千黄金，愿得柳七心；不愿神仙见，愿识柳七面。"由此可见柳永在歌妓中的受欢迎程度。而柳永虽然才高八斗，却命运坎坷，一生困顿潦倒，死后还是歌妓们凑钱将他埋葬的。

鹤冲天

黄金榜[1]上，偶失龙头[2]望。明代[3]暂遗贤，如何向？未遂风云[4]便，争不恣狂荡。何须论得丧？才子词人，自是白衣卿相。　烟花巷陌[5]，依约丹青屏障。幸有意中人，堪寻访。且恁(nèn)偎红倚翠[6]，风流事、平生畅。青春都一饷。忍把浮名，换了浅斟低唱！

[说明]

这首词是柳永参加科举考试时，没能高中状元而发的“牢骚言”，充分反映出他的性格叛逆不羁，但也因此导致了他人生道路上的一大波折。

[注释]

①黄金榜：科举考试中举的试榜用金字题名，故称此榜为黄金榜。②龙头：状元的别称。③明代：政治开明的时代。④风云：此指志向。⑤烟花巷陌：指妓女的住处。⑥恁：如此。红、翠：代指美人。

风流恣肆

[词解]

在那张张贴着中举者名单的黄金榜上，我（词人自己）没能居于榜首高中状元（指榜上无名），这算不了什么，只是一个偶然，并非我的才学不行。在这个政治开明的时代，我没能高中只是暂时的，是朝廷暂时遗漏了我这个贤人而已。既然在风云际会时我未能一展身手，施展抱负，那我索性转向另一种恣意狂荡、无拘无束的生活。何必分辨得失呢？要知道，我这个天才词人，无须入官场，自然就是穿着白衣（是未取得功名的读书人的象征）的卿相。我可以自由地出入于烟花巷陌之间，那儿随处都是丹青屏障，精致雅美，最为庆幸的是在那儿还可以寻访到我的意中人，我可以在那里偎红倚翠，可真是人生最为快乐酣畅的风流事！须知青春时光短暂易逝，怎么忍心虚掷，所以不如把那些浮名都换成尽情地浅斟低唱！

［词评］

柳耆卿词，昔人比之杜诗，为其实说无表德也。余谓此论其体则然；若论其旨，少陵恐不许之。耆卿词，细密而妥溜，明白而家常，善于叙事，有过前人。惟绮罗香泽之态，所在多有，故觉风期未上耳。

——刘熙载《艺概》

［词人逸事］

柳永因没能高中状元而作了这首故作豁达的“牢骚语”，虽然逞了口舌之快，却为他以后的科举生涯平添了不幸的后果。这首词流传得十分广泛，后来连宋仁宗也有所耳闻，宋仁宗一向颇好雅词，原本就认为柳永的词“俗鄙”，这次听了这首词更加生气。在之后的科举考试中，柳永原本是金榜题名了，但仁宗放榜时看到他的名字，便说到“且去浅斟低唱，何要浮名”，将他的名字划去，于是柳永从此后便终止了科举之路。此后柳永便以“奉旨填词柳三变”自称，长年流连于坊曲之间，在花柳丛中寻找精神的慰藉。到了晚年，他用别的名字去参加考试，才得以高中，然后当了一个小官，失意至死。

范仲淹

范仲淹（989—1052），字希文，吴县（今江苏苏州）人。宋仁宗时任参知政事（副宰相）。他在陕西戍守边塞多年，西夏人畏惧他“胸中自有数万甲兵”，不敢来侵犯，从而西北边防一直很稳定。他积极参与政治改革，是北宋著名的政治家。曾条陈十事，主张革新；推行庆历新政，但为守旧派所反对。其诗、词、散文均有很大的影响。词作大部分散佚，仅存5首。有《范文正公集》传世。

渔家傲

塞下①秋来风景异，衡阳雁②去无留意。四面边声③连角起。千嶂里④，长烟落日孤城闭。　浊酒一杯家万里，燕

边塞秋景

然未勒⑤归无计。羌管悠悠霜满地。人不寐，将军白发征夫泪。

［说明］

这是一首典型的边塞词，表现了戍城将军的英雄豪迈的气概以及征夫的艰难困苦的生活，变低沉幽婉之调为激昂雄壮之声，格调悲壮苍凉。

［注释］

①塞下：边界上险要的地方，此指西北驻防要地。②衡阳雁：指南归之雁。衡阳旧城南有回雁峰，相传大雁至此不再南飞，遇春就北回。③边声：边地的悲凉之音，如马鸣、风号等。④千嶂里：在层层山峰的环抱里。⑤燕然未勒：意谓虏敌未灭，大功未成。

［词解］

秋天的边塞风景格外不同，寒风萧瑟，满目荒凉，连大雁都开始南归，且无丝毫留恋之意。忽然间边声四起弥漫了整个边塞。黄昏时分，在层层山岭的环抱之中，升起了狼烟。落日的余晖照耀着这座孤城，此时城门也已经紧闭。戍城的将士们都沉浸在这黄昏时分撩人的边愁中。将士们在愁闷中饮着浊酒，思念着万里之外的家乡，只是战争还没有取胜，归家无望。深夜里传来了凄切的羌笛声，所有戍边的将士都夜不能寐，将军的头发都已经白了，征夫的脸上满是思乡的泪水。

［词评］

沉雄似张巡五言。

——《词辨》

［词人逸事］

范仲淹从小便志存高远。有一次他外出，走到一个地方遇见了一位算命先生，算命先生主动提出给他算命。于是，他向那个算命先生问道：“你帮我看一看，我以后能不能当宰相？”一个小孩子居然开口就说要当宰相，这种情况这位算命先生可从未遇到过，他吓了一跳，然后有点轻蔑地对范仲淹说："你小小年纪，怎么口气这么大？"范仲淹感到很不好意思，然后又问道："要不这样好了，你再看一看，我以后能不能当大夫？"这个志愿和上一个志愿相差如此之大，这位算命先生更加诧异，便问道："你为什么挑这两个志愿？而且两者又有如此大的差距？"范仲淹回答说："因为只有良相跟良医才能救人。"

剔银灯

与欧阳公席上分题

昨夜因看蜀志[1]。笑曹操、孙权、刘备。用尽机关，徒劳心力，只得三分天地。屈指细寻思，争如共、刘伶[2]一醉。　人世都无百岁。少痴𫘤(ái)[3]、老成尪(wāng)悴。只有中间，些子少年，忍把浮名牵系。一品与千金，问白发、如何回避。

[说明]

范仲淹的这首词写的是对历史的评价、对人生的态度，将重大叙事纳入词作。但是，作者没有完全摆脱词为"小道""末技"的世俗之见的影响，从而采用一种戏谑不羁的笔调写来，削弱了词的豪迈骨力。

[注释]

①蜀志：指《三国志·蜀书》。②刘伶：字伯伦，西晋沛国（今安徽宿州）人，"竹林七贤"之一。平生嗜酒，曾作《酒德颂》。他常乘鹿车，携一壶酒，让人带着锄头在身后跟着，说："死便埋我。"③痴𫘤：不慧，愚蠢。

[词解]

昨天夜里翻看《三国志》，不禁笑话起曹操、孙权、刘备三人。他们用尽权谋算计，不过是枉费心力而已，最后也只落得三分天下的结果。与其像这样费尽心力，不如像刘伶那样酩酊大醉。词的下片借鉴了白居易《狂歌词》的诗意，说人生一世，很难活到一百岁的。小的时候不懂事，老了又衰老孱弱。只有中间青年的一段时光最可宝贵，如何忍心用来追求功名利禄呢？就算成为一品大官、家产千金，也同样免不了白发苍苍的命运。全篇采用口语的形式，笔调诙谐幽默，表面上是在宣扬颓废无为的消极思想，实际上是词人在表达心中的苦闷。词人饱含了一腔热情给社会，但是怀才不遇，胸中积郁难消，只能把酒言欢忘却烦恼。

［词人逸事］

范仲淹在邠州戍守时，闲暇时打算与部下们登上城楼畅饮一番，这时看见十多个身戴重孝的人在准备装殓的东西。他命人前去查问，原来是一名客居邠州的读书人死了，准备出殡葬在近郊，可是棺椁等物一直没有备齐。范仲淹心里感到难过，立即叫人将酒席撤掉，并拿出钱财厚济了他们，让他们能完成装殓。在座的客人无不为范仲淹的所作所为而感动。

> 欧阳修
>
> 欧阳修（1007—1072），字永叔，晚号醉翁，又号六一居士，庐陵（今属江西）人。累迁翰林学士、枢密副使、参知政事等职。宋神宗时任兵部尚书，以太子少师致仕。卒后赠太子太师，谥号文忠。他是北宋古文运动的倡导者，以诗文名闻天下。其词的题材多为恋情游宴、伤春怨别，风格清丽婉转，与晏殊相近；但也有疏旷豪迈的作品。欧阳修作为北宋的文坛领袖，对宋初以来靡丽的文风给予了批判，主张文章应“明道”“致用”，并积极培养后进。有《欧阳文忠集》《六一词》等多部著述。

浣溪沙

堤上游人逐①画船，拍堤春水四垂天。绿杨楼外出②秋千。白发戴花君莫笑，六幺催拍盏频传③。人生何处似尊前④。

［说明］

此词大约作于欧阳修知颍州时，叙写词人春日载酒西湖的所见所感。

［注释］

①逐：追逐。堤上春天踏青的人追着画船在行走。②出：显露，露出。吴曾《能改斋漫录》卷十六中晁无咎云：“欧阳永叔《浣溪沙》云，‘堤上游

人逐画船，拍堤春水四垂天。绿杨楼外出秋千’，要皆绝妙。然只一‘出’字，自是后人道不到处。”这一说法不准确，其实王维诗《东城即事》“秋千兢出绿杨里”，冯延巳词《上行杯》“柳外秋千出画墙”，都已说过类似的话。③六幺：曲调名。语出白居易《琵琶行》：“初为霓裳后六幺。”拍：歌曲的节拍。盏频传：酒杯频频传递。④“人生”句：意谓人间万事都不如意，唯有饮酒作乐可以宣泄内心苦闷。

西湖笙歌

[词解]

河堤之上游人如织，笑语喧闹。湖面上画船轻漾，春水连天拍打着堤岸，堤上踏青赏春之人追随着画船在行走，好一幅踏青赏春的图画！然而这图画的点睛之处，却不在堤上、湖上，而在湖岸边、院墙内的高楼下。那绿杨丛中荡起的秋千架儿，那随着秋千飞舞而生的盈盈笑声，那青春少女的欢畅，才是春天气息荡漾的所在。因为它一直深锢墙内，而如今这份青春快乐鼓荡而出，便分外打动人心，平添了勃勃生机，盎然生气。

独自在画船中酣酒取乐的词人，此时也顾不得矜持，不怕被人窃笑，情不自禁地在白发之上插入一朵鲜花，添上一段春色。就让词人在这丝竹繁奏、酒杯频传之中，与民同乐，同庆春天的莅临，在春醪中沉醉，希冀因此可以忘却贬官颍州的烦恼。人生之不如意十之八九，只有在酒席之前，痛快地饮酒，淋漓大醉，才能宣泄心中的苦闷，忘却世事的繁芜。

[词评]

欧九《浣溪沙》词“绿杨楼外出秋千”，晁补之谓只一“出”字，便后人所不能道。余谓此本于正中《上行杯》词“柳外秋千出画墙”，但欧语尤工耳。

——王国维《人间词话》

［词人逸事］

有人询问欧阳修写文章有什么秘诀，欧阳修回答说："无他术，惟勤读书而多为之，自工。世人患作文字少，又懒读书，每一篇出，即求过人，如此少有至者。疵病不必待人指摘，多作自能见之。"

朝中措

送刘仲原甫出守维扬

平山①阑槛倚晴空。山色有无中。手种堂前垂柳，别来几度春风。　文章太守②，挥毫万字③，一饮千钟④。行乐直⑤须年少，樽(zūn)前看取⑥衰翁。

［说明］

嘉祐元年（1056），欧阳修的友人刘敞出守扬州。分别时欧阳修作了这首词送给友人，并借酬赠刘敞之际，追忆了自己当年在扬州的生活，塑造出一个风流儒雅、豪迈达观的"文章太守"形象。

［注释］

①平山：平山堂，在扬州西北蜀冈上，欧阳修于庆历八年（1048）做郡守时建。②文章太守：是赞誉刘原甫之语，亦是作者自谓。宋代知州略同于汉代太守，欧阳修曾知扬州，刘原甫即任扬州，且两人均喜爱做文章，故称。③挥毫万字：形容才思敏捷。④一饮千钟：极言酒量大。⑤直：即使。⑥看取：试看。

手种堂前垂柳

［词解］

平山堂凌空矗立，直耸天际，宛如和万里晴空相倚，站在平山堂上凭栏远眺，只见远方青山隐隐，若有若无。想当年我（词人自己）在堂前种下的柳树现在应该是依依偎人了，转眼间我离开扬州已经好几年了，而杨柳的枝枝叶叶都在牵动着我的感情。如今你（刘敞）将要出任扬州，我相信你在那里一定会做一个挥毫万字、一饮千钟的文章太守，气度豪迈、才华横溢，受百姓的爱戴和信服。时光易逝，人生短暂，需要及时行乐。

苏舜钦

苏舜钦（1008—1048），字子美，祖籍梓州铜山（今四川中江），后迁开封（今属河南）。曾任大理评事、集贤校理、监进奏院。曾多次上书，议论政治上的得失，与权贵不和，终被守旧派弹劾罢官。后退居苏州，筑沧浪亭。自号沧浪翁，纵情于山水之间。诗与梅尧臣齐名，号称“苏梅”，诗风雄健豪放，部分篇章富有英雄气概。也工于词，仅存一首。有《苏学士文集》。

水调歌头

沧浪亭

潇洒太湖岸，淡伫洞庭山①。鱼龙隐处，烟雾深锁渺弥②间。方念陶朱张翰③，忽有扁舟急桨，撇浪载鲈（lú）还。落日暴风雨，归路绕汀湾。　　丈夫志，当景盛，耻疏闲。壮年何事憔悴，华发改朱颜？拟借寒潭④垂钓，又恐相猜鸥鸟⑤，不肯傍青纶⑥。刺棹穿芦荻（dí），无语看波澜。

［说明］

苏舜钦位卑品高，数次上疏论朝廷大事，敢道他人所不敢道，于是便遭人忌恨，被贬谪罢免，这首词就是词人被免官后居于苏州时所作。

［注释］

①洞庭山：太湖中的岛屿。②渺弥：旷远的样子。③陶朱：指陶朱公，即范蠡。其辅佐越王勾践二十余年，灭吴而成霸业，尊为上将军。当察觉到勾践只能共患难、难与共安乐时，毅然离开越王，隐居于太湖的五里湖以避祸。张翰：曾当过东曹掾，处在西晋最不安定的八王之乱时期，他归隐以避祸。④寒潭：指在丹阳的小潭。此时作者人在苏州。⑤相猜鸥鸟：《列子·黄帝》篇载，有人与鸥鸟亲近，但当他怀有不正当心术后，鸥鸟便

醉酒湖心

不信任他，飞离很远。这里反用其意，借鸥鸟指别有用心的人。⑥青纶：指青色丝织衣服，代指词人自己。

[词解]

太湖岸边景物萧疏，洞庭山伫立太湖当中，山四周湖水明净淡然。归隐之处，烟雾浩渺。词人正回想着当年范蠡、张翰的归隐避祸，忽然一旁驶过一叶扁舟，舟上的人划桨正急，在风浪中载鱼而还。日落时分，暴风雨骤至，词人绕着汀湾驶向归途。大丈夫原本应当志在四方，趁着盛年大展身手，以疏散闲居为耻。而词人正当壮年，却形容憔悴，白发新添，如此困顿失意，是什么原因呢？词人原本打算到丹阳的寒潭旁垂钓（也就是做一番事业），又害怕会遭到那些鸥鸟（指别有用心的人）的猜疑，不肯前来依傍。于是词人便到太湖归隐，每日划棹穿梭在芦荻之间，不再谈论世事，只默默地看湖水起伏的波澜（也就是一心归隐）。

[词人逸事]

苏舜钦性格豪迈大气，酒量也十分大。年轻时，他寄住外舅祁国公杜衍家里读书，每天要喝掉一斗酒，却不吃任何下酒菜。杜衍对此感到疑惑，便暗中派子弟观察。派去的人在他的居所外探听，只听见他在大声朗读《汉书·张良传》，读到“良与客狙击秦皇帝，误中副车”这句时，他拍击书桌大声叹惜道：“可惜呀，没能击中！”于是斟满一大杯酒喝下去。当他读到“良曰：‘始臣起下邳，与上会于留，此天以臣授陛下。’”一句时，又拍着桌子说：“君臣相遇，竟然如此难！”然后又喝下去一大杯酒。听者将这些话告诉杜衍，杜衍听后，欣然领会，大笑道：“有这样的下酒菜，就算喝一斗酒也不多啊！”于是，苏舜钦“汉书下酒”的故事便成为一段佳话了。

王安石

王安石（1021—1086），字介甫，号半山，临川（今江西抚州）人。神宗熙宁年间，两次担任同平章事一职，大力推行变法。因保守派的竭力反对，新法未能顺利贯彻下去，效果也就不太显著。辞职后，曾在金陵居住，被封为荆国公，世称王荆公。王安石不仅是我国历史上的大政治家，也是古代著名的文学家。他十分看重文章的社会功用，主张为文应“有补于世”。其词仅存20余首，音调高昂，风格豪放，感慨有深意，“一洗五代旧习”。有辑本《临川先生歌曲》。

桂枝香

金陵[1]怀古

登临送目[2]，正故国[3]晚秋，天气初肃[4]。千里澄江似练[5]，翠峰如簇。征帆去棹残阳里[6]，背西风、酒旗斜矗(chù)。彩舟云淡，星河鹭起[7]，画图难足[8]。　念往昔、繁华竞逐[9]。叹门外楼头[10]，悲恨相续。千古凭高，对此谩嗟荣辱[11]。六朝旧事随流水，但寒烟、衰草凝绿。至今商女，时时犹唱，《后庭》遗曲[12]。

[说明]

金陵即今南京市，六朝古都所在。宋朝时，这里依然是繁华之地，虎踞龙盘，雄伟多姿。山地、丘陵、江湖、河泊在那里纵横交错。秦淮河横贯其内，风光无限。玄武湖、莫愁湖如两颗明珠镶嵌左右。看着如此景色，想到江山依旧而人事多变，怀古思今，感慨万千，于是作者写下了这篇“清空中有意趣”的政治抒情词。

[注释]

①金陵：古地名，宋时为江宁，即今江苏南京。②登临送目：登临高处，放眼远眺。③故国：旧都城。此指金陵，东吴、东晋、宋、齐、梁、陈六朝均建都于此。④初肃：秋天的肃杀之气刚刚出现。⑤澄江似练：江水澄澈，望去好似一条白色的丝带。⑥征帆去棹：指来来往往在江上行驶的船只。帆和棹代指船。征帆，一作“归帆”。残阳：一作“斜阳”。⑦星河：银河，这里指长江。鹭：本是一种水鸟，此指江中的白鹭洲。该洲位

于今南京市水西门外，当时白鹭群生。⑧难足：难以完全表达出来。⑨念往昔：一作"念自昔""叹往昔"。繁华：一作"豪华"。⑩门外楼头：指陈为隋灭这一事件。语出杜牧《台城曲》诗："门外韩擒虎，楼头张丽华。"门指当时的朱雀门，楼指皇宫结绮阁。⑪谩嗟荣辱：空叹兴亡。谩，通"漫"，意为徒然。嗟，叹息。⑫"至今商女"三句：用杜牧《泊秦淮》诗"商女不知亡国恨，隔江犹唱后庭花"句意。后庭花即后庭遗曲，指陈后主所制的《玉树后庭花》，是亡国的靡靡之音的代称。

[词解]

词人在肃爽的晚秋天气里登高远眺，秋日的肃杀之气刚刚出现。只见千里长江明净得如同一条白色的绸带，两岸苍翠的群峰好似簇拥在一起一般。江中的船帆在傍晚的残阳里来来往往，岸上酒家斜矗着的酒旗迎着西风飘扬。天水相接处，各种色彩的船只在淡云中时隐时现。一群白鹭在银河般的洲渚中腾空飞起。风光如此壮丽，恐怕"画图"也"难足"啊！在这样壮观美丽的风景中，词人开始追念往昔，想当初，这里曾是六朝的国都，非常繁华。六朝的统治者们在这里竞相过着奢侈淫逸的生活，最后导致亡国。像陈后主那样，敌军已经兵临城下，他还在拥着嫔妃作乐。六朝一个个相继灭亡，悲恨不断，实在是让人感慨。而千百年来人们到此登高凭吊，都不过是空发兴衰感慨，而那些六朝旧事则随着东去的江水一去不返了，剩下的只有几缕寒烟和尚有些绿色的衰草罢了。而时至今日，就像商女不知亡国之恨一样，六朝亡国的教训都已经被人们忘记了。词作的最后三句是借古讽今，别有寓意。

[词评]

金陵怀古，诸公寄调《桂枝香》者三十余家，惟王介甫为绝唱。东坡见之，叹曰：此老乃野狐精也。

——《历代诗余》卷一一四引《古今词话》

[词人逸事]

王安石虽然身居高位，却不像其他官员一样生活奢侈、追求口腹之欲。据说有一次，王安石的夫人和王安石的好友们闲聊，一个朋友说王安石特别喜欢吃鹿肉丝。夫人听后表示不相信，因为生活在一起多年她从来没发现他特别喜欢吃什么，就问那个朋友原因。朋友回答说，有一次他宴请王安石，王安石把一大盘鹿肉丝都吃了。夫人接着问道："那盘鹿肉丝摆在了桌子的什么位置呢？"朋友回答说就摆在王安石跟前。于是夫人笑道："下次你再请他时，把鹿肉丝放在离他最远的地方看看。"到了下次吃饭时，朋友依言将鹿肉丝放在了离王安石较远处，结果发现王安石把他跟前的那盘菜都吃了，而远处的鹿肉丝却丝毫未动。

浪淘沙

伊吕①两衰翁，历遍穷通②，一为钓叟一耕佣③。若使当时身不遇，老了英雄。　　汤武④偶相逢，风虎云龙⑤，兴亡只在谈笑中。直至如今千载后，谁与争功？

［说明］

这首词通过吟咏伊尹和吕尚"历遍穷通"的遭际和他们所立下的千载功业，抒发词人自己获得宋神宗的知遇，得以在政治上施展拳脚的豪迈之情。以史托今，巧妙地表达出词人对明君的赞赏之情。

［注释］

①伊吕：指伊尹和吕尚二人。②穷通：处境的困窘与顺利。③钓叟：此指吕尚。耕佣：此指伊尹。④汤武：汤即成汤，商朝的建立者。武即周武王，周朝的建立者。⑤风虎云龙：用以比喻君主得到贤臣，臣子遇到明主的情况。

伊尹

［词解］

伊尹和吕尚这两个人，一个曾是渔翁，一个曾是农夫，他们一度穷困至极，后又得到明君的发现赏识得以发达。试想一下，如果不是汤王、文王发现了他们并加以重用，他俩终其一生也就只能老死于山野之中了。汤武二王和伊吕二人偶然相遇，明君贤臣得以风云际会，如云生龙，风随虎一般，于谈笑中建立了大业。伊、吕的功劳不仅显赫当时，直到千载之后的今天，也依然无人可以相比！

[词评]

李易安谓："介甫文章似西汉，然以作歌词，则人必绝倒。"但此作却颉颃清真、稼轩，未可谩诋也。

——梁启超（见梁令娴《艺蘅馆词选》）

[词人逸事]

王安石的夫人吴氏体格较胖，容貌也较平常，偷偷为丈夫买了一个小妾。白天她对此事只字不提，到了晚上临睡时，才让那个女子梳妆好了前去侍候。王安石看到一个打扮得很漂亮的女子，半夜来到他的房间，对此感到很吃惊，问是什么缘故。女子便将夫人的意思讲给了王安石听。王安石细问她的身世，原来这女子已经有了丈夫，只是自己的丈夫不慎将一船官麦沉到了水里，卖遍了家产后仍然不够偿还官债，无奈之下只得将自己卖掉，以替丈夫还债。王安石便命女子去另外一间房中休息。第二天一早，就派人找来这女子的丈夫，让他把女子领回家，并称不必还钱了。

张舜民

张舜民（生卒年不详），字芸叟，自号浮休居士，又号矴斋，邠州（今陕西彬县）人。哲宗朝曾任监察御史，徽宗朝为吏部侍郎，以龙图阁待制知同州。以敢于直言见称。善画，亦能诗文，有《画墁集》。存词四首，为慷慨悲壮之作，风格与苏轼相近。

卖花声

题岳阳楼

木叶下君山①，空水②漫漫。十分斟酒敛芳颜。不是渭城③西去客，休唱《阳关》④。　　醉袖抚危栏⑤，天淡云闲。何人此路得生还？回首夕阳红尽处，应是长安。

[说明]

词人当时正在与西夏作战的前线上，因为写了一些所谓反对战争的"谤诗”，被撤了职，遭到贬官，南迁到郴州。这首词就是词人遭到贬职后，将要南行时所写的。

［注释］

①木叶：树叶。君山：在湖南岳阳西南洞庭湖中。②空水：天空和水面。③渭城：在今陕西西安西北。④《阳关》：王维《送元二使安西》诗入乐歌唱，称为《阳关三叠》。⑤危栏：高楼的栏杆。

［词解］

洞庭湖边树叶纷纷落下，天空和水面都是一片雾气蒙蒙。岳阳楼内，歌妓神色凝重地给即将南迁的词人斟上了满满的一杯酒。歌妓唱起送别的乐曲时，词人自嘲地说道自己不但不能西出阳关，反而要南迁郴州，所以当此之际，就不要唱那首《阳关》了。酒醉以后，词人带着醉意凭栏远望，只见高高的天上风轻云淡，而自己却要走上那条南迁的路。古往今来，被贬谪的人踏上这条路后，有几个能得以生还的呢？回头看那红红的夕阳落下的地方，那个地方应该就是词人念念不能忘的长安啊！

［词评］

张芸叟词云：“回首夕阳红尽处，应是长安。”人喜诵之。乐天题岳阳楼诗云：“春岸绿时连梦泽，夕波红处近长安。”盖芸叟用此换骨也。

——费衮《梁溪漫志》

［词人逸事］

文人和江山胜迹历来就有很深的渊源，张舜民和遮阳山也有一段佳话相传。遮阳山位于漳县县城西部 29 公里处，即秦岭西端和岷山交汇地段，那里是风光怡人的自然风景区，里面到处都是奇丽岩壑和神奇的岩洞，分为西溪、东溪、夷门山三个景区。张舜民曾任吏部侍郎一职，一向以清正廉洁著称，后来因为直言犯上，触怒了皇帝而被贬逐，寓住在遮阳山，见此处风景如此秀美，便经常上山游玩，并在西溪的山峰和岩洞上题刻了“西溪”和“芸叟洞”。而那个山峰据说是一位神女所化，神女爱慕张舜民，时常偷偷来到人间，为张舜民洗衣做饭，后来被仙界发现，受到惩罚，神女便化身为西溪上的一座山峰，日夜守望着居住在这里的张舜民。

苏 轼

苏轼（1037—1101），字子瞻，号东坡居士，眉州眉山（今属四川）人。宋仁宗嘉祐二年（1057）进士。以文章知名。他是继欧阳修之后的宋代文坛领袖。诗、词、文造诣都很高，代表了北宋文学的最高成就。书法、绘画也有其过人之处。苏轼才情横溢，气势奔放，为词的创作开辟了不同的天地，一改晚唐、五代以来文人词柔靡纤弱的词风，创造出意境高远、清新和豪迈的风格。其笔力雄壮，气势磅礴，慷慨豪迈之作让人耳目一新。他在词的题材、意境、体制等方面均进行了开拓和革新，有力地推动了词的发展，堪为豪放词派之创始人。但以议论入词和用典过多，在一定程度上影响了词的形象性。著述颇丰，有《东坡乐府》，存词350余首。

虞美人

有美堂[1]赠述古

湖山信[2]是东南美，一望弥[3]千里。使君[4]能得几回来？便使樽前醉倒更徘徊。　　沙河塘[5]里灯初上，水调[6]谁家唱？夜阑风静欲归时，惟有一江明月碧琉璃[7]。

［说明］

这首词作于熙宁七年（1074）。当时苏轼任杭州通判，杭州太守陈襄（字述古）调任，将要离开杭州时，陈述古在杭州城中的有美堂设宴款待官僚。当时苏轼在应邀之列，应陈襄之请，当席而作。

［注释］

①有美堂：嘉祐二年（1057），学士梅挚官迁杭州太守。临走时宋仁宗赐诗，开头是“地有吴山美，东南第一州”。梅挚到任后，在杭州城内吴山上筑堂，取名“有美”。②信：确实，诚然。③弥：遍，满。④使君：对州郡长官的称呼。此指杭州太守陈襄。本词就是陈襄调任前在有美堂宴客时苏轼所写的。⑤沙河塘：位于杭州东南，该地当时为商业中心。⑥水调：调名。隋炀帝开汴渠，曾作《水调》。⑦琉璃：蜀人称水清明者为琉璃。

［词解］

有美堂的风景十分壮美，站在堂上，湖山满眼，一望千里。而使君此次一去，何时才能重来？又何时才能再置酒相会？夜晚降临，繁华的沙河塘上华灯初上，江上传来流行的《水调》，不知道这是哪一家在歌唱？歌声情韵悲切，听此悲歌，堂上离别的人们更增添了离怀别思。夜深风停宴席结束时，一切都恢复平静，唯有江水清澈，江月明朗温婉，水月交相辉映，美丽而温馨。

临江夜宴

[词评]

人赏东坡粗豪，吾赏东坡韶秀。韶秀是东坡佳处，粗豪则病也。东坡每事俱不十分用力，古文、书、画皆尔，词亦尔。

——周济《介存斋论词杂著》

[词人逸事]

苏轼不仅在文学上有很大成就，在厨艺上也有所作为。除了众人皆知的东坡肘子外，他还擅长烹饪鱼，烹制的鱼味道绝佳。一次，苏轼亲自下厨做鱼，鱼刚烧好，隔着窗户看到黄庭坚来了，怕他与自己分享美食，就急忙把鱼放到了碗橱的顶部。没想到黄庭坚进门后闻到了鱼的香味，就设下圈套问道："今特来向子瞻兄请教苏轼的'蘇'怎么写？"苏轼回答道："蘇字，上草下左鱼右禾。"黄庭坚又问："要是把鱼放到右边行吗？"苏轼道："也行。"黄庭坚接着又问："那把这个鱼放到上边行吗？"苏轼有些不耐烦了，就说："哪有鱼放在上面的道理？"黄庭坚便指向碗橱顶，笑道："既然子瞻兄也明白这个道理，那为何还把鱼放在上面？"

江城子

密州出猎

老夫聊发少年狂①。左牵黄，右擎苍②。锦帽貂裘，千骑卷平冈③。为报倾城随太守④，亲射虎，看孙郎⑤。　酒酣胸胆尚⑥开张。鬓微霜⑦，又何妨！持节云中⑧，何日遣冯唐⑨？会⑩挽雕弓如满月，西北望，射天狼⑪。

[说明]

宋神宗熙宁八年（1075），苏轼担任密州太守，是年密州遇到大旱，苏轼便去常山祈雨，归途中和同僚梅户曹会猎于铁沟，便作了这首出猎词。

[注释]

①老夫：作者自称。聊：姑且。②左牵黄：左手牵着黄狗。右擎苍：右手托着苍鹰。携带狗和鹰是古人出猎时的习惯。③千骑：形容随从乘骑之多。卷平冈：卷起平冈上的尘土。④太守：此指作者自己。⑤孙郎：孙权。这是作者自喻。史载，孙权曾亲自射虎。⑥尚：更。⑦霜：白。⑧持节：拿着符节。云中：汉时郡名。⑨冯唐：汉文帝时人。文帝曾派冯唐持节赦免魏尚。这里作者以魏尚自比。⑩会：会当，将要。⑪天狼：星名，又称犬星，主侵掠。这里隐指西夏。

[词解]

词人为一种少年的豪情和狂放所激荡，左手牵着黄犬，右臂驾着苍鹰，身着雕裘，头戴锦帽，带领着大队的随从一同出猎，他们全都是一身打猎的装束。千骑一同奔驰，在平冈上卷起阵阵尘土。为了回报全城百姓都随着太守出行的热情，词人决定自己要像当年的孙权一样，亲自射虎以显身手。打猎归来，词人又开宴畅饮，在酒酣耳热之际，词人更加豪情满怀，兴致也更加浓厚。接着词人发出了豪情壮语：虽然自己头发斑白，年岁已高，但那又有何妨碍？词人一直在等待着朝廷能够像汉文帝派冯唐持节赦免魏尚一样，对自己委以重任，赶赴边疆杀敌。到了那时候，他一定将挽弓如满月，狠狠地打击那些侵扰边疆的西夏军队。本词通过写出猎之行，抒发自己兴国安邦的志向，扩大了词的题材和表现力，为词的创作开创了不同的局面，是豪放词的典型之作。

[词评]

东坡词颇似老杜诗，以其无意不可入，无事不可言也。若其豪放之致，则时与太白为近。太白《忆秦娥》，声情悲壮。晚唐、五代，惟趋婉丽。至东坡始能复古。后世论词者，或转以东坡为变调，不知晚唐、五代乃变调也。

——刘熙载《艺概》

[词人逸事]

苏轼被打入大牢以后，神宗皇帝为了试探他究竟怨不怨恨自己，就专门派了一个小太监伪装成犯人，进入东坡的牢房，和他同吃同睡，查探他的神态言行。白天吃饭时，小太监经常用言语挑唆，苏轼不加理会将牢饭吃得津津有味，回答说：“任凭天公雷闪，我心岿然不动！”一入夜后，他就蒙头大睡，小太监便又在一旁用言语刺激他说：“堂堂苏学士睡这等床，岂不可悲可怜？”苏轼依然毫不理会，只用鼾声回答。如此数日，小太监没有抓到他的一点儿把柄，只好上告神宗。神宗听完报告后，便不再为难苏轼，将他释放了。

水调歌头

丙辰①中秋，欢饮达旦，大醉，作此篇。兼怀子由②。

明月几时有？把酒问青天③。不知天上宫阙，今夕是何年④。我欲乘风归去，又恐琼楼玉宇⑤，高处不胜⑥寒。起舞弄清影，何似在人间！　　转朱阁⑦，低绮(qǐ)户⑧，照无眠。不应有恨，何事长向别时圆？人有悲欢离合，月有阴晴圆缺，此事古难全。但愿人长久，千里共婵娟⑨。

[说明]

这是一首妇孺皆知的中秋词，写于宋神宗熙宁九年（1076）的中秋节。当时词人与弟弟苏辙分居两地，作者醉后怀念弟弟，便写了这首著名的抒情之作。

[注释]

①丙辰：此指宋神宗熙宁九年（1076）。②子由：作者之弟苏辙，字子由。③“明月”二句：从李白《把酒问月》诗“青天有月来几时？我今停杯一问之”脱化而来。把，即持，握。④“今夕”句：出自唐人传奇《周秦行纪》：“共道人间惆怅事，不知今夕是何年。”⑤琼楼玉宇：指月中宫殿，为神仙所住。⑥不胜：经受不了。⑦朱阁：华美的楼阁。⑧绮户：雕有花纹的门窗。⑨“千里”句：化用谢庄《月赋》“美人迈兮音尘绝，隔千里兮共明月”句意。婵娟，形态美好的样子，这里指月亮。

[词解]

如此皓然朗月，几时能够常有呢？词人在这样圆月高照的中秋之夜，

水调歌头·中秋

手拿酒杯向青天发问。不知道那天上的宫阙里，如今又是何年呢？词人原本打算乘着风飞到那月宫中去，却又害怕那琼楼玉宇，虽然美丽却太过高深，而太高处则会不胜其寒。倒不如依然居于人间，对月翩然起舞。月光皎洁，月华的清辉照着华美的高楼，也洒进雕花的窗内，照着每一个夜深不能眠的人。此时词人和弟弟分离，月圆而人不能团圆，为此词人虽然觉得不应当埋怨那一轮圆月，但还是忍不住诘问：为何月亮总是要在人们分离时圆呢？而后词人又意识到：人生本来就充满了悲欢离合，正如月亮也总有阴晴圆缺一样，自古以来就难求圆满。于是词人心境转为豁达洒脱，超然物外，发出了“但愿人长久，千里共婵娟”的美好祝愿。词作的结尾充满了人生哲理，是苏轼哲理词的代表作。

[词评]

词以不犯本位为高。东坡《满庭芳》：“老去君恩未报，空回首弹铗悲歌。”语诚慷慨，然不若《水调歌头》：“我欲乘风归去，又恐琼楼玉宇，高处不胜寒。”尤觉空灵蕴藉。

——刘熙载《艺概》

[词人逸事]

苏轼在京城参加会考时，主考官就是举世闻名的文坛领袖欧阳修。考试结束后，欧阳修在批阅考生试卷的时候，对苏轼华丽潇洒的文风非常欣赏。当时的规定是所有的考卷必须是无记名式，以防止作弊。当时欧阳修心里虽然很想评这份考卷为第一，但他认为此文的风格很像自己的学生曾巩所写，为了以免落人话柄，最后评此文为第二。等到发榜那天，欧阳修才知道这篇文章是苏轼所作。欧阳修懊悔不已，但苏轼却丝毫不介意。苏轼的宽容气度和惊人的才华更是让欧阳修十分赞叹，说道：“这样杰出的俊才，我该让路，让他高出我一头啊（出人头地就是从这里来的）！”后来苏轼也成为了欧阳修的门生。

永遇乐

彭城夜宿燕子楼，梦盼盼，因作此词。

明月如霜，好风如水，清景无限。曲港跳鱼，圆荷泻露，寂寞无人见。紞（dǎn）如[1]三鼓，铿然一叶[2]，黯黯梦云惊断[3]。夜茫茫、重寻无处，觉来小园行遍。　天涯倦客，山中归路[4]，望断故园心眼[5]。燕子楼空，佳人何在？空锁楼中燕。古今如梦，何曾梦觉，但有旧欢新怨。异时对、黄楼[6]夜景，为余浩叹。

［说明］

唐代徐州刺史张建封有爱妾名叫盼盼，能歌善舞。张建封死后，盼盼念旧爱而不嫁，十余年来都住在张氏旧居的燕子楼上。元丰元年（1078）十月，苏轼时任徐州知州，他夜宿燕子楼时梦见了盼盼，因此写下了这首感梦抒怀的作品。

秋夜愁思

［注释］

①紞如：击鼓声。②铿然一叶：描写夜间沉静得连落叶的声音也好像是金石铿然之声。③梦云惊断：梦也中断而做不下去了。④山中归路：归隐之路。⑤故园心眼：思乡之心。⑥黄楼：苏轼守徐州时所建高楼，是他政绩的象征。

［词解］

词人夜宿燕子楼，看到燕子楼小园无限清幽的夜景：明亮的月光皎洁如霜，舒爽的秋风清凉如水，曲港里鱼儿跳出水面，晶莹的露水在圆荷上滚动。夜深人静，万籁俱寂，这美丽的夜景没有人看见，为什么独独词人会在小园里徘徊呢？原来深夜沉静，只远远传来三更的鼓声，静得连落叶的声音也清晰可闻，竟好像是金石铿然之声，将词人从睡梦中惊醒。夜色茫茫，梦中的景象无处追寻，词人怅然若失，因此起身行遍小园，来排遣心中的怅惘之情。

词人登上燕子楼遥望远方，不禁产生了身世之悲。多年来贬官他乡，词人已对仕途感到疲倦，他想回到家乡归隐田园，可是欲归无期，怎不牵动他去国怀乡的愁思啊！然而他满腔的愁绪又能向何人诉说呢？燕子楼已经人去楼空，当年居住其中的佳人已不复存在，只有双双燕子在楼檐上安家落户。古今人世变迁，让词人心生感慨：世事如梦，今人的欢乐哀愁还与古人一样，人们生活其中何曾梦醒？他忽然想到，将来后人见到黄楼夜景时，大概也会为他感叹，就像他今日见燕子楼而凭吊盼盼一样。词人悟得人生如梦，便变得旷达，摆脱了个人的失意与愁绪，获得了心灵的解脱。

[词评]

公“燕子楼空”三句语淮海，殆以示咏古之超宕，贵神情不贵迹象也。

——郑文焯《手批东坡乐府》

[词人逸事]

苏轼任徐州知州，写《永遇乐》咏盼盼事，他刚刚脱稿还没有人知道的时候，忽然有一天城里纷纷开始传唱这首词。苏轼非常惊讶，经过询问得知这是由一名巡逻的士卒传开的。他找来这名士卒质问，士卒答道：“我稍懂音律，不久前夜宿张建封庙时听到歌声，唱的就是这首词，我就记住并传开了。当时也不知道是什么意思。”苏轼听了他的解释，就笑着将他放了。

满江红

寄鄂州朱使君寿昌

江汉[1]西来，高楼[2]下，葡萄深碧[3]。犹自带，岷(mín)峨雪浪[4]，锦江春色[5]。君是南山遗爱守[6]，我为剑外思归客[7]。对此间、风物岂无情，殷勤说。　江表传[8]，君休读；狂

处士[9]，真堪惜。空洲对鹦鹉[10]，苇花萧瑟。不独笑书生争底事，曹公黄祖俱飘忽。愿使君、还赋谪仙[11]诗，追黄鹤[12]。

［说明］

这首词是词人贬居黄州期间寄予友人鄂州太守朱寿昌的。

［注释］

①江汉：长江和汉水，两者在武汉汇流。②高楼：此指黄鹤楼，在武昌黄鹤矶上，面临长江。③葡萄深碧：形容水色。④岷峨雪浪：岷山、峨眉山都是四川西部的大山。山上积雪夏天融化，涌入长江东流。⑤锦江春色：化用杜甫《登楼》“锦江春色来天地”诗句。⑥南山遗爱守：朱寿昌曾任陕州通判，卓有政绩。因陕州境内有终南山，为称颂他，故称“南山遗爱守”。⑦剑外思归客：苏轼故里四川，在剑门山之南，故有此称。该句化用杜甫诗句“江汉思归客”。⑧江表传：书名，是记载三国时代吴国人物事迹的史书，已失传。⑨狂处士：指三国时祢衡。⑩“空洲”句：用李白“虚对鹦鹉洲”诗意。祢衡曾写过辞气慷慨、借物抒怀的《鹦鹉赋》，死后葬地人称鹦鹉洲，在今湖北汉阳江边。⑪谪仙：指李白，世人称李白为谪仙人。⑫追黄鹤：旧传李白游黄鹤楼时，看到崔颢的题诗，曾搁笔而叹。后依崔诗原韵作《登金陵凤凰台》，欲与之争胜。

［词解］

长江、汉水自西方奔腾而下，于武汉会合，而武汉境内著名的黄鹤楼则岿然屹立，俯瞰着周围浩瀚的大江，楼前的长江水呈现出一种葡萄酒般的深碧之色。岷山、峨眉山的雪水融化注入长江，因此词人说，奔腾来的长江水似乎还带着岷峨雪水的浪涛，并且带来锦江的春色。词人禁不住向往那春意盎然的锦城，牵动了思归之心，触发了怀友之思。友人曾一度是陕州境内受人爱戴的太守，我则是他乡思故里的逐客。对着此地的情境怎能不触动情感呢？因此词人为此殷勤诉说。词人奉劝友人不要去读三国江左史乘《江表传》。那个处士祢衡因为恃才傲物而招致了杀身之祸，是多么令人可惜，而直到今天埋葬祢衡的鹦鹉洲也只空有萧瑟的芦花。称霸一时的曹操、黄祖今日也已归于泯灭，书生又何苦和这等人争执纠葛，徒招祸端呢？既然如此，不如超然物外、随缘自适，于是词人对友人提出建议：希望友人不要卷入政治斗争的漩涡中，而是要多读读谪仙人李白的诗，寄意于不朽的文章之事，撰写出能够和《黄鹤楼》媲美的佳作。全词大开大合，境界广阔，议论纵横，豪迈雄放的风格和严密的章法结构让这首词成为了东坡豪放词的又一佳作。

[词评]

世言东坡不能歌，故所作乐府，多不协律。晁以道谓："绍圣初，与东坡别于汴上，东坡酒酣，自歌阳关曲。"则公非不能歌，但豪放，不喜剪裁以就声律耳。试取东坡诸词歌之，曲终，觉天风海雨逼人。

——《历代诗余》

[词人逸事]

苏轼因"乌台诗案"而被王安石打入牢狱，很多跟苏轼交往甚密的文人墨客都受到了牵连，连他已经去世的老师欧阳修及其家人也未能逃脱干系，苏轼本人更是被投入狱中整整一百天。后来王安石变法失败逝世后，很多人纷纷对他加以指责，而苏轼却并不趁此机会加以攻击。后来宋哲宗命苏轼代他给王安石拟敕书，苏轼没有因为往日的政见不同而公报私仇，对王安石进行诋毁，反而对他给予了很高的评价，文中有一段写道："瑰伟之文，足以藻饰万物；卓绝之行，足以风动四方。"由此可见，苏轼这种高风亮节、爱憎分明的精神实在令人敬佩。

念奴娇

赤壁[1]怀古

大江[2]东去，浪淘尽，千古风流人物[3]。故垒[4]西边，人道是，三国周郎[5]赤壁。乱石穿空[6]，惊涛拍岸[7]，卷起千堆雪[8]。江山如画，一时多少豪杰！　　遥想公瑾当年，小乔[9]初嫁了，雄姿英发[10]。羽扇纶巾[11]，谈笑间，樯橹[12]灰飞烟灭。故国神游[13]，多情应笑我[14]，早生华发[15]。人生如梦，一尊还酹[16]江月。

[说明]

这首词写于神宗元丰五年（1082）七月，当时苏轼贬居黄州，出游黄州城外的赤壁矶时写下了这首被誉为“千古绝唱”的名作。这首词是宋词中流传最为广泛、影响也最大的作品，对北宋词坛一度流行的缠绵悱恻之风，起到了醍醐灌顶的作用。

赤壁怀古

［注释］

①赤壁：三国时周瑜击败曹操的地方。一说在今湖北蒲圻西北，长江南岸。因该山山岩呈赭红色，故名。一说在黄冈县城西北。苏轼所游赤壁当为后者。因此，词中之景不必拘泥，作者不过在此借景抒怀而已。②大江：长江。③风流人物：指才能出众、品格超群、风度潇洒的英雄人物。④故垒：旧时营垒，古战场。⑤周郎：周瑜，字公瑾，吴国著名将领。初任大将时，年仅24岁，故名。⑥穿空：一作“崩云”。⑦拍岸：一作“掠岸”“裂岸”。⑧千堆雪：形容很多的浪花。⑨小乔：乔公之幼女，以美貌著称，周瑜之妻。⑩英发：英气勃发，形容周瑜的言论精彩、透辟。另说“英发”是形容“雄姿”的。⑪羽扇纶巾：三国六朝时儒将常有的打扮。羽扇是用长羽毛做成的扇子。纶巾为古代一种配有青丝带的头巾。这句是从仪表上描绘周瑜的儒雅风度。⑫樯橹：船的代称。樯是船上挂帆的桅杆，橹是划船的桨。樯橹，一作“强虏”。⑬故国：此指旧地，为古战场赤壁。神游：在感觉中好像曾前往游览。⑭多情应笑我：是“应笑我多情”的倒装。⑮华发：花白头发。写此词时，作者四十余岁，鬓发已白，故曰“早”。⑯酹：把酒倒在地上祭奠。

［词解］

长江汹涌奔腾，东流而去，千百年来那些才能出众、风度潇洒倜傥的英雄人物都随着逝去的浪涛而隐去了。那旧营垒的西边，人们说那就是三国时代周瑜曾作战过的赤壁。在那儿，陡峭不平的山崖石壁直刺向天空，高耸入云霄，气势澎湃的惊涛骇浪狠狠地拍击着江岸，激起了一层层雪白的浪花。江山如此多娇，如一幅奇丽雄伟的画卷，那个时代（三国时）一度荟萃了多少英雄豪杰。遥想当年的周瑜，正是年轻有为，神武英勇，又加上刚刚娶得美人小乔为妻，更是英姿勃发、气宇轩昂。只见他手持羽扇，头戴纶巾，于谈笑之间轻松克敌，将强敌的战船烧得灰飞烟灭，大败曹军。而此时此刻，怀想三国旧事的词人，在凭吊古人的同时不由得念及自己，词人志向高远却一直壮志未酬，仕途坎坷，感觉年华虚掷，人生无常。而后词人自嘲道：应该是笑我自己多愁善感吧，导致头发早早地变白了。人世如一场大梦，我还是倒一杯酒来祭奠这江上的明月吧！而在这自嘲的背后则饱含着词人对自己坎坷身世的无限沉痛感慨。整首词慨叹古今，写得雄壮苍凉、气势磅礴，一方面将人们带入江山如画、雄伟壮丽的景色中；另一方面又引人们陷入深邃的历史沉思中，融景物、人事慨叹、哲理于一体，动人心魄。

[词评]

东坡“大江东去”赤壁词，语意高妙，真古今绝唱。

——胡仔《苕溪渔隐丛话·前集》

[词人逸事]

苏轼考取榜眼后，他们一家人在花园中庆祝，席间提议吟诗。苏轼的父亲苏洵命题，定以“冷、香”两个字，每人都说两句诗，要求是要符合此情此景。苏洵第一个开始，只见他缓缓走到花池边，吟道：“水自石边流出冷，风从花里过来香。”苏辙也站起来，走到腊梅花处摘了一瓣，并弹了一下手指，吟道：“冷字句佚不可知，梅花弹遍指头香。”然后苏小妹也去摘花，苏辙刚要嘲笑她模仿自己，小妹却云：“叫日杜鹃喉舌冷，宿花蝴蝶梦魂香。”说完把手掌摊开，只见手上是一只死了的蝴蝶。轮到苏轼时，他却一拂石凳，作势骑着马奔走，苏洵便喊道：“我儿，说不出来也不要走啊！”话音未落，苏轼已吟出两句：“拂石坐来衣带冷，踏花归去马蹄香！”家人为之赞叹不已。

临江仙

夜归临皋[①]

夜饮东坡[②]醒复醉，归来仿佛三更。家童鼻息已雷鸣。敲门都不应，倚杖听江声。　长恨此身非我有[③]，何时忘

却营营④？夜阑风静縠(hú)纹⑤平，小舟从此逝，江海寄余生。

［说明］

这首词作于神宗元丰五年（1082），也就是苏轼被贬到黄州的第三年，所写的是词人于深秋之夜在东坡雪堂尽情饮酒，醉后返回临皋住处时的情景。

［注释］

①临皋：临皋亭。本名回车院，在黄州朝宗门外，下临长江。②东坡：在黄冈东边。苏轼流放黄州，戴罪任检校水部员外郎、黄州团练副使，筑雪堂于东坡，名之曰“东坡雪堂”，并自号东坡居士。③此身非我有：这是老庄思想，也反映苏轼当时的思想。庄子宣扬“此身非吾有”，提倡人身自由，主张不为外物所役。④营营：为功名利禄而劳碌奔波。⑤縠纹：形容水中细小的波纹。

［词解］

词人在东坡雪堂中开怀畅饮，醉而复醒，醒而复醉，如此一番豪饮后，当他回到自己的寓所时，时间已经很晚了。词人醉眼蒙眬中感觉时间应该已经是三更了。到了家门后，词人开始敲门，但是家童们都已经酣睡，还响起如雷般的鼾声，不管词人怎么敲门也没人回应。既然无人应门，词人索性倚杖走开，走到江边去听江涛声。至此，一个风神潇洒、遗世独立的达观者形象跃然纸上。对着滔滔江水，词人回想生平，慨然长叹，生出道家的深沉喟叹：人世虚无，连我自己的身体都不属于我自己所有啊！既然如此，什么时候可以完全忘却人间的一切功名俗事呢？此时已是深夜，风已静止，江面上一片平静，词人看着眼前宁谧美好的情景，不禁生出一种就此乘船归隐，在江海上度过余生的愿望，于是唱道：“小舟从此逝，江海寄余生。”

［词评］

东坡词具神仙出世之姿。

——刘熙载《艺概》

［词人逸事］

相传这首词写成以后，当晚就流传开来。词中后三句很明显地表达了词人隐退的想法，导致第二天谣言四起，说词人已将冠服放在江边，乘坐小舟，归隐山水之间了。地方官得知这个消息，十分惊讶，因为当时苏轼在黄州是以罪人的身份贬谪在此，怕因罪人逃走而犯了失职之罪，急忙带人前去察看究竟。不料到了词人的住所后，却发现他正鼾声大震地躺在床上呢。

青玉案

和贺方回韵送伯固归吴中故居[①]

三年枕上吴中路，遣黄犬[②]、随君去。若到松江呼小渡，莫惊鸥鹭。四桥[③]尽是，老子经行处。　辋(wǎng)川图上看春暮，常记高人右丞句[④]。作个归期天已许，春衫犹是，小蛮[⑤]针线，曾湿西湖雨。

[注释]

①贺方回：词人贺铸。伯固：苏坚，他随苏轼在杭州三年。吴中：今江苏苏州地区。②黄犬：《晋书·陆机传》载，陆机在洛阳时，曾把书信系于名叫黄耳的狗的颈部，送回吴江家中。③四桥：指苏州的枫桥等四座桥。④“辋川图”二句：王维曾官尚书右丞，居蓝田别墅，作《辋川集》，绘《辋川图》。⑤小蛮：白居易有姬樊素善唱歌，有妓小蛮善舞蹈。白作诗云：“樱桃樊素口，杨柳小蛮腰。”这里指侍妾。

[词解]

苏坚跟随词人在杭州三年了，如今他就要回吴中去，词人真想遣黄犬与他同去，这样就能常常得知他的音信，由此可见词人与苏坚深厚的情谊。词人嘱咐苏坚：“你若到了松江招呼小渡，可不要惊扰那里的鸥鸟与白鹭，苏州的四座桥都曾是我游历过的地方。”言语中透露出词人

吴中送别

对吴中风物的喜爱，以及羡慕苏坚能够回到旧游之地日日优游的心情。

吴中风光之美，可以从王维《辋川图》所画的暮春景色中看出来，词人也一直记得王维那些高妙的诗句。苏坚的归去让他非常怀念吴中，畅想能拟订一个归期，上天一定会准许。想想看自己的春衫还是从前侍妾缝制的，衣衫还曾经被西湖的细雨淋湿过，他宦游天涯，怎么能不渴望归去呢？而实际上，词人却是身陷尘世，欲归不能，只能空自羡慕友人。

[词评]

“曾湿西湖雨”是情语，非艳语。与上三句相连属，遂成奇艳绝艳，令人爱不忍释。坡公天仙化人，此等词犹为非其至者，后学已未易摹仿其万一。

——况周颐《蕙风词话》

木兰花

霜余①已失长淮阔，空听潺潺清颍（yǐng）咽②。佳人犹唱醉翁③词，四十三年④如电抹。　　草头秋露流珠滑，三五盈盈还二八⑤。与余同是识翁人，唯有西湖波底月⑥。

[说明]

这首词一本有副标题“次欧公西湖韵”。苏轼于宋哲宗元祐六年（1091）任颍州（今安徽阜阳）知州，时年56岁。欧阳修在任颍州知州期间曾作《玉楼春》(即《木兰花令》) 多首，其中有一首是:“西湖南北烟波阔，风里丝簧声韵咽。舞余裙带绿双垂，酒入香腮红一抹。杯深不觉琉璃滑，贪看六幺花十八。明朝车马各西东，惆怅画桥风与月。”苏轼这首词就是对欧阳修词的和作。

[注释]

①霜余：霜后。秋天为枯水季节，所以说淮河仿佛变得狭窄了。②清颍：颍水。颍水在颍州注入淮河。咽：呜咽。③醉翁：欧阳修自号醉翁。④四十三年：欧阳修于宋仁宗皇祐元年（1049）被贬官颍州，距苏轼任颍州知州的元祐六年（1091）约43年。⑤“草头”二句：意谓生命短促，世事无常。草头秋露，比喻生命短促。三五、二八，谢灵运《怨晓月赋》：“昨

三五兮既满，今二八兮将缺。”三五十五，月亮正圆。二八十六，月满将缺，以此来比喻人生世事无常。⑥“与余”二句：感逝伤怀，情不能已。言欧阳修逝世已久，当年熟悉欧阳修的人大约只剩下苏轼自己与西湖明月了。西湖，指颍州西湖，欧阳修在颍州时常夜游西湖。

［词解］

深秋时节，淮河进入了枯水季节，不再像平时那样宽阔了，只听见澄澈的颍水呜咽着汇入淮河。欧阳修被贬官颍州已是43年前的事了，可是淮河畔的佳人还唱着他写的词。词人怀念起欧阳修，不由得感慨时光易逝、世事无常。

草叶上的秋露滑落，就像人生一样短促。诗人仰望天空中的明月，十五的月亮正圆，十六以后月亮就将渐渐由满到缺。自然界的景物让他感逝伤怀、情不能已，诗人不由得想到欧阳修逝世已久，当年熟识欧阳修的人除了自己就只有这轮倒映在西湖水波中的明月了。

［词评］

居士词岂无去国怀乡之感，殊觉哀而不伤。

——周煇《清波杂志》

定风波

三月七日，沙湖道中遇雨。雨具先去，
同行皆狼狈，余独不觉。已而遂晴，故作此词。

莫听穿林打叶声，何妨吟啸①且徐行，竹杖芒鞋②轻胜马。谁怕？一蓑烟雨任平生。　料峭③春风吹酒醒。微冷。山头斜照却相迎。回首向来萧瑟④处。归去。也无风雨也无晴。

［说明］

此词作于苏轼贬黄州后的第三个春天，记录的是一次野外途中偶遇风雨，然后天色大晴的事，简朴之中蕴深意，寻常之处生奇警，表现出词人一贯的旷达超脱。

［注释］

①吟啸：吟诗长啸。常用以指人意态娴雅。②芒鞋：草鞋。③料峭：形容春天的微寒。④萧瑟：风雨吹拂树木的声音。

烟雨图

［词解］

春日出游，忽然天降大雨，一时间风狂雨骤，击竹打叶声沙沙作响，但是词人却以“莫听”待之，表明外界的风雨对词人来说不足以萦怀，他依旧在雨中缓缓而行。词人脚穿草鞋，手持竹杖，冒雨从容前行，步履轻松，感觉“轻胜马”，自信不会再怕与风雨搏击（也就是不畏现实中的苦难和坎坷），并且面对大雨生发出万丈豪情：任他风风雨雨，我自有一身蓑衣相御而无畏无惧（也就是可以坦然面对人生的一切风雨坎坷）！春天的风依然还有些寒冷，这带着微寒的春风迎面吹来，将词人从醉意中吹醒，他刚感觉到有丝丝寒冷，又发现阳光从山头斜射下来，照在词人身上。词人回头看刚才的那些风雨萧瑟之处，却发现已经雨过天晴了。目睹了大自然如此微妙多变的一瞬，词人参悟到，自然界的风雨阴晴如此变幻不定，人世中的荣辱得失又何足挂齿呢？自今后，词人要不为外物所拘，随缘自适，去过既无“风雨”也无“情”的生活了。

［词评］

此足征是翁坦荡之怀，任天而动。琢句亦瘦逸，能道眼前景。以曲笔直写胸臆，倚声能事尽之矣！

——郑文焯《手批东坡乐府》

［词人逸事］

苏轼和佛印二人交往甚密，常常结伴同游，并相互之间开玩笑。一天，苏轼和佛印在西湖上泛舟游览，当时阳光灿烂，山清水秀，船下的西湖水波光滟潋，微风拂过激起层层波纹，景色非常美。两人游玩得正高兴之时，佛印突然把题有苏轼诗词的扇子，丢进河里，并信口说道：“水流东坡诗

（尸）！”苏轼先是愣了一下，但很快就反应过来。此时正好河岸上一只狗在啃骨头，就微笑地吟道：“狗啃河上（和尚）骨！”

鹧鸪天

时谪黄州

林断山明竹隐墙，乱蝉衰草小池塘。翻空[1]白鸟时时见，照水红蕖细细香[2]。　村舍外，古城旁，杖藜徐步转斜阳[3]。殷勤昨夜三更雨，又得浮生[4]一日凉。

［说明］

这首词是东坡贬谪黄州时所作，是他在乡间幽居的生活写照。

［注释］

①翻空：在空中飞翔。②照水：映照在水面上。红蕖：荷花的别名。③杖藜：扶着拐杖。转斜阳：随着人的散步，太阳也逐渐落山了。④浮生：佛家语，意谓人世间。

［词解］

远处苍翠的树林尽头，有高山直插云端，清楚分明；近处青翠欲滴的竹子掩映着一所院落（当为词人的居所），院子旁边有一个小池塘，池边生满了衰草，鸣蝉的叫声在那里乱成一团。辽阔明净的天空中，不时可以看到百鸟在上面飞来飞去，展翅翱翔。池中开满了荷花，在绿水映照下，空中弥漫着淡淡的荷香，清雅宜人。傍晚时分，词人手持藜杖缓步徐行，来到村庄外的古城旁游赏夕阳晚景。虽然是夏季，但天气依然清凉。为什么呢？原来是昨夜三更时下了一场大雨，这才让人间又得此一日清凉。

［词评］

渊明诗：“啸傲东轩下，聊复得此生。”此词从陶诗中得来，逾觉清异。较“浮生半日闲”句，自是诗词异调。论者每谓坡公以诗笔入词，岂审音知言者？

——郑文焯《手批东坡乐府》

卜算子

黄州定慧院①寓居作

缺月挂疏桐，漏断②人初静。谁见幽人③独往来，缥缈④孤鸿影。　惊起却回头，有恨无人省⑤。拣尽寒枝不肯栖，寂寞沙洲冷。

［说明］

此词是苏轼于元丰二（1079）年十二月刚被贬至黄州，寓居在定慧院时所写的。

［注释］

①定慧院：一名定慧寺，在黄州东南。②漏断：漏壶中的水滴光了，指夜深。漏壶是古时用水计时的器具。③幽人：幽居之人。④缥缈：隐约的样子。⑤省：了解，明白。

［词解］

冷月独倚

在一个夜深人静的夜晚，一勾缺月高高挂在萧疏的梧桐树上面，用来计时的漏壶中的水也已经滴完了。夜阑人静，一片孤寂。在这清幽孤寂的环境中，一个幽居之人满怀心事地独自往来，一只孤零零的离群大雁在空中飞过，其影隐约缥缈，孤单可怜。孤鸿被惊起后不断地回头，心怀幽恨却没有人可以明白。飞起后它四处找寻，拣尽了寒枝却不肯随便栖息，只好落宿于寂寞荒冷的沙洲之上。在此，孤鸿和幽人的形象合二为一，幽人的独来独往和那缥缈的孤鸿之影相合，分不清有恨的究竟是孤鸿还是幽人，而孤鸿的拣尽寒枝不肯栖息也正是幽人孤高自许、不随波逐流的高洁品格的展现。当时苏轼被贬黄州，幽人可视为他自己的写照，表现他贬官至黄州时期的孤苦寂寞的境地以及保持气质高洁、不愿随波逐流的心态。

［词评］

山谷云：东坡道人在黄州，作《卜算子》云云，语意高妙，似非食烟火人语，非胸中有数万卷书，笔下无一点尘俗气，孰能至此？苕溪渔隐曰：“拣尽寒枝不肯栖”之句，或云：“鸿雁未尝栖宿枝，惟在田野苇丛间，此亦病语也。”此词本咏夜景，至换头但只说鸿。正如贺新郎词“乳燕飞华屋”，本咏夏景，至换头但只说榴花，盖其文章之妙，语意到处即为之，不可限以绳墨也。

——《苕溪渔隐丛话·前集》

［词人逸事］

苏东坡一生似乎和王姓颇为有缘。他的原配夫人王弗，16 岁时就嫁入到苏家，两人感情甚笃，并且红袖添香，与苏东坡的志趣相投。可惜王氏 27 岁就去世了，留给苏轼无穷的思念和怀念。后来他又续娶了王闰，是亡妻王弗的二堂妹，同样也是一位秀外慧中的大家闺秀，两人的感情也很好。后来苏轼在杭州的时候又纳王朝云为妾，这位王朝云很懂得东坡的心意。在苏轼的晚年，陪伴他的也就只有这位善解人意的爱妾，给他晚年凄凉的日子带来一丝亮光和温暖。

念奴娇

中　秋

凭高眺远，见长空万里，云无留迹。桂魄[1]飞来光射处，冷浸[2]一天秋碧。玉宇琼楼[3]，乘鸾（luán）来去[4]，人在清凉国[5]。江山如画，望中烟树历历。　　我醉拍手狂歌，举杯邀月，对影成三客[6]。起舞徘徊风露下，今夕不知何夕。便欲乘风，翻然归去，何用骑鹏翼[7]。水晶宫里，一声吹断横笛[8]。

［说明］

这首词也是苏轼被贬黄州时所作，看似和之前那首《明月几时有》相仿，但意趣已大为不同。那首词中词人的矛盾曲折心境都在此词中化为一股清旷之气。

［注释］

①桂魄：月亮的别称。古人以月为魄，相传月中有桂树，故云。②冷浸：沉浸在清冷的月光之中。③玉宇琼楼：月中殿宇。④乘鸾来去：乘飞鸾自由往来。这是想象月宫中仙人们的活动。鸾为传说中的仙鸟。⑤清凉国：指月中广寒宫。⑥“举杯”二句：化用李白《月下独酌》“举杯邀明月，对影成三人”诗意。⑦“何用”句：《庄子·逍遥游》中记载“鹏之背，不知其几千里也，怒而飞，其翼若垂天之云”。此处说可以乘风到月宫中去，用不着乘鹏翼。⑧“水晶宫”二句：想象自己在月亮里吹着横笛。水晶宫，即月宫。

［词解］

词人在中秋之夜登高远眺，只见万里长空中没有一丝云影。一轮明月飞上天际，顿时银辉满天，秋天碧蓝的夜空都沉浸在了一片清冷之中。那月亮上的广寒宫里，应当有乘着鸾凤的仙女在来回走动，自在地生活在一片清凉的世界中。江山风物壮美如画，那月宫中的烟霭树木看上去也清晰可见。词人带着醉意拍手放歌，狂态毕现。他举起酒杯邀明月共饮，连同影子恰好成了三人（这里化用李白“举杯邀明月，对影成三人”的诗句）。兴致渐浓的词人在清风冷露中翩然起舞，如此美好的夜晚让词人忘却了一切，不知道今昔是何夕，也不知自己身处何地！词人想要就此乘风飘然飞升到月亮上去，而无须借助《庄子》中的那个大鹏鸟之力，然后在那晶莹透彻的月宫中，尽情地吹起一声声的横笛，将是何等的美妙啊！末句是词人的想象之语，真乃具神仙出世之资，无怪乎人们称东坡为“坡仙”。

［词评］

公雄文大手，乐府乃其游戏，顾岂于流俗争胜哉？盖其天资不凡，辞气迈往，故落笔皆绝尘耳。

——王若虚《滹南诗话》

［词人逸事］

苏轼到黄州后，当地流传一首叫《猪肉颂》的打油诗：“黄州好猪肉，价钱等粪土。富者不肯吃，贫者不解煮。慢着火，少着水，火候足时它自美。每日起来打一碗，饱得自家君莫管。”这里的“慢着火，少着水，火候足时它自美”，说的就是美味可口的东坡肉的烹调方法了。苏东坡后来又到杭州担任太守，修苏堤，兴水利，深受百姓敬重。而这道“东坡肉”也跟着名声大噪，成为杭州的一道名菜了。

黄　裳

黄裳（1044—1130），字勉仲，延平（今福建南平）人。元丰五年（1082）考取进士第一名，曾任端明殿学士、礼部尚书。有《演山先生文集》《演山词》。

减字木兰花

竞　渡

红旗高举，飞出深深杨柳渚①。鼓击春雷，直破烟波远远回②。　欢声震地，惊退万人争战气。金碧楼西，衔得锦标第一归。

［注释］

①杨柳渚：长满杨柳的小洲。渚为水中间的小块陆地。②远远回：极言龙舟速度之快。

竞　渡

［词解］

本词写的是一场激烈且声势浩大的龙舟竞渡赛。比赛一开始，一群健儿各自高举着红旗、驾着龙舟，从柳荫深处的小洲边飞快驶出来，每只船上都有鼓手在奋力击鼓，阵阵鼓声如同春雷轰鸣，响彻湖面。龙舟向前飞驶，势如疾箭，冲破层层浩渺的烟波，到达远方，然后再从远处回转驶向岸边。其中的一条龙舟首先到达了终点，岸边观看的人们发出阵阵欢呼声，健儿们勇战夺标的豪情气概，简直可以让千万人为之惊恐躲避。金碧辉煌的高楼西面，获得第一名的优胜者气宇轩昂地夺得锦标（奖给优胜者的礼品）而归。

［词评］

此词采取白描手法，注意通过色彩、声音来刻画竞渡夺标的热烈紧张气氛。同时，词中还反映了人们热烈紧张的精神状态。龙舟飞驶，鼓击春雷，这是写参与竞渡者的紧张行动和英雄气概。欢声震地，是写群众的热烈情绪。衔标而归，是写获胜健儿充满喜悦的形象与心情。如此一来真实地再现了当日龙舟竞渡、观者如云的情景。

——《宋词鉴赏辞典》

［词人逸事］

黄裳不仅才学出众，人品也十分高尚。有一次，他在一个旅店投宿，在客房中捡到了一个口袋，里面装满了珍珠。他想这肯定是哪个客人不小心落在这里的。第二天一早，黄裳从店里借来笔墨，在墙上留言道：某年某月，隆庆府普成人黄裳曾居住在店里某某号房。临行前，又详细地告诉了店主自己在城中的住址。没过几天，便有人前来找他，说自己是失主。黄裳仔细地问清来人丢珠的数目，确定果然是此人所丢，便将珍珠如数奉还。失主很感激，想送他几颗珠子作为答谢，黄裳拒辞不受，说道：“我要是想要珠子的话，你一颗也拿不回去了。我既然把珠子归还于你，就一颗也不会收下。”

黄庭坚

黄庭坚（1045—1105），字鲁直，自号山谷道人，晚号涪翁，洪州分宁（今江西修水）人。曾任秘书省校书郎，并参加修撰《神宗实录》。他在诗文上曾得到苏轼的指点，为“苏门四学士”之一，江西诗派的开山祖师。其词早年与柳永相近，内容多写艳情。晚年追攀苏轼，深沉感慨，风格豪放飘逸。除了诗文词赋外，书法成就也很高，与苏轼、米芾、蔡襄并称“宋四家”。著有《山谷集》《山谷词》等。

念奴娇

八月十七日，同诸甥步自永安城[1]楼，过张宽夫园待月。偶有名酒，因以金荷[2]酌众客。客有孙彦立，善吹笛。援笔作乐府长短句，文不加点[3]。

断虹霁雨[4]，净秋空，山染修眉新绿。桂影扶疏[5]，谁

便道，今夕清辉不足？万里青天，姮娥何处，驾此一轮玉？寒光零乱，为谁偏照醽醁（líng lù）⑥？　　年少⑦从我追游，晚凉幽径，绕张园森木。共倒金荷家万里，难得尊前相属⑧。老子平生，江南江北，最爱临风曲⑨。孙郎微笑，坐来声喷霜竹⑩。

［说明］

绍圣元年（1094），词人降职后居住在西南的戎州（今四川宜宾），这首词就是写于此时。

［注释］

①永安城：白帝城，在今重庆奉节西。②金荷：状如荷花的金制莲花杯。③文不加点：形容写得很快，一挥而就，根本不用涂改。④断虹霁雨：半隐半现的虹霓，出现在雨后的天空中。⑤桂影扶疏：月中的桂树枝叶繁茂，阴影很浓。传说月亮中有桂树，高五百丈。扶疏，用来形容枝叶繁茂。⑥醽醁：代美酒。用醽湖（湖南衡阳东）及渌水（江西万载东）之水取以酿酒，非常甘美，称醽渌酒，或醽醁酒。⑦年少：少年。⑧“共倒金荷”二句：意谓离家万里，能在这里把盏对酒，极为难得。尊，同“樽”，酒杯。属，劝酒。⑨临风曲：临风飞扬的刚健之曲。一作“临风笛”。⑩孙郎：此指孙彦立。“坐来”句：顿时吹出美妙的笛曲。坐来，当时俗语，意为顿时、立刻。喷，喷发。霜竹，指笛子。

［词解］

秋日，雨后新晴，露出隐隐约约的彩虹，云雾散尽，碧空如洗。青山如黛，经过雨水的冲洗显得更为碧绿葱茏。夜里，一轮明月升上天空。词人赏月，当日是八月十七，虽然已经过了八月十五，但是月亮清辉依旧，可爱可玩，依稀还可以看到月中那棵枝叶繁茂的桂树。可以想象那是嫦娥在驾驶一轮玉盘，驰骋于万里长空。皎洁的月光与晶莹清澈的美酒两相辉映，秋日的夜晚很是清凉宜人，园中小径也甚为幽静。词人正带领着一群快乐的年轻人，在园中茂盛的树林间徜徉赏玩，把酒畅饮。喝到兴浓时，词人心情非常激动：离家万里，难得有今宵可以如此开怀畅饮！听到孙郎那优美动人的笛声，词人心情更为豪迈激越，慨言道：“老夫一生，走遍了大江南北，最爱的还是那林风吹奏的笛曲！”那位善吹笛的孙郎遇此知音，面带微笑，欣然

会意，当即吹动笛子，喷发奇响，悠扬的笛声回环婉转，不绝于耳。

［词评］

文不加点，或以为可继东坡赤壁之歌云。

——胡仔《苕溪渔隐丛话·后集》

［词人逸事］

苏轼和黄庭坚既有师生之情，又有朋友之义。苏轼在徐州当官时，不仅政绩突出，诗文成就也十分杰出，在文人和百姓中声誉极高，很多文人学士都写信向他请教。当时黄庭坚远在河北大名府，是当地有名的才子，他也给苏轼写信，诚心表示希望拜在他门下学习，并随信附上自己所作的两首古风，向他求教。苏轼认真阅读了黄庭坚的信和诗作，很是赞赏，并称赞说：“超逸绝尘，独立万物之表，驭风骑气！以与造物者游，非独今世之君子所不能用。虽如轼之放浪自弃与世阔疏者，亦莫得而友也。”

水调歌头

游览

瑶草一何碧[1]。春入武陵溪[2]。溪上桃花无数，枝上有黄鹂。我欲穿花寻路，直入白云深处，浩气展虹霓。只恐花深里，红露湿人衣。　　坐玉石，攲(qī)玉枕，拂金徽[3]。谪仙何处？无人伴我白螺杯[4]。我为灵芝仙草，不为朱唇丹脸[5]，长啸亦何为！醉舞下山去，明月逐人归。

［说明］

这是一首春行纪游的词作，大约写于词人贬谪时期，表现了他徘徊于出世入世之间的矛盾心情。

［注释］

①瑶草：仙草。一何：何其，多么。②武陵溪：典出陶渊明《桃花源记》，此指美好的世外桃源。③攲：同“敧”，倾斜。金徽：琴徽，用来定琴声高下之节。④白螺杯：用白色螺壳制成的酒杯。⑤朱唇丹脸：指热衷名利的凡夫俗子。

[词解]

词人在春日中来到了武陵溪，那儿的仙草是多么的碧绿，如碧玉一般可爱！到处都是盛开的桃花，多得不计其数，树枝上还有黄鹂鸟在婉转地歌唱。词人想从桃花源的花丛穿过，找到一条道路，然后沿着它一直走到那飘浮着白云的山峰上，在那里将胸中的浩然之气吐出，化作虹霓。但是，同时又担心那花丛深处的露水会沾湿自己的衣服。词人也想坐玉石、敧玉枕、弹瑶琴，却又担心无人陪自己饮酒赋诗，因为当年那个疏狂潇洒的谪仙人李白早已远去。于是词人对自己说，我是灵芝仙草，宁愿孤芳自赏，也决不会媚世以博取名利，但我也不愿意公然发出长啸之音，与世俗为敌。天上升起了明月，时间已晚，催人早归，于是词人在月光下乘醉起舞，摇摇晃晃下山而去。

[词评]

黄山谷词，用意深至，自非小才所能办。惟故以生字、俚语侮弄世俗，若为金、元曲家滥觞。

——刘熙载《艺概》

[词人逸事]

有一天，黄庭坚去拜访圆通秀禅师。禅师告诫他："你的文章文辞精妙，简约意丰，难道你只想作这种迷惑人耳目的文章吗？"当时，有一位很有名的画家叫李伯时。李伯时工于画马，禅师告诫他说，如果每天都想着揣摩马的神态，恐怕将来要投生马胎当畜生。李伯时听完，便收起画笔，从此不再画马。黄庭坚也知晓这件事，听了禅师的话，微微一笑，对禅师说："难道你也要告诫我，将来恐会投胎到马腹之中吗？"禅师说："你以绮艳之语撩拨天下人的淫心，只怕将来要堕入地狱泥泞中，而不只是投生牛胎马腹而已呢！"黄庭坚一听，幡然醒悟，表示痛改前非，最后终于摒弃陋习，潜心学佛，发誓要戒绝酒、肉、淫欲。

鹧鸪天

坐中有眉山隐客史应之和前韵，即席答之。

黄菊枝头生晓寒，人生莫放[1]酒杯干。风前横笛斜吹雨[2]，

醉里簪（zān）花倒著冠[3]。　身健在，且加餐[4]。舞裙歌板尽情欢。黄花白发相牵挽，付与时人冷眼看[5]。

重阳醉酒

［说明］

据黄庭坚《山谷诗内集》卷十三《戏答史应之三首》任渊注：史应之名铸，眉山人，落魄无检，喜作鄙语，人以屠侩目之。客泸、戎间，因得识山谷。本词写作时间约为元符二年（1099）重阳节之后数日，当时黄庭坚谪居在戎州（今四川宜宾）。本词同调同韵共有三首，这是第二首。第一首有副题曰："明日独酌自嘲呈史应之。"为此史应之有和作，这首词是黄庭坚对史应之和作的再和。

［注释］

①莫放：勿使，莫让。②"风前"句：对着斜风细雨吹奏笛子。③倒著冠：倒戴着冠儿。此句暗用山简典故，表现不拘世俗、风流自赏的生活态度。《世说新语·任诞》："山季伦为荆州，时出酣畅。人为之歌曰：'山公时一醉，径造高阳池。日暮倒载归，酩酊无所知。复能乘骏马，倒著白接篱。'"白接篱，头巾。④"身健在"二句：杜甫《九日蓝田崔氏庄》："明年此会知谁健。"汉乐府《饮马长城窟行》："上言加餐饭，下言长相忆。"意谓应趁身体尚健而及时行乐。⑤"黄花白发"二句：意谓只管在白发上簪花自娱，任凭世人对自己冷眼相加。苏轼《吉祥寺赏牡丹》："人老簪花不自羞，花应羞上老人头。"此反用其句意。牵挽：牵拉，牵缠。付与：给与，让。

［词解］

深秋的早晨，黄菊枝头生出了丝丝寒意，词人从花将凋谢联想到人生短暂，不由产生了今朝有酒今朝醉的慨叹。他尽情欢宴，冒着斜风细雨吹笛取乐，酒醉时倒戴帽子并摘下菊花簪在头上。人生苦短，词人决定要趁着身体健康而及时行乐，在佳人歌舞陪伴下尽情欢乐。词人已不再年轻，但他不拘世俗的目光，只管在白发上簪花自娱，任凭世人对自己冷眼相加。其实，词人并非胸无大志、只知享乐，只是他仕途失意，满腔郁愤，因此才以这种傲兀疏狂的形象来宣泄对现实的不满，并表达自己不肯与世俗同流合污的高尚情操。

［词评］

曰“斜吹雨”“倒著冠”，则有傲兀不平气在。末二句尤见牢骚，然自清迥独出，骨力不凡。

——黄苏《蓼园词选》

［词人逸事］

黄庭坚自幼十分聪慧，五岁时就已熟读“五经”。一天，他问老师：“人们都说“六经”，为什么我只读了“五经”？”老师说：“《春秋》不用读。”黄庭坚说：“既然是经典，怎能不读？”十日后他即能背诵，一字也不遗漏。父亲黄庶想让他参加科举考试，黄庭坚听说后笑道：“科举有什么用处？”八岁时，黄庭坚写了一首《牧童》诗：“骑牛远远过前村，短笛横吹隔陇闻。多少长安名利客，机关用尽不如君。”诗中已表现出他不慕富贵、洒脱风流的精神风貌。

定风波

次高左藏使君韵

万里黔中一漏天①，屋居终日似乘船②。及至重阳天也霁，催醉，鬼门关外蜀江前③。　莫笑老翁犹气岸④，君看，几人黄菊上华颠⑤？戏马台南追两谢⑥，驰射，风流犹拍古人肩⑦。

［说明］

左藏，即左藏库使，阶官名。高左藏使君即高羽，是当时黔州地方官。黄庭坚于绍圣二年（1095）因修《神宗实录》不实的罪名，贬官为涪州别驾，黔州安置。黔州治所在今四川彭水，此词作于贬所，是与高羽的唱和之作。

［注释］

①一漏天：形容雨多不止。蜀中多雨，故有漏天之说。杜甫《九日寄岑参》："安得诛云师，畴能补天漏？"②似乘船：借言雨多水涨。杜甫《饮中八仙歌》："知章骑马似乘船。"③鬼门关：地名，在今重庆奉节东，两山相夹如门户，又名石门关。蜀江：指巴江，即今之乌江，乌江流经彭水县注入长江。④老翁：作者自称。气岸：气概傲岸。⑤黄菊：菊花。古人在重阳节有插戴菊花的习俗。杜牧《九日齐山登高》："尘世难逢开口笑，菊花须插满头归。"华颠：白头。⑥戏马台：亦称掠马台，在徐州城南，宋武帝刘裕于晋安帝义熙十二年（416）被封为"宋公"，重阳节大会群僚于戏马台，后遂相沿为例。两谢：指东晋诗人谢瞻及谢灵运，二人曾参与戏马台之会，并各有《九日从宋公戏马台集送孔令》诗一首。⑦"风流"句：意谓风流豪迈，可直追古人。郭璞《游仙诗》："左挹浮丘袖，右拍洪崖肩。"

［词解］

广袤的黔中多雨，时常下雨不止，好像是天漏了一样。雨多水涨，住在屋里就像是在乘船。到了重阳节，这阴霾的天气终于放晴了，词人与友人外出秋游，在鬼门关外的蜀江前饮宴欢聚。词人虽然已不再年轻，可是依然气概傲岸。虽然已早生白发，可还是将菊花戴在头上。这种不拘世俗、从容自若的心态，有几人能够做到？在今日的宴会上，词人足以与戏马台大会上的东晋诗人谢瞻及谢灵运媲美。他纵马奔驰、挽弓射箭，这风流豪迈的气度可以直追古人。词人身遭贬谪、处境险恶，但他始终保持着潇洒坦然的态度，实在令人钦佩。

［词评］

鲁直间作小词固高妙，然不是当家语，自是著腔子唱好诗。

——《诗人玉屑》

［词人逸事］

嘉祐八年（1063），黄庭坚前去参加省试，当时有传言说他中了解元，因此很多考生聚在一起为他设宴庆祝。正在举杯痛饮之时，忽然有人进来向大家宣布说：这里只有三个人榜上有名，而黄庭坚并没在榜上。席上没考中的人纷纷黯然离去，而黄庭坚仍泰然自若，自斟自饮，酒后，又同大家一起去看榜，丝毫没有沮丧的神色。

秦 观

秦观（1049—1100），字少游，一字太虚，号淮海居士，高邮（今江苏高邮）人。少时就很有才学，喜好经史，并专研兵书。熙宁十年（1077），前去徐州拜谒苏轼，第二年作《黄楼赋》，苏轼评价说“有屈、宋才”。元丰八年（1085）进士及第，曾担任秘书省正字，兼国史院编修官等官职。苏轼一直对他的文辞很欣赏，称其有屈、宋之才，是“苏门四学士”之一。其词的题材多是些男女爱恋之事，也有感伤身世之作。笔法细腻，音律和美；清新婉约，深有情致。是婉约派的代表作家。有《淮海集》《淮海居士长短句》。

好事近①

梦中作

春路雨添花，花动一山春色。行到小溪深处，有黄鹂②千百。　　飞云当面化龙蛇③，夭矫转空碧④。醉卧古藤荫下，了⑤不知南北。

［注释］

①好事近：词牌名。又名钓鱼笛、倚秋千。②黄鹂：鸟名，鸣声婉转。亦称黄莺、黄鸟。③龙蛇：似龙若蛇，形容快速移行的云彩。④夭矫：屈伸自如的样子。空碧：碧空。⑤了：完全，全然。

［词解］

路上洒下一场春雨，将道上的轻尘浥尽；春雨过后，受到雨水滋润的花朵纷纷开放，春花一动，顿时带来满山明媚的春光，使人如入仙境。词人沿着山路行走，来到小溪深处，那儿的景色更为绮丽。千百只黄鹂栖息在那里，听到人来的脚步声，顿时喧腾鸣叫。黄鹂飞鸣其上，溪水潺湲其下，满山春色无边，画面何其优美。天空中的云彩在快速地移动，不停地变幻，形态万千，宛如龙蛇一般在碧空中自由地飞舞。在古藤浓密的树荫下，词人醉酒后酣然大睡，全然不知东南西北。

［词评］

少游以绝尘之才，早与胜流，不可一世，而一谪南荒，遽丧灵宝。故所为词，寄慨身世，闲雅有情思，酒边花下，一往而深，而怨悱不乱，悄乎得《小雅》之遗，后主而后，一人而已。昔张天如论相如之赋云：“他人之赋，赋才也；长卿，赋心也。”予于少游之词亦云：他人之词，词才也；少游，词心也；得之于内，不可以传。虽子瞻之明俊，耆卿之幽秀；犹若有瞠乎后者，况其下耶？

——冯煦《宋六十一家词选例言》

［词人逸事］

北宋词坛一度认为柳永的词堪称鄙俗下流之作，对其很轻视，而秦观的多数词也倾向于情辞凄苦缠绵，为此也被讥讽为“女郎词”。《花庵词选》上记载：秦观从会稽出发到达京师，拜谒苏轼。苏轼对他说：“自从上次分别以后，这里都在传唱‘山抹微云’。”秦观听了很是洋洋自得。但不料接下来苏轼却口气严厉地斥责他说：“我没有想到你竟去学那柳永，作这样下流的酸曲。”秦观感到很难堪，硬着头皮争辩道：“我虽然见识浅薄，但也不至于堕落到了那个田地。老师说话有些过分了吧。”苏轼说：“‘销魂，当此际’，这难道不是柳永式的句子吗？你还在狡辩！”秦观满脸通红，无话可说了。

贺　铸

贺铸（1052—1125），字方回，自号庆湖遗老。卫州（今属河南）人。据说他长身耸目，面色铁青，所以被称为贺鬼头。他不攀权附贵，喜欢评论天下事。擅长诗文，尤长于词。其词内容和风格较为多样，善于斟酌字句，其词中善用古乐府及唐人诗句。有的作品是描绘春花秋月之作，立意高远，语言绮丽伤感，与秦观、晏几道的风格相近。但其爱国忧时之作，悲壮豪迈，又与苏轼相近。南宋爱国词人辛弃疾等均有续作，可见其影响力之深。著有《东山寓声乐府》（一名《东山词》）、《庆湖遗老集》。

行路难①

即《小梅花》

缚虎手②，悬河口③。车如鸡栖马如狗④。白纶（guān）巾，扑

黄尘，不知我辈，可是蓬蒿(hāo)人⑤？衰兰送客咸阳道，天若有情天亦老⑥。作雷颠，不论钱⑦，谁问旗亭⑧，美酒斗十千⑨？　　酌大斗，更为寿，青鬓常青古无有。笑嫣然，舞翩然，当垆(lú)秦女，十五语如弦⑩。遗音能记秋风曲⑪，事去千年犹恨促。揽流光，系扶桑⑫，争奈愁来，一日却为长！

[说明]

全词通篇都用典故，以激昂悲凉的笔触，抒发人世沧桑变化和功业难成的慨叹，表现了词人在失意痛苦之际，即便是纵酒放歌也无法消除心中的矛盾和苦闷。

[注释]

①行路难：原为古乐府杂曲歌名，内容多为世事艰难和离愁别绪，后成为词调，名为“小梅花”。贺铸以旧题为名，也是慨叹人世沧桑和功业难成之意。②缚虎手：徒手打虎，形容勇力过人。③悬河口：言辞如河水倾泻，滔滔不绝，即“口若悬河”。比喻人的健谈。④“车如”句：车盖就像鸡栖之处，而骏马奔如走狗。⑤“不知”二句：指世人不识贤才，而贤才终将脱颖而出。化用李白《南陵别儿童入京》诗句：“仰天大笑出门去，我辈岂是蓬蒿人。”⑥“衰兰送客”二句：用李贺《金铜仙人辞汉歌》原句。意思是说：铜人离开咸阳道上唯有衰兰去送客，十分凄凉冷落。天若有情，天也会老，更不用说是人了。⑦“作雷颠”二句：典出《后汉书·独行列传》，意为要效法雷义，不把钱财、官位放在心上。⑧旗亭：酒楼的别称。这里指送别的地方。⑨“美酒”句：斗酒值十千文，指酒极名贵。化用王维《少年行》“新丰美酒斗十千”诗句。⑩“当垆”二句：胡姬的笑语像琵琶弦上的乐声。当垆秦女，化用辛延年《羽林郎》诗句“胡姬年十五，春日独当垆”。语如弦，化用韦庄《菩萨蛮》词句“琵琶金翠羽，弦上黄莺语”。⑪秋风曲：指《秋风辞》曲，是汉武帝刘彻所写的诗歌。⑫扶桑：神话中的树，传说太阳从这儿升起。这里指太阳。“系扶桑”与“揽流光”意思相近，均为留住时光之意。

[词解]

那些徒手可以制伏猛虎的勇士们（可引申为有军事才能的人），以及口若悬河，一张嘴说遍天下的谋士们（可引申为有政治才干的人），凭着他们的文才武略，原本应当高车驷马，立下赫赫功劳，在黄金台上封得万户侯。可眼前他们却一个个穷困潦倒，车小如鸡窝，马衰如走狗，反差如此强烈鲜明，词人的不平之气自然是充溢其中。身穿白衣（表示还未取得功名）进京，不知道这一次去能否取得功名。这里词人化用李白的“仰天大笑出门去，我辈岂是蓬蒿人”，但不同于李白仰天大笑、欣喜若狂的得意自负，词人的心情是彷徨苦闷的（而事实也的确是志士不遇，功业不成）。

回想当年，铜人从咸阳离开时，道上去送客的只有衰兰，场景十分凄凉冷清。而今志士未遇，只好黯然离开京城，情形如同当年的铜人一样凄凉，天如果有情，天也会老，更不用说是人了。失意之际，词人决定要效法雷义，不再将那些富贵功名放在心上，而是纵歌放酒，乘醉起舞。人生短暂，自古以来青春时光总是有限（而无青鬓长青之人），因此不妨痛快地大杯饮酒，及时行乐。流连于酒坊间，纵情豪饮，不但酒醇，那当垆卖酒的美人也是笑语嫣然，风姿翩翩，声音婉转悠扬如丝弦。

然而如此美酒佳人，依然不能排遣词人内心深处的苦闷忧愁。汉武帝在《秋风辞》中写道：“欢乐极兮哀情多，少壮几时兮奈老何。”如今秋风曲虽然已成遗音，但词人依然记忆犹新，千年之后的词人同样为少壮时光短暂而怅恨不已。于是作者遂生出“揽流光，系扶桑”的奇思：想要挽住太阳，将它系在扶桑树上（那样就可以让时间停止，生命永恒了）。然后这种不可能实现的奇想，愈发显示出作者无法摆脱的苦闷。怀才不遇的词人念及时光短促而功业无成，感到光阴虚掷因而生出一腔痛苦悲愁。至此，词人已将“行路难”写得淋漓尽致了。

［词评］

方回乐府妙绝一世，绮丽如游金、张之堂，妖冶如揽嫱、施之袂，幽洁如屈、宋，悲壮如苏、李。

——张耒《东山词序》

［词人逸事］

贺铸虽然身居下僚，身世却很显贵，他是宋太祖贺皇后的族孙，妻子也是名门宗室之女。他自称远祖本居山阴，是唐朝大诗人贺知章的后裔，因为贺知章居住在庆湖（也就是镜湖），所以他便自号为庆湖遗老。贺铸才华出众，但相貌却十分丑陋，个头又很高，面色铁青，人们戏称他为“贺鬼头”。少年时代他度过了一段裘马轻狂、任侠使气的生活。贺铸为人耿直方正，一生的仕途不甚得意。

六州歌头

少年侠气，交结五都雄①。肝胆洞②，毛发耸③。立谈中，死生同。一诺千金④重。推翘勇⑤，矜豪纵⑥。轻盖拥，联飞鞚（kòng）⑦，斗城⑧东。轰饮酒垆⑨，春色浮寒瓮⑩，吸海垂虹⑪。闲呼鹰嗾（sǒu）犬⑫，白羽摘雕弓⑬，狡穴俄空。乐匆匆。　似黄粱梦，辞丹凤⑭；明月共，漾孤篷⑮。官冗从⑯，怀倥偬（kǒngzǒng）⑰；落尘笼⑱，簿书丛⑲，鹖弁（hé biàn）如云众，供粗用，忽奇功⑳。笳鼓动，渔阳弄㉑，思悲翁㉒。不请长缨，系取天骄种，剑吼西风㉓。恨登山临水，手寄七弦桐，目送归鸿㉔。

［说明］

这首词是词人叙述自己身世的一首长调。词人在词中回忆了自己年少轻狂时那种行侠仗义的生活，抒发自己仕途上不得志，报国无门的激愤之情。将叙事、议论和抒情熔于一炉，以短小的句式，急促的音节写成，展现出一种豪情焕发，不可一世的气势，又在雄健警拔之中给人一种慷慨悲凉之感。

［注释］

①“少年”二句：化用李白“结发未识事，所交尽豪雄”及李益“侠气五都少”诗句。五都，泛指各大都市。②肝胆洞：肝胆照人，待人极其真诚。③毛发耸：表示有强烈的正义感。④一诺千金：是说诺言极为可靠。⑤翘勇：特别勇敢。⑥矜豪纵：狂放不羁傲视他人。⑦“轻盖拥”二句：车马随从很多。飞鞚，快马。鞚为有嚼口的马络头。⑧斗城：汉长安故城，这里借指北宋汴京。⑨轰饮酒垆：在酒店里狂饮。⑩“春色”句：酒坛里浮现出诱人的春色。⑪吸海垂虹：像长鲸那么大喝，像垂虹那么深饮。⑫呼鹰嗾犬：带着鹰和犬去打猎。⑬“白羽”句：弯弓射箭。白羽是箭名。⑭“似黄粱梦”二句：是说离开京都以后，回忆过去的生活真像黄粱一梦。⑮漾孤篷：驾着孤独的小船在水里漂流着。⑯冗从：散职侍从官。⑰倥偬：

事多、繁忙。⑱落尘笼：陷入尘俗事务之中。⑲簿书丛：担任繁重的文书工作。簿书为官府中的文书簿册。⑳“鹖弁”三句：是说这许多武职人员，都只做些粗杂、无意义的事情，没有建功立业的机会。㉑“笳鼓动”二句：写安禄山据渔阳起兵叛乱。这里指代侵扰北宋的少数民族发动战争。笳鼓，为古代两种军乐器。渔阳，郡名，在今河北蓟县一带，为安禄山起兵叛乱之地。㉒思悲翁：自伤衰老。㉓“不请长缨”三句：不能为国家抗击敌人，就连随身的宝剑也感觉不平，在西风里怒吼起来。㉔“手寄”二句：以弹琴寄托自己的感情，目送归鸿远去。七弦桐，即七弦琴。

［词解］

回想少年时代，词人和四海之内的豪雄结交，他们任侠使气、激昂慷慨，侠气冲天。他们肝胆相照，真诚相待，浑身充满了正义感和血性，听到或者遇到了不平之事，当即怒发冲冠、拔剑而起；他们性格豪爽，遇到同道中人，不待坐下来细谈，便相约定为生死之交；他们重诺言，一言既出，驷马难追，一旦答应了别人什么事情就决不反悔；他们尊崇的是过人的勇敢，并以豪放不羁而自矜。他们车马簇拥，联镳驰逐，一同出游京郊；他们在酒店中尽情豪饮，酒量过人，似乎都能把大海喝干；有时候他们带着鹰犬到野外去狩猎，转瞬间便能将狡兔的巢穴荡平。

然而欢乐时光总是太过匆匆，转眼间昔日的乐事都过去，年少不再，回想起来有如黄粱一梦。而今词人历经宦海沉浮，仕途失意，四处漂泊。词人离开京城以后到外地任职，乘坐一叶孤舟漂泊在旅途的河流之上，相伴的唯有一轮明月。词人心怀报国壮志，却官职卑微，一入那污浊的官场，便如鸟入笼，不得自由。而像词人那样的武官成千上万，都想征战沙场，为国立功，但是当时朝廷却重文轻武，武士们大都被派到地方上去打杂，操劳于案牍间的琐事，无法疆场杀敌，保家卫国，一建奇功。

而当时的国家十分不安宁，经常有外族入侵，扰乱边防。元祐三年（1088）三月，西夏人攻德靖砦，同年六月，又犯塞门砦。边疆遭到异族入侵，国难当头，原本是英雄施展身手的时候。但朝中主降派当道，爱国将士们依然壮志难酬、报国无门，不能上沙场生擒对方的酋帅，献俘阙下，以立战功。念及此，词人壮怀激烈，怒气难平，随身的宝剑也在秋风中发出愤怒的吼声！

英雄虽有报国之心，却无用武之地，词人的满腹激昂都化作沉痛与悲凉。报国无门，只好在游山玩水、抚琴送客中排遣悲愤，寄托心志。

［词评］

词中一个生硬字用不得，须是深加锻炼，字字敲打得响，歌诵妥溜，方为本色语。如贺方回、吴梦窗，皆善于炼字面，多于温庭筠、李长吉诗中来。

——张炎《词源》

［词人逸事］

贺铸素以豪放豁达著称。他自幼就侠气冲天，饮酒海量。贺铸性格耿直，为人豪侠任气，但在诗词上文采十分出众。他七岁学诗，精读各家，学习非常刻苦勤奋，而且对学问精益求精。但是因为尚气使酒，又生性耿直，所以终生悒悒不得志。晚年对仕途更加灰心，后辞官归隐，定居于苏州。他家中藏书万卷，一一细读，手不辍卷，并且还加以校雠，以此而终老。

晁补之

晁补之（1053—1110），字无咎，晚号归来子，济州巨野（今属山东）人。不仅擅长书画，也工于诗词、文章。与秦观、黄庭坚、张耒合称“苏门四学士”。与张耒并称为“晁张”。其词格调豪迈，语言清秀通畅，与苏轼相近。其诗词多显露出浓厚的归隐田园的思想。著有《鸡肋集》70卷、词集《晁氏琴趣外篇》6卷。

摸鱼儿

东皋寓居[1]

买陂(bēi)塘[2]、旋栽杨柳，依稀淮岸江浦。东皋嘉雨新痕涨，沙觜(zuǐ)[3]鹭来鸥聚。堪爱处，最好是、一川夜月光流渚(zhǔ)。无人独舞。任翠幄(wò)[4]张天，柔茵藉[5]地，酒尽未能去。　青绫被[6]，莫忆金闺[7]故步。儒冠曾把身误[8]。弓刀千骑[9]成何事？荒了邵平瓜圃[10]。君试觑(qù)[11]。满青镜[12]、星星[13]鬓影今如许！功名浪语[14]。便似得班超[15]，封侯万里，归计恐迟暮。

［说明］

这一首词是晁补之的代表作。词人遭到贬谪以后，回乡居住在东山的

“归去来园”里，这首词就是那时所作。词作描写园中胜景，巧妙地加以议论抒怀，连用典故而流转自如，情真意挚，气势豪迈，读之令人叹服。

［注释］

①东皋寓居：作者在贬谪后退居故乡时，曾修葺了东山的“归去来园”。东皋即东山。②陂塘：池塘。③沙觜：突出在水中的沙洲。④翠幄：绿色的帐幕，指岸边的垂柳。⑤藉：铺垫。⑥青绫被：汉代制度规定，尚书郎值夜班，官供新青缣（细绢）白绫被或锦被。这里用来代表做官时的物质享受。⑦金闺：金马门的别称。这里泛指朝廷。⑧“儒冠”句：因为读书而误了自己。⑨弓刀千骑：指地方官手下佩带武器的卫队。骑为一人一马的合称。⑩邵平瓜圃：邵平是秦时人，曾被封为东陵侯，秦亡后在长安城东种瓜。传说瓜有五色，味甜美，世称东陵瓜。⑪觑：细观。⑫青镜：青铜镜。⑬星星：形容鬓发花白。语出左思《白发赋》：“星星白发，生于鬓垂。”⑭浪语：虚语，空话。⑮班超：东汉名将，在西域三十多年，七十一岁才回到京都洛阳，不久即去世。

［词解］

词人在谪居之地，先买下一方池塘，随即又在池塘边栽满了杨树和柳树。春日来后，成行的杨柳枝叶葱郁，宛如淮水两岸、湘江之滨的绿水碧树映荡。东山喜降大雨，雨后树木更加葱茏繁茂，池中之水也雨后新涨。水中的沙洲上聚集着白鹭、鸥鸟，景色一片静穆明朗。而最令人神往的，莫过于清风明月之夜，月光倾洒人间，映照着潺潺溪流，那一川流水和点点沙洲在皎洁的月光中，都像是裹上了一层银装。水月交相辉映，浑然一体，让人分辨不清那流动着的究竟是流水还是月光。面对如此美景，词人不由得一个人在月下翩然起舞。杨柳枝叶浓密，遮天蔽日，绿草如茵，铺满地面，词人把酒尽情领略着美景，酒已经饮尽，但词人仍流连于这美景之中不忍离去。

回想当年做官时的情形，虽然有丰厚的物质享受，整日出入于朝堂之上，但官场沉浮不定，不值得留恋，儒冠多误身，功名难以持久。自己曾做过地方官，非但一事无成，反而因做官而使田园荒芜。细看镜中容颜，已经是两鬓花白。功名如过眼云烟，转瞬即逝。即便是那个功名显赫的班超，也只能长期寄身西域，一直到了暮年才得以还乡，而还乡不久便去世了，一切都化成了泡影。

月华如水

[词评]

无咎词，堂庑颇大。人知辛稼轩《摸鱼儿》“更能消几番风雨”一阕，为后来名家所竞效。其实辛词所本，即无咎《摸鱼儿》“买陂塘、旋栽杨柳”之波澜也。

——刘熙载《艺概》

[词人逸事]

晁补之少时聪颖，并且博闻强识，从小就受到了人们的赞誉。他 17 岁的时候，跟随父亲一同到了杭州。一次父亲领他外出游玩。一看到杭州那天堂一样的美景，他高兴不已，马上创作了一篇《七述》，并拿到当时担任通判的苏轼那里，希望苏轼能指点一二。苏轼原本打算写一篇这类文章，但是读罢晁补之的文章，就打消了这个念头，并不无感慨地道：“原本我也是想写此类题材的文章的，如今你已经把它写得如此优秀了，我就没有再去动笔的必要了。”可见晁补之的文采是多么出众，也正是因为这个原因，他的才气一下子轰动了整个杭州城。

舒 亶

舒亶（1041—1103），字信道，号懒堂，明州慈溪（今浙江余姚）人。善写文章，工于词令，有《舒学士词》一卷。

虞美人①

芙蓉落尽天涵水②。日暮沧波起。背飞双燕③贴云寒，独向小楼东畔、倚阑看。　浮生只合尊前老。雪满长安道。故人早晚上高台，寄我江南春色、一枝梅④。

[注释]

①一题作“寄公度”。②天涵水：水天相连。③背飞双燕：双燕相背而

飞，喻分离。④“寄我”句：用陆凯与范晔事。南朝宋陆凯与范晔友情深厚，自江南寄梅花一枝给范晔，赠诗曰：“折花逢驿使，寄与陇头人。江南无所有，聊赠一枝春。”

[词解]

这是一首寄赠友人的词。日暮时分，词人登高远望，秋风江上，水天相接，烟波无际，他心中的羁旅愁思，也随着烟波荡漾而起。词人与友人被迫分别，犹如劳燕，挨着寒冷的云朵而分飞东西。词人独自一人，在高楼上倚着栏杆目送友人远去，此情此景，直至今日，他仍无法忘怀。

词人感叹，自己这一生也许就只能在酒席之前慢慢老去。对他来说，人生就像那水面的沧沫一般旋生旋灭，显得虚幻。他已是暮年却仍然滞留汴京，身边的友人都各奔东西，彼此音信杳无。冬天的雪后，白色覆盖长安，让人愈发觉得冷清寂寞。词人料想远方的友人在冬日里也会思念着自己，也会在早晚登上高台眺望长安，并且折赠一枝江南的梅花给他，就好似寄来了满城的江南春色。诗人化用南朝陆凯自江南折梅寄赠长安好友范晔的典故，设想友人思念自己而抒发了对友人的深切怀念。全词借景寓情，曲写身世沧桑之变化与故人友谊的深厚，清新雅丽，堪称佳作。

侯　蒙

侯蒙（1054—1121），字元功，高密（今属山东）人。徽宗时，历官户部尚书，同知枢密院事，进尚书左丞、中书侍郎、资政殿学士。《全宋词》存其词一首。

临江仙

未遇行藏①谁肯信，如今方表名踪②。无端良匠③画形容。当风轻借力，一举入高空。　才得吹嘘身渐稳④，只疑远赴蟾宫⑤。雨余时候⑥夕阳红。几人平地上，看我碧霄中⑦。

[说明]

这是一首讽谕词，表面上是写风筝，实际上是讽刺封建社会中那些不顾一切往上钻营的势利小人。曹雪芹在《红楼梦》中也借宝钗之手写有一首《临江仙》，其意相若。

［注释］

①未遇行藏：是说没有遇到出人头地、显名扬威的机会，过的是隐居生活。②方表：才显现。名踪：名声和踪迹。③无端良匠：此指爱开玩笑的人。④吹嘘：风吹，暗喻吹捧。身渐稳：说的是风筝在天空中的状态，暗喻小人暂时取得了稳固的社会地位。⑤蟾宫：指月宫，比喻科举考试中得功名。⑥雨余时候：指雨过天晴。⑦“几人平地上”二句：从平地上看，能有几个人像我这样上了天空？暗指得势小人洋洋自得的神态。

［词解］

这首词以一个得志小人的口吻写出。一直没有遇到出人头地、立名扬威的机会，所过的只是隐居生活，这样的情况下，自然无人肯信服自己，直到今天方才显现了名声和踪迹。不知道谁人将自己的容貌画到了风筝上，于是便趁着风势，借着风力，和风筝一同飞上了高高的天空。刚有风吹，风筝便渐渐在天空飘起来了，渐飞渐稳，并逐渐高飞入空。自己得志后不断受到吹捧，地位慢慢稳定，就像那风筝一样高高飞入月宫（即获取最为显赫的功名）。雨过天晴，夕阳格外红艳，风筝高高飘飞在天，我更是得意洋洋。平地上的那些人们，能有几个人像我这样上了天的呢？他们都只能仰望碧霄中的我罢了。

［词人逸事］

侯蒙的这首词是一首讽谕之作，但也有人认为词的真义是表达“小人得志”后的欣喜，并且这里面有一个故事。据说侯蒙年轻时，久困于考场，屡举不第。并且他的相貌又长得十分丑陋，位卑言轻，为此他经常受到别人的嘲笑。有一次，一个爱开玩笑的人，把他的像画在了风筝上，然后引线放到高空，以此来讥讽他妄想上天。侯蒙看后就在上面题了这首词。到了后来，他竟真的考取了进士，“小人得志”，并且历任重要职位。

周邦彦

周邦彦（1056—1121），字美成，自号清真居士，钱塘（今浙江杭州）人。自幼聪颖。其词多是恋情题材，也有咏物之作，多描写怀古伤今、羁旅行役的内容。音律严整，语言工整华丽，较多用典故，形成了浑厚、和雅、细致的艺术风格。在创制新调方面贡献诸多，被认为是婉约派的集大成者和格律派的创始人。但其词过分追求格律法度与形式，思想内容比较狭隘，成为姜夔、吴文英等人形式主义词风的首创者。有《清真居士集》，已佚；今存《片玉词》。

西　河

金陵怀古

佳丽地[1]，南朝[2]盛事谁记？山围故国绕清江，髻(jì)鬟(huán)对起。怒涛寂寞打孤城[3]，风樯(qiáng)[4]遥度天际。　断崖[5]树，犹倒倚，莫愁艇子[6]曾系。空余旧迹，郁苍苍[7]，雾沉半垒[8]。夜深月过女墙[9]来，伤心东望淮水[10]。　酒旗戏鼓甚处市[11]？想依稀王谢邻里[12]。燕子不知何世，入寻常巷陌[13]人家，相对如说兴亡，斜阳里。

[说明]

本词乃隐括刘禹锡的《石头城》和《乌衣巷》二诗而成。词人咏史怀古，抒情寄慨，借铺写景物来抒发人世沧桑的感慨，和王安石的《桂枝香》堪称怀古词中的双璧。

[注释]

①佳丽地：指金陵（今江苏南京），谢朓《入朝曲》中有“江南佳丽地，金陵帝王州”。②南朝：指偏安南方的东吴、东晋、宋、齐、梁、陈六个政权。③“山围故国”二句：山包围着金陵，长江两岸环绕着对峙的青山，形状像女人的发髻。故国，指金陵。“怒涛”句则化用刘禹锡《石头城》中“山围故国周遭在，潮打空城寂寞回”的诗意。④风樯：张着风帆的船。⑤断崖：临水的山崖。⑥莫愁艇子：古乐府《莫愁乐》：“莫愁在何处？莫愁石城西。艇子打两桨，催送莫愁来。”今南京水西门外有莫愁湖。⑦郁苍苍：云雾很浓，看过去一片苍青色。⑧雾沉半垒：雾气遮住了半座营垒。⑨女墙：城上带有垛口或射孔的蔽身小墙，俗称城墙垛。刘禹锡《石头城》中有“淮水东边旧时月，夜深还过女墙来”。⑩淮水：指秦淮河，横贯南京城中。南朝时是文人名士游宴之所。⑪甚处市：什么地方。⑫王谢邻里：王、谢故家所在。王指王导，谢指谢安，两家都是东晋时期的豪门大族。两家比邻而居，故称邻里。⑬寻常巷陌：普通的街道。刘禹锡《乌衣巷》中有

六朝繁华逐水流

"旧时王谢堂前燕，飞入寻常百姓家"。

［词解］

金陵乃六朝古都，绮丽秀美，时至今日，南朝时（也就是六朝）的那些繁华盛事还有谁记得？青山围绕着金陵，在长江两岸对峙而立，形状宛如女子头上对立着的发髻。怒涛寂寞地拍打着这座孤城，张着风帆的船正在驶向那遥远的天边。临水的山崖边，那棵古树依然还在石壁上倒挂。当年岸边还曾拴系过莫愁女的船艇，而今却只剩下一丝旧日的痕迹。此间云雾浓厚，望去一片苍青，半座营垒都被这雾气所遮盖。深夜时分，旧日的明月依然越过金陵城的矮墙而来，满怀伤心地望着淮水无止息地东流而去。今日的酒楼、戏馆这些繁华的场所，当年又都是什么地方？想来大约是昔日的王谢家族居住的故里。而燕子不知人世的沉浮变迁，从往日的豪门大宅中飞到了寻常百姓之家，它们在夕阳中亲密地呢喃，似乎也在相对诉说着历史的兴衰变迁。

［词评］

张玉田谓："清真最长处，在善融化诗句，如自己出。"读此词，可见其中三昧。

——梁启超（见梁令娴《艺蘅馆词选》）

［词人逸事］

周邦彦和宋徽宗可以说是情敌。宋徽宗曾在冬日半夜出宫去偷偷幽会名妓李师师，而那时周邦彦正在师师处畅饮。周邦彦一时躲避不及，便钻到美人床底下。周邦彦听到了皇帝和李师师的喃喃私语，触动灵感，填了一首《少年游》，将他们卿卿我我的情态刻画得淋漓尽致。几日后，这首词便唱遍京师，那个风流皇帝大吃一惊。盘问之下，李师师供出了实情。皇帝大怒，命令宰相蔡京将这床头夺爱、床下偷听并泄露"天机"的家伙贬至外地。周邦彦离开时，师师相送，便填了首《兰陵王》，恰巧宋徽宗这日又到青楼，美人迟归，将《兰陵王》含泪以告。皇帝听罢，心生怜悯，便又把那风流才子召了回来。

汪 藻

汪藻（1079—1154），字彦章。饶州德兴（今属江西）人。他学识渊博，擅长骈文，与胡伸并称“江左二宝”，有《浮溪词》一卷传世。

点绛唇

新月娟娟①，夜寒江静山衔斗②。起来搔首，梅影横窗瘦。　　好个霜天，闲却传杯③手。君知否？乱鸦啼后，归兴④浓如酒。

[注释]

①娟娟：美好的样子。②斗：北斗，此处泛指星宿。③传杯：古人在宴席上相互传杯而饮以助酒兴。④归兴：乡情。

[词解]

娟秀明亮的月光，映照着寒夜中静静流淌的江流，远处的山峰为满天繁星所簇拥。明月触动了词人内心的情思，他难以入眠，因此起来搔首。月光照映下，梅枝在窗棂上投下瘦瘦的影子。在这清幽寂静的夜里，词人怎能不起怀乡思人之情呢？

夜寒江静山衔斗

这明月新满、寒霜高洁的秋天是多么静美，正是赏月饮酒的良宵，然而词人满怀孤独寂寞，无心饮酒，闲置了传杯接盏的乐趣。词人遥问远方的爱人：“你知道吗？当听到归巢的乌鸦纷乱的啼叫后，我归家的意兴总是浓郁似酒。”乱鸦夜啼最易触动游子的归思，因此词人期盼归家与爱人团聚，以慰藉自己的孤独凄凉。这首词写景清丽旷远，抒情含蓄而隐曲，有哀怨而不露，耐人寻味。

［词评］

霜天无酒，落寞可知，写来却蕴藉。

——黄苏《蓼园词选》

［词人逸事］

汪藻在京师作了《点绛唇》词。绍兴年间，汪藻任徽州知州时，酒席上让歌女唱这首词。座中有挟私怨的人，想要讨好秦桧，便向秦桧告发汪藻，说他新作了《点绛唇》一词来讥讽秦桧。秦桧大怒，便将汪藻贬到了永州。

卷四　南宋词

叶梦得

叶梦得（1077—1148），字少蕴，自号石林居士。吴县（今江苏苏州）人。能诗文，特别擅长词。其早期词作多散佚。宋朝偏安一隅后，一改早期华绮的词风，倾向于简淡雄杰，多伤怀国事，成为豪放派后继者之一。有《建康集》《石林诗话》《石林燕语》《幽暑录话》等著作，词集有《石林词》。

水调歌头

九月望日[①]，与客习射西园，余偶病不能射。

霜降碧天静，秋事[②]促西风。寒声隐地初听，中夜入梧桐。起瞰高城回望，寥落关河千里，一醉与君同。叠鼓[③]闹清晓，飞骑引雕弓。　岁将晚，客争笑，问衰翁[④]：平生豪气安在？走马为谁雄？何似当筵虎士[⑤]，挥手弦声响处，双雁落遥空[⑥]。老矣真堪愧，回首望云中[⑦]！

寥落关河千里，一醉与君同

［说明］

这首词大约作于绍兴八年（1138）。当时，宋朝北方的大片国土都已为金国占领，南宋王朝只剩下了半壁河山，建康城成为扼江守险、支援北伐军的重镇。词人此时再度担任建康府知府，写下了这首词。词中所写到的秋事、习射等均和宋金战事有关。

［注释］

①望日：旧历的每月十五日。②秋事：指秋收、制寒衣等事。③叠鼓：接连不断地打鼓（指早晨报时的鼓声）。④衰

翁：作者自称。⑤虎士：勇士。⑥“双雁”句：形容箭术的神乎其技。《北史·长孙晟传》载有长孙晟一箭贯双雕的故事。⑦“老矣”二句：合用《史记》中廉颇和《汉书》中魏尚的典故。

［词解］

深秋时节，暮色降临，地上满是寒霜，碧蓝的天空澄静肃穆。西风急促地刮着，寒冬即将来临，人们都在忙着秋收、制寒衣等事。寒风最初听起来是隐隐约约，夜深时分便吹得梧桐叶呜响不止。词人站在高高的城墙上鸟瞰，回望那已经沦丧了的千里河山，面对山河破碎的现状，无限悲凉沉痛，只好借酒浇愁，与客同醉。词人与客人畅饮漫谈，不知不觉间清晨已到来，军中响起密集的鼓声（报晓之用），士兵们开始操练，演习场上一队队骑兵正在练习骑射，气氛紧张而热烈。

席间的客人们都正当盛年，争相在武场较量，欢谈笑语间相互夸赞。而词人已到迟暮之年，望着眼前意气风发的诸人，回忆起了自己的少年往事。感慨万千之际，便以自嘲的语气喟叹自己壮志未酬而身已先老，平生的豪情壮志都已消失。筵席间的勇士们正当盛年，箭术精良，随手引弓发射，便能够将远处的双雁一并射落，而词人自己则是年事已高，无力报国，为此感到惭愧不已。

［词评］

叶公以经术文章，为世宗儒，翰墨之余，作为歌词，亦妙天下。味其词婉丽，绰有温、李之风。晚岁落其华而实之，能于简淡时出雄杰，合处不减靖节、东坡之妙，岂近世乐府之流哉？

——关注《题石林词》

水调歌头

秋色渐将晚，霜信报黄花①。小窗低户②深映，微路绕欹（qī）斜。为问山翁③何事，坐看④流年轻度，拼却鬓双华。徙倚望沧海⑤，天净水明霞。　念平昔，空飘荡，遍天涯。归来三径重扫，松竹本吾家⑥。却恨悲风时起，冉冉云间新雁，边马怨胡笳（jiā）。谁似东山老，谈笑净胡沙⑦。

[说明]

叶梦得晚年，隐居在风景优美的卞山。此处北面与太湖相临，奇山异石，风景如画，叶氏家中又有藏书数万卷，于是他便整日读书赏景，吟唱自娱，过着悠然自得的生活。但是，面对着边患危机的日益加剧和朝廷的日益腐败，他的心境终究还是无法平静，无法置抗金战事于不顾，时刻牵挂着国家的危亡，这首词就是词人在此期间所写的。

[注释]

①“霜信”句：黄花开时表明是降霜的季节。②小窗低户：指简陋的房屋。③山翁:《晋书·山简传》载山简好酒易醉。作者借以自称。④坐看:空看。⑤徙倚：徘徊往复。沧海：此指太湖。⑥“归来”二句：写归隐田园。化用陶渊明《归去来兮辞》中的“三径就荒，松竹犹存”。三径指院子里的小路。⑦“谁似”二句：化用李白《永王东巡歌》中的“但用东山谢安石，为君谈笑净胡沙”。胡沙，指代胡人发动的战争。

[词解]

秋意渐浓，盛开的黄花报来了霜降的消息。简朴的房屋掩映在黄花丛中，蜿蜒的小道在外面环绕，一片清幽宁谧。词人正是在这样幽僻处隐居，而作为一个隐居山林的老翁，不甘心闲居却又只能坐看时光荏苒，徒增了白发（这正是词人对自己壮志难酬、英雄空老的沉重喟叹）！词人沿着崎岖的小路来到了太湖边上，只见湖水浩渺无际，天色明净，绮丽的彩霞在粼粼波光中闪动。看着眼前壮丽的太湖风光，词人追忆起往昔，自己一生四处飘荡，流落天涯，年老时归隐此间，发现这种归隐生活原来是如此的适合自己。然而，此间的生活虽然闲适自在，但是词人依然无法忘却国家所面临着的种种困境。秋风吹来时，天气转凉，云间的大雁纷纷南飞，那胡兵又将要乘时发动战争、侵扰边境了。而此刻，大宋朝的半壁江山都已经沦陷于金人之手，并且金人依然在虎视眈眈。在抗金战争中，有谁能像东晋谢安一样，谋略过人，谈笑间将金兵击退，一举将失地收复呢？这首词淋漓尽致地表现了词人归隐时的矛盾心情：一方面他隐居卞山，每日以山水自娱；另一方面，他又无法忘怀国家的危亡，时刻记挂着抗金战事，整首词写得格调激越而又凄楚悲凉。

[词评]

少蕴自号石林居士，晚年居卞山下，奇石森列，藏书数万卷，啸咏自娱。所撰诗文甚富。《石林词》一卷，与苏、柳并传，绰有林下风，不作柔语人，真词家逸品也。

——毛晋《石林词跋》

点绛唇

绍兴乙卯登绝顶小亭

缥缈危亭[1]，笑谈独在千峰上。与谁同赏，万里横烟浪[2]。　老去情怀，犹作天涯想[3]。空惆怅。少年豪放，莫学衰翁样。

［说明］

此词作于宋高宗绍兴五年（1135），当时词人年过六旬，休官退居在吴兴卞山，在登临卞山绝顶亭时有感而发，便写下了这首激昂慷慨之作，抒发了作者归隐后豁达超然却又不免孤独寂寥的心情。

［注释］

①缥缈：高远、隐约的样子。危亭：高山上的亭子。②烟浪：烟云如浪，指云海。③天涯想：立功万里的志向，即志在天涯。

［词解］

词人登上高远的卞山山顶，谈笑在那千峰的小亭之上。词人北望中原，只见万里烟雾弥漫，中原地区已经沦于敌手，不知道什么时候才能够收复。虽然他已是暮年，年华老去，但是壮志犹在，一直想要立功万里，收复失地。但想到自己现在闲居于卞山，已无官职，纵有万丈豪情，满腔热血，却也无能为力，只能空有满腹惆怅。然而惆怅之余，词人的豪情依旧，他激励鼓舞年轻的一代人，告诫他们不要学自己这个“衰翁”，一定要奋发努力，为国尽忠。

深山远眺

[词评]

叶少蕴主持王学，所著《石林诗话》，阴抑苏、黄，而其词顾挹苏氏之余波，岂此道与所问学固多歧出耶?

——冯煦《宋六十一家词选例言》

朱敦儒

朱敦儒（1081—1159），字希真，号岩壑，又称伊水老人、洛川先生，洛阳（今河南洛阳）人。早年生活放荡，词风婉丽清畅。中年，逢北方沦陷于金，国破家亡，多感怀忧愤之作，格调悲凉。晚年隐居山林，多描写自然景色与自己的闲适生活。其词语气清畅，句法灵活自由，但多数词作带有浓郁的虚无思想，内容消极。著有《岩壑老人诗文》《猎校集》，已佚；今有词集《樵歌》(一名《太平樵歌》)。

水龙吟

放船千里凌波去，略为吴山①留顾。云屯水府②，涛随神女，九江③东注。北客翩然④，壮心偏感，年华将暮。念伊嵩旧隐，巢由故友⑤，南柯梦，遽（jù）如许！　回首妖氛⑥未扫，问人间、英雄何处？奇谋报国，可怜无用，尘昏白羽⑦。铁锁横江，锦帆冲浪，孙郎⑧良苦。但愁敲桂棹（zhào），悲吟梁父⑨，泪流如雨。

[说明]

这首词作于金兵南下、词人刚刚离开洛阳之际，是感慨时局、抒发吊古伤今情怀的名篇。

[注释]

①吴山：泛指吴地（今江苏南部）一带的山。②云屯水府：是说水府星附近乌云密布。水府为星名。③九江：众水汇流而成的大江。④北客翩然：作者从洛阳到南方来，故自称北客。翩然，一作“苍颜”。⑤“念伊嵩”二句：回忆在洛阳时和朋友在一起遨游山水的隐居生活。伊指伊阙，在河南洛阳南。嵩指嵩山，在河南登封北。两者都是名山。巢指巢父，由指许由。这两人都是古代的隐士，作者用来自比。⑥妖氛：不祥之气，借指侵

千里踏浪

扰中原的金国。⑦尘：尘土。白羽：箭名。⑧孙郎：指吴王孙皓。⑨梁父：《三国志·诸葛亮传》载诸葛亮喜诵《梁父吟》。这里作者以隐居南阳关心天下事的诸葛亮自比。

[词解]

词人乘着船，一路凌波踏浪，行走千里。但词人此行并不是为了登山临水，放浪形骸。因此即便是妩媚的江南青山也难以将他留住，而只是稍稍流眄顾盼而已。天上的水府星附近乌云密布，大雨将至，船下的滔滔江水，像是在随水神奔走，和众水一起东注入海。词人从洛阳来到南方，满腔豪情壮志，却偏偏年已垂暮，感伤不已。想起以前在洛阳时和朋友在一起遨游山水的隐居生活，是何等的自由自在，如今却全如南柯一梦，不可复得了。北望中原，依旧硝烟弥漫，中原依然被金人占据，于是词人便大声疾呼，哪里有可以救国挽回时局的英雄呢？纵有奇谋报国，恐怕也会不免和孙皓一般，机关算尽也依然于事无补。念及此，词人沉痛不已，只好愁扣船舷、悲吟梁父、泪流如雨罢了。

[词评]

深厚清隽，不失元祐诸贤矩矱。

——翁方纲《石洲诗话》

这首词既体现了词人创作风格中的豪放刚健，又见出词人创作功力之深厚。全词以纪行为线索，从江上风光写到远行的感怀，由个人悲欢写到国家命运，篇末以“愁敲桂棹”回应篇首的“放船千里”。中间部分，抒情、议论并用，抒情率直，议论纵横，视野又极开阔，“千里”“九江”尽收笔底，往古来今俱望中，感情极痛快却极沉着，不避用典而仍明白如话。

——《宋词鉴赏辞典》

［词人逸事］

朱敦儒曾专为北宋末年汴京名妓李师师作《鹧鸪天·唱得梨园绝代声》，不同于《西都作》的豪放，这首小词以低回宛转而感人。词中表达了对李师师不幸遭遇的同情，更蕴含了对靖康之变的沉痛之情。

鹧鸪天

西都①作

我是清都山水郎②，天教分付与疏狂③。曾批给雨支风券，累上留云借月章。　诗万首，酒千觞(shāng)，几曾著眼看侯王？玉楼金阙④慵(yōng)归去，且插梅花醉洛阳。

［说明］

这首词是词人早年从京师返回洛阳后所作，故题为“西都作”，曾一度风行汴洛，是词人前期词的代表作，也是他前半生人生态度和襟怀抱负的集中反映。

［注释］

①西都：宋时洛阳称西京，即西都。②清都山水郎：在天上管理山水的郎官。清都是传说中天帝的宫阙。③疏狂：狂放，不受礼法约束。④玉楼金阙：金玉楼台，天上的仙境。隐指宋代京城、朝廷。

［词解］

词人自称自己是天上管理山水的郎官，是天公赐予了他这副不受礼法束缚的狂放模样。他拥有支配风雨的权力，也多次递上呼云借月的奏章。他才华横溢，酒量过人，写得诗作万首，饮下美酒千杯，连天上的金玉楼台他都懒得归去，更不说什么时候正眼看过尘世间的王侯贵族了。他潇洒狂放，率性随心，头上斜插着高洁孤傲的梅花，在洛阳城中尽情大醉，任意去往。

好事近

渔父词

摇首出红尘①，醒醉更无时节。活计②绿蓑青笠，惯披

霜冲雪。　　晚来风定钓丝闲，上下是新月。千里水天一色，看孤鸿明灭[3]。

［说明］

词人晚年在嘉禾寄居，先后共写了六首渔父词（都是调寄《好事近》）来歌咏自己闲适的生活。本词为其中的一首，用简约的笔调勾勒出词人生活中令人感到闲适的一个画面，写得意趣盎然，风雅俊朗，展现出高远而空灵的境界。

［注释］

①红尘：尘世间，此处指官场。②活计：指生计。③孤鸿明灭：孤雁时隐时现。

［词解］

词人摇着头毫无留恋地告别了喧嚣的尘世，悠然地垂钓在江湖烟波之上，在那里他任意随心，醉醉醒醒没有定时。他穿着绿色的蓑衣，头戴青青的斗笠，顶着雨雪风霜，往来在江面之上。每逢夜晚时分，江岸上风平浪静，词人悠闲地持竿垂钓，天上一轮明月朗照，水月交相辉映，天上水下俱是一片光亮。水天宛如一色，绵延千里，在那水天相接处，可以看到一只孤雁时隐时现。

［词评］

此词体现了词人鄙夷权贵、傲视王侯的风骨，读来令人感佩。无论从内容或艺术言之，这首词都堪称朱词中具有代表性的作品，是一首“天资旷远”、婉丽流畅的小令。全词清隽谐婉，自然流畅，而且前后呼应，章法谨严。

——《宋词鉴赏辞典》

相见欢

金陵城上西楼[1]，倚清秋。万里夕阳垂地，大江流。　　中原乱[2]，簪(zān)缨[3]散，几时收[4]？试倩[5]悲风吹泪，过扬州[6]。

[说明]

这首词是词人从洛阳南渡以后，登上金陵城，于西楼远眺时所写的抒发爱国情怀之作，气魄宏大，寄慨深远，说出了当时广大爱国者的共同心声。

[注释]

①西楼：城上西面的城楼。②中原乱：指1127年金兵占领北宋中原地区的“靖康之乱”。③簪缨：代指宋王朝的贵族达官。簪、缨都是古代贵族达官帽子上的装饰物。④收：指收复失地。⑤倩：请求。⑥扬州：今江苏扬州。当时为南北交通的枢纽与重要商埠，但自“靖康之乱”后却多次遭受金兵的进犯与破坏。

[词解]

在一个凄清的秋日的傍晚，词人登上金陵城，在城上西面的城楼上凭栏远眺。夕阳的余晖映照着万里大地，长江在一旁静静地流过。当时中原已经被金兵占领，朝廷的达官贵族们争相逃离，中原大地处于一片混乱之中，百姓生灵涂炭。词人登高北望，心情沉重，不知道什么时候才能击退金人，收复中原。念及此，词人不禁流下了伤心的泪水，自己不能抗敌收复失地，只好尝试着请求那飘动的秋风，能够吹送他的眼泪，飞越过扬州，到达中原，给那里的人们带去自己的同情和关怀。

[词评]

笔力雄大，气韵苍凉，短调中具有万千气象。

——陈廷焯《词则》

李 纲

李纲（1083—1140），字伯纪，邵武（今属福建）人。曾固守汴京，击退金兵。能诗能词，不乏忠义奋发的爱国篇章。其咏史之作形象鲜明生动，风格沉雄劲健。有《梁溪先生文集》《靖康传信录》《梁溪词》。现存词50多首。

喜迁莺

晋师胜淝上

长江千里，限[1]南北、雪浪云涛无际。天险难逾[2]，人

谋③克壮，索虏岂能吞噬④！阿坚百万南牧⑤，倏忽⑥长驱吾地。破强敌，在谢公⑦处画，从容颐指⑧。奇伟。淝水上。八千戈甲，结阵当蛇豕⑨。鞭弭周旋⑩，旌旗麾动⑪，坐却北军风靡。夜闻数声鸣鹤，尽道王师⑫将至。延晋祚，庇烝(bì zhēng)民⑬，周雅何曾专美。

［说明］

本词为咏史之作。这首词写的是历史上有名的秦晋淝水之战，以古喻今，歌颂昔日英雄谋士的功勋和业绩，隐约地传达出词人希望自己能够像谢安一样，为南宋朝廷的抗金大业立下卓越功绩的情怀。

［注释］

①限：界。②逾：越。③人谋：指大臣的谋略。④索虏：是南北朝时南朝骂北朝人的话。吞噬：吞食。⑤阿坚：秦王苻坚。南牧：侵占南方的土地。⑥倏忽：极快。⑦谢公：指东晋丞相谢安。他力主采取积极抗敌的措施。⑧颐指：形容指挥进退皆如人意。颐为面颊。⑨蛇豕：长蛇和大猪，喻贪暴残害者。⑩鞭弭：指驾车前进。弭为弓末梢，用来助驾车者解开辔结。周旋：这里是交战的意思。⑪麾动：此指战旗招展。⑫王师：此指东晋的军队。⑬烝民：众多的百姓。

［词解］

本词是以晋国的口气来写的：长江纵横千里，割断南北，江面上浪涛冲天，无边无际，长江的天险原本就难以逾越，再加上还有臣子们的谋略，自然能够让北方的那些胡虏无可奈何。然而秦王苻坚不顾长江天险，发动百万雄师，极快地长驱南下，意图侵占我晋国土地。而丞相谢安则从容应对，举兵抗击，布置规划恰当，指挥进退皆如人意，一举击败秦军这个强敌！淝水战役中场面异常奇伟，晋国主将指挥英明，战士英勇善战，巧妙周旋之间，便以少胜多，大败秦军。秦军望风披靡，惊慌失措，深夜里听到鹤的鸣叫，竟然认为是晋国的军队来到，一个个仓皇逃走，损失惨重。淝水之战的胜利，让晋国得以保存，享国之日延长，广大的百姓也得到庇护，这一功业是何等的辉煌，即便是《诗经·小雅》中歌颂的周宣王的中兴之功，也不能专美于前。

[词评]

豪宕沉雄，风流蕴藉，所谓进则秉钧仗钺，旋转乾坤，不足为之泰；退则短褐幅巾，徜徉丘壑，不足为之高者。

——刘克逊

[词人逸事]

李纲在朝廷担任丞相的时候，一身正气，两袖清风。平日里只用清茶招待客人，从未收受礼物，连每年过生日都不例外。唯独有一次，他在老家——福建邵武县做寿，破例收下了客人送来的很多贵重贺礼，这一反常的举动，让很多人不能理解，霎时间议论四起。第二天，他让家中的仆人将所有的贺礼运到城中变卖，换回了银两，然后才对众人陈明，他打算为家乡修一条路，这卖贺礼的银两就作为修路用的专项资金，并且下令当天动工。开工之前，李纲命令管家，将送礼人的姓名以及所送礼品的名称、数量和价值，全都写在纸上，贴在街头，公之于众，用来表示对他们筹集资金的表彰。

宋　江

宋江（生卒年不详），北宋徽宗政和年间领导农民起义，结寨于山东梁山泊。《水浒传》载其为山东郓城人。《全宋词》存其词二首。

念奴娇

天南地北，问乾坤何处，可容狂客[1]。借得山东烟水寨[2]，来买凤城春色[3]。翠袖围香，鲛(jiāo)绡笼玉[4]，一笑千金值。神仙体态，薄幸如何销得[5]。　回想芦叶滩头，蓼花汀畔，皓月空凝碧。六六雁行连八九[6]，只待金鸡消息。义胆包天，忠肝盖地，四海无人识。闲愁万种，醉乡一夜头白。

[说明]

宋江原本是一个刀笔小吏，一心想着能够报效朝廷，获取富贵功名，可是在奸臣当道之际，非但没能为国尽忠，反而沦为了强盗。这首词就是抒发他对黑暗现实的不满以及聚义梁山而心犹不甘的惆怅。

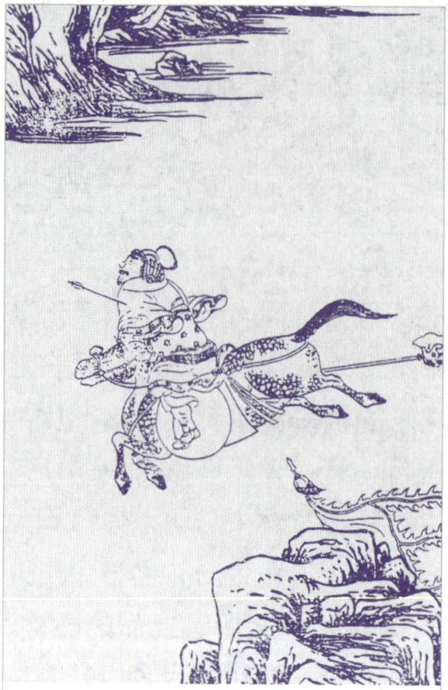

宋江兵打大名府

[注释]

①狂客：疏狂之士。②山东烟水寨：指山东梁山泊。③买：换。凤城：古时京都的别称。④“翠袖”二句：是对穿着华丽衣服的官宦小姐和宫廷贵妇的描绘。⑤销得：消受得起。⑥“六六”句：暗指梁山一百单八将，即六六三十六位首领和八九七十二名将校。

[词解]

这首词是以宋江自己的口吻来写的。不管是天南海北，在这广阔的乾坤之中，却没有一个地方可以容得下我这个疏狂之士。于是我只好来到山东的梁山泊以立身，虽然落草至此，但我还是对朝廷念念不忘，一心想要以山寨里的浩渺烟水，换得几分京城的春色。京城中现在应当是处处美景佳人，那穿着华丽的官宦小姐和宫廷贵妇人，一笑可值千金，那美好的体态如同神仙，薄幸之人实在是难以消受得起。然后回过头来，看看我梁山泊上的情形，在那布满芦叶、蓼花的滩头洲畔，所有的只不过是皓月一轮，空自凝碧罢了。我梁山泊上聚集着六六三十六位首领和八九七十二名将校，他们都在和我一样日夜等待着朝廷的招安，以报效国家。我们这些人一个个义胆包天，忠肝盖地，然而天下间却没有人赏识。为此，我万般愁苦，大醉后在梦乡中一夜白了头发。

[词人逸事]

宋江的外号是“及时雨”，他最初是一个替人书写文书的小吏，整天舞文弄墨，因为心中有仁义，与当时的绿林好汉结下了深厚的情谊。晁盖等七个好汉因智取生辰纲一事被官府通缉，多亏了宋江，他们才事先得知消息，并成功逃脱。晁盖为了答谢宋江，便派刘唐给他送去金子和书信，却不小心被宋江的老婆阎婆惜得知，她趁机要挟，宋江大怒之下将阎婆惜杀死，然后被迫上了梁山。宋江为人处世低调，成为梁山泊的头号首领以后，依然是温良恭俭、谦和谨慎，言必“在下”“小吏”，动不动就下拜、揖让，关键时刻还很会临场发挥，时常“涕泪横流”以收买人心，颇得刘备的真传。

李清照

李清照（1084—约1155），号易安居士，济南章丘（今属山东）人。18岁嫁金石考据家赵明诚为妻。夫妇喜好词章，经常互相唱和，并一起从事金石学研究。早年生活优渥。汴京被金兵攻陷后，不得不流寓南方。后来，赵明诚病死，李清照生活孤苦。她的词文都很优美，尤其擅长作词。词以南渡为分水岭，分为前后两个时期。前期多描写闺情相思，表达了对大自然的热爱以及对爱情的追求，风格明快妍丽。后期则更多地描绘国破家亡的乱世生活，哀愁入骨，词情凄婉，具有一定的社会意义。她的词具有较高的艺术技巧，形式上擅于使用白描的手法，力求创新。语言清雅简洁，明白如话，富含生活气息，被称为“易安体”，是婉约派的重要代表。词人也著有一些别致的豪放之作。作品有《易安居士文集》《易安词》，已散佚。后人有《漱玉词》辑本，今人辑有《李清照集》。

渔家傲

天接云涛①连晓雾，星河欲转②千帆舞。仿佛梦魂归帝所③，闻天语，殷勤问我归何处。　我报路长嗟日暮④，学诗谩有⑤惊人句。九万里风鹏正举⑥，风休住，蓬舟吹取三山去⑦。

[说明]

这首词写于李清照南渡之后。建炎四年（1130）春，她曾在海上航行，一路上“飘流遂与流人伍”，历尽风波浪涛之险。词中所写的大海、乘船、天帝以及词人自己，都是对那段生活经历的真实感受。

[注释]

①云涛：云起如波涛汹涌。②星河欲转：指夜已深。③帝所：天帝的住所，即天上。④报：回答。嗟：嗟叹。日暮：喻指前途黯淡。⑤谩有：空有。⑥举：鸟飞翔。⑦蓬舟：像蓬草一般的轻舟。三山：传说中的蓬莱、方丈、瀛州三座仙山。

[词解]

辽阔苍茫的大海上，天幕四垂，波涛汹涌，云雾弥漫，海天相接。夜深时分，海面上刮起了大风，船帆随风舞动，上千艘船在风浪中前进。词人在船舱中仰望天空，由于船身颠簸剧烈，词人看着天上的银河似乎也在转动。在颠簸行船中，词人进入了梦乡，恍惚中她的梦魂好像是升入了天帝所居的天宫。在那里，天帝态度和蔼，殷勤地问她要归往何处。词人便告诉天帝，自己要走的路还很漫长，但前途却十分黯淡看不到光明，空有过人的才华，却一直遭遇不幸。之所以会有这样的梦境，是和词人的遭遇相关的，词人在现实生活中没有知音，欲诉无人，只好通过梦境的形式来抒发自己怀才不遇、经历坎坷、前途黯淡的愤懑。接着词人又从梦境回到了现实：面对着狂风，词人想到了那借风高飞九万里的大鹏，而自己也想借助这鹏抟九天的风力，于是便大喝一声：大风啊！你不要停止，我要乘坐一叶轻舟，借你之力飘飞到那海上的仙山上去。

［词评］

易安在宋诸媛中，自卓然一家，不在秦七、黄九之下。词无一首不工，其炼处可夺梦窗之席，其丽处直参片玉之班，盖不徒俯视巾帼，直欲压倒须眉。

——李调元《雨村词话》

［词人逸事］

李清照和丈夫赵明诚常常一起探讨学问，起到了彼此互相鼓励、进步的作用。每次吃完饭喝茶时，他们喜欢做一种智力游戏，对记忆十分有帮助，并为之取名“赌茶”。即由一方说出某件事，而另一方必须快速指出这件事记载于哪部书、哪一卷、哪一页、哪一行，答对了，就可以先行喝茶；答错了，不仅要后喝茶，还必须承认自己在读书时不够专心致志。而取得胜利的一方往往举杯大笑，结果将茶都洒在了衣衫上，反而没能喝上。此外，他们都爱好金石书画，每月初一、十五，夫妻二人都要到都城汴京的相国寺一带的集市上寻访一番，如果遇到有价值的金石书画，哪怕倾尽所有，也要买回家中。

向子谭

向子谭（1085—1152），字伯恭，临江（今江西樟树）人。自号芗林居士。赵构宪肃皇后之从侄，以恩补官，因反对议和，与秦桧不合而罢官。以南渡为界，将词分为两部分：江北旧词和江南新词。江北旧词多描写艳情或歌咏景物，江南新词则多是忧国之作，有苏轼余韵。有《酒边词》。

阮郎归

绍兴乙卯大雪行鄱阳道中

江南江北雪漫漫，遥知易水寒[1]。同云深处望三关[2]，

断肠山又山。　天可老，海能翻[3]，消除此恨难。频闻遣使问平安，几时鸾辂（lù）[4]还？

［说明］

靖康之难后，徽钦二帝皆被俘，南宋朝廷偏安于江南。作为主战派大臣的词人，一直是忧国伤时，时刻牵挂着二帝。这首词作于绍兴五年（1135）隆冬，当时南宋朝廷频频派使者探问二帝（绍兴四年春正月，“遣章谊等为金国通问使”。五年五月，又“遣何藓等奉使金国，通问二帝”），词人更是满心渴盼着二帝能早日归国，这首词表达的就是词人的这种心情。

［注释］

①易水寒：喻指中原的沦丧和帝王被俘不回的耻辱。宋钦宗靖康二年（1127），金兵俘获徽钦二帝北去。②同云：亦作“彤云”。三关：泛指北方关隘。③“天可老”二句：化用李贺《金铜仙人辞汉歌》与汉乐府《上邪》诗句意。李贺曾作“天若有情天亦老”。汉乐府：“山无陵，江水为竭，冬雷震震，夏雨雪，天地合，乃敢与君绝。”④鸾辂：代指皇帝所乘之车，并进而代指皇帝。鸾为车上的鸾铃。辂为车上的横木。

［词解］

寒冷的冬日，江南江北都已是大雪漫天，而那遥远的朔北，更应当是寒冷彻骨了，在这样的寒冷天气里，词人行走在鄱阳道中，心中所想的应当是中原的沦丧和帝王被俘不回的耻辱。徽钦二帝在漠北寒冷之地，又受到金人的种种虐待，处境肯定是极为不堪。词人举目北望，只见二帝蒙尘之处，上有沉沉的彤云，下有重重的关山。彤云之厚重，关山之路远，都将词人的视线阻隔遮断，更遮断了二帝的归国之路，念及此，令人肝肠寸断！即便是天可老、海能翻，靖康之难所带来的耻辱痛恨也难以消除。词人最近不断听到朝廷派遣使者，探问二帝平安之事，心中充满了渴盼，不知道二帝的鸾车几时能够归还（应该是不太久远了吧）？本词虽然只是一首小令，结构却十分精巧严密，词人先是由江南江北之雪联想到易水之寒，又由此联想而遥望三关，接着精警设喻，以天可老、海能翻反衬此恨难消，似乎已至绝望之境，而最后又在绝望中翻出一片痴望渴盼，对故国故君之思念渴盼到此达到极致，却又终篇无一语道破，匠心如此，令人不得不叹服。

［词评］

从历史之角度看，子諲此词表露出南渡之初爱国志士的悲愤心态，所以有其一定的历史认识意义。从艺术之角度看，则此词抒情曲折深刻，及语言之含婉工致，造诣颇有独到之处。上片由江南江北之雪联想到易水之寒，又由此一联想而遥望三关，已是层层翻进。下片凌空设喻，以天可老、海能翻反衬此恨难消，情至绝望之境，便若无以复加。然而最后又翻出绝望中之一片痴望，抒发故国故君之思，至此终至其极。只因词人郁结悲愤深沉，倾诉出来才有如此曲折跌宕之致。

——《宋词鉴赏辞典》

［词人逸事］

向子諲是著名的爱国志士。在南宋朝廷苟安，奸臣当道的时候，他坚决地站在了主战派一边。他与李纲交往甚笃，每每谈起抗金之事便慷慨激昂，对金人恨之入骨，而对那些投降卖国的小人更是痛恨鄙视。他的刚直不阿自然遭到了大奸臣秦桧的忌恨。后来金国使者来宋朝时，那些群小纷纷奉承迎合，独向子諲横目以对，当金国使者宣读金国皇帝的诏书时，他更是不肯下拜，而秦桧便以此罪名想将他治罪。向子諲见朝中如此无道，便愤然辞官而去。

蒋兴祖女

蒋兴祖女，（生卒年不详），宜兴（今属江苏）人，能诗词。其父蒋兴祖于靖康年间金兵南侵时担任阳武（今河南原阳）令。阳武城被敌军包围，他坚持抵抗，至死不屈，忠勇刚烈。他的妻子与儿子一同遇难，女儿被金人掳掠北上。

减字木兰花

题雄州[1]驿

朝云横度，辘辘（lù lù）车声如水去。白草黄沙[2]，月照孤村三两家。　飞鸿过也，百结愁肠无昼夜。渐近燕山[3]，回首乡关归路难。

[说明]

在靖康之变的巨变下，北宋灭亡，南宋苟延残喘，时局动乱之际，曾涌现出一批爱国女词人，本词的作者蒋兴祖女就是其中杰出的一个。词中写的是词人在被金人掳走途中的种种悲凉情形，以及词人的回首乡关之痛。

[注释]

①雄州：今河北雄县。②白草黄沙：白草杂生，黄沙弥漫。这句写的是北方地区的景象。③燕山：指燕京（今北京）。时称中都，曾一度为金兵所占。这里泛指遥远的边地。

[词解]

万里长空中，寒风不停地吹着，朝云横渡而去。大地上车轮滚滚，无休止地北驰而去，如同流水不曾片刻停留，金兵的车辆载着掠夺来的妇女一路向北，迢迢而去。一路上处处荒草杂生，黄沙弥漫。中原广阔的大地上，人烟稀少，剩下的是一座座孤村，百姓都已逃亡，偶尔还会遇见在清冷的月光照耀下，有二三户人家，空中有大雁飞过，词人内心愁肠百结，昼夜不得解脱。车辆飞驰，渐渐地离燕山越来越近，而离家乡则越来越远，并且一至燕山，其身将永为奴矣，永远不能再和亲人相见。词人回首那条通往故乡的路，痛切地感觉到，国破家亦亡，自由之身尚不可得，归乡之路将何其难！

[词人逸事]

词人出身书香世家，幼时父母就教导她学习诗文，聪慧的她在诗词的学习上取得了很好的成绩，加上她心地善良，乡里的百姓都非常喜欢她。她的父亲蒋兴祖是有名的爱国官员，靖康年间，蒋兴祖任阳武县令，金军攻打阳武城，他带领全城的百姓奋勇抵抗金兵。有人劝告他："小小的阳武县如何能够抵挡得住数千金兵，干脆弃城投降吧。"蒋兴祖却说："我世代蒙受朝廷的恩惠，只有一死来报效朝廷。"在誓死抵抗了两天之后，蒋兴祖与妻子、儿子一同战死。城破后，十五岁的词人被金人掠走，最后下落不明。

陈与义

陈与义（1090—1138），字去非，号简斋，洛阳（今属河南）人，后徙居河南叶县。曾任太学博士等职。他是江西诗派后期的重要诗人。诗风明朗，南渡后诗风变得沉郁悲壮。也擅长写词，既有清新美好的作品，也有豪放雄健的篇章。有《简斋集》和《无住词》传世。

临江仙

夜登小阁，忆洛中①旧游。

忆昔午桥②桥上饮，坐中多是豪英。长沟③流月去无声。杏花疏影里，吹笛到天明。　二十余年如一梦，此身虽在堪惊。闲登小阁看新晴。古今多少事，渔唱起三更。

［说明］

本词大约是在高宗绍兴五年（1135）或六年（1136），陈与义引退后于青墩镇僧舍闲居时所作。词人是洛阳人，在洛阳一度过着诗酒相和的快乐生活，词中所写的就是自己二十年前的洛阳旧游情形，兴亡之感寄寓其中。

［注释］

①洛中：洛阳。②午桥：在洛阳南，为文人名士流连优游之地。③长沟：指从午桥下流过的溪水。

［词解］

回忆昔日在午桥上宴饮的情形，当时席间所坐的大都是英雄豪杰。多少个明月之夜，在皎洁的月光照耀下，午桥下面的流水无声地流淌。词人和友人们一同坐在树下，在杏花疏淡的树影中，吹奏笛曲，一直到天明。而今二十年已然过去，回想往日生活，恍然如同一梦。词人的身体虽然尚还健在，而多年来坎坷的经历却让他感到惊魂难定。闲暇时候，词人登上小阁楼，观看雨后初晴时的景象。古往今来发生的多少事，全都化成了三更时分渔夫所唱的悠扬歌声。

杏花疏影拄杖行

[词评]

词之好处，有在句中者，有在句之前后际者。陈去非《虞美人》："吟诗日日待春风，及至桃花开后却匆匆。"此好在句中者也。《临江仙》："杏花疏影里，吹笛到天明。"此因仰承"忆昔"，俯注"一梦"，故此二句不觉豪酣，转成怅惘，所谓好在句外者也。倘谓现在如此，则骙甚矣。

——刘熙载《艺概》

[词人逸事]

陈与义是一个著名的苦吟作家，他写诗作词时，讲究苦苦沉吟推敲，并且不允许有人打扰。因此他写作时，家人便悄悄地走出家门，等他写完后再回去，以防止打断了他的思路。有时候，实在是写不出来了，他就将头蒙在被窝里，抱头苦思，等到重新有了思路，就飞快地下床，端坐于桌前写作。写成后再加以锤炼，大有"吟安一个字，捻断数茎须"之态。如此反复推敲数遍，一篇作品才算完成。

张元幹

张元幹（1091—约1170），字仲宗，号真隐山人、芦川居士，福州（今属福建）人。曾为李纲僚属，协同抗金。李纲被罢免，他不愿与秦桧同朝，致仕南归。后因赠主战派胡铨《贺新郎》词遭秦桧迫害，被削籍除名。早年词作以委婉华丽著称于世，靖康之变后，词风变得慷慨豪迈、激情奔放，爱国词成为其主旋律。有《芦川归来集》和《芦川词》。

贺新郎

寄李伯纪[1]丞相

曳（yè）杖危楼去。斗垂天、沧波万顷，月流烟渚（zhǔ）。扫尽浮云风不定，未放扁舟夜渡。宿雁落、寒芦深处。怅望关河空吊影，正人间、鼻息鸣鼍（tuó）鼓[2]。谁伴我，醉中舞[3]？ 十年一梦扬州路[4]。倚高寒、愁生故国，气吞骄虏。要斩楼兰[5]三尺剑，遗恨琵琶旧语[6]。漫（màn）暗涩、铜华尘土。唤取谪仙平章看，过苕溪、尚许垂纶（lún）[7]否？风浩荡，欲飞举。

[说明]

张元幹是李纲的僚属。高宗绍兴七年（1137），宰相张浚被罢免，改任赵鼎为相。绍兴八年（1138）二月，赵鼎被罢免，秦桧第二次入相，四月，朝廷派王伦使金，力图议和；十二月，李纲在洪州（州治在今江西南昌）上书反对议和，言语甚是激烈，却被罢官回到福建长乐。为此词人填写此词，表达了对李纲坚持主战、反对议和的行为的无比敬仰之情，以及对主战的支持。

[注释]

①李伯纪：李纲。②鼍鼓：用鼍皮蒙的鼓。鼍即扬子鳄，俗称猪婆龙。此指鼾声如鼓。③“谁伴我”二句：用东晋祖逖和刘琨夜半闻鸡同起舞剑的故事。④“十年”句：化用杜牧诗“十年一觉扬州梦”句意，借指十年前金兵分道南侵之事。宋高宗避难至扬州，后至杭州，而扬州则被金兵焚烧。十年后，宋金和议已成，主战派遭迫害，收复失地化为泡影。⑤要斩楼兰：用西汉傅介子出使西域斩楼兰王的故事。⑥琵琶旧语：用汉代王昭君出嫁匈奴事。昭君善弹琵琶，有乐曲《昭君怨》。琵琶旧语即指此。⑦垂纶：垂钓。纶，钓鱼用的丝线。传说吕尚在渭水垂钓，后遇周文王。后世以垂钓指隐居。

[词解]

词人拄着手杖登上高楼观望，只见北斗星低低地垂挂在天幕之上，沧江之水翻起了万顷波浪，月华如水，流泻在烟雾弥漫的洲渚之上。空中刮来阵阵寒风，大风将浮云全部吹散后，依然未停，所以词人不能乘坐小船连夜飞渡。鸿雁已经落在萧索的芦苇深处栖宿。词人想到山河破碎的局面，心情无比惆怅，一个人徒劳地形影相吊，而此时众人皆睡，发出像敲打鼍鼓一样的鼾声。还有谁能够陪伴词人，一同乘着酒兴起舞呢?

十年前金兵分道南侵时，将扬州焚烧，昔日的繁华现在犹如一梦。词人夜倚高楼，寒气逼人，想起满目疮痍的中原大地，顿时愁思满腔，然而自己壮心犹在，激荡的豪情也足以将敌人吞灭。词人希望朝廷能够奋发图强，抗金的将领们能像汉代使臣傅介子提起三尺宝剑斩楼兰王那样对付金人，而不要怯懦投降。一味议和是行不通的，历史上的昭君和亲也只能让汉家公主含恨幽怨（暗示南宋和金人议和也将造成千古遗恨）。然而主降派小人得势，议和之事已成定局，只能让那用来杀敌的宝剑蒙尘，生出铜锈，失去作用。词人在此询问李纲（以“谪仙”李白来比李纲），山河沦落，和议已成大局，是否能够就此撒手归去，退隐山林，不再过问世事？此时长风浩荡，似乎是要将有志之士再度高举，让其得展宏图之志。

［词评］

慷慨激昂，数百年后，尚可想其抑扬磊落之气。

——《四库全书总目提要》

［词人逸事］

张元幹的一生可以说都是在进行抗争：为国事的不幸，为友人的不平，为奸臣的当道，为贤良的不得重用。大奸臣秦桧如同梦魇一样缠住了南宋，也迫害了无数忠臣勇将，很多人受到了他的迫害又无可奈何，而张元幹则是用自己的行动对秦桧进行了有力的回击。虽然自己也受到了迫害，但依然抗争不止，体现了正直倔强的中国人“宁为玉碎，不为瓦全”的精神。他素来钦佩李纲，而李纲却遭罢相，他羞于和秦桧同朝共事，便辞官南归。后来友人胡铨也受到秦桧的迫害，整个朝廷无人敢吱声，只有他依然前往相送，并且赋词相赠。张元幹为此受到了秦桧的报复，被削除了官籍。官位没有了，但他的那颗爱国之心却依然炽热，雄心壮志依然未泯，留给人们一段气冲霄汉的佳话。

贺新郎

送胡邦衡待制赴新州[①]

梦绕神州路。怅秋风、连营画角，故宫离黍[②]。底事昆仑倾砥柱[③]，九地黄流乱注[④]。聚万落千村狐兔。天意从来高难问[⑤]，况人情、老易悲难诉。更南浦，送君去。　凉生岸柳销残暑。耿斜河[⑥]、疏星淡月，断云微度。万里江山知何处？回首对床夜语。雁不到、书成谁与[⑦]？目尽青天怀今古，肯儿曹、恩怨相尔汝？举大白[⑧]，听金缕[⑨]。

［说明］

词人的好友胡铨因为反对议和，并且上书奏请将卖国贼秦桧斩首而遭

秋风起

到贬谪，然后又被除名押送到新州。胡铨离开之际，朝中诸人忌惮秦桧的淫威，不敢前来送行，而词人则不顾个人安危，毅然赶去送行，这首词就是送别时所作。而后，词人果真因这首词而被除名。

［注释］

①胡邦衡：胡铨，字邦衡。因上书请斩秦桧遭贬。后又被除名押送新州。②故宫：此指汴京。离黍：指故国之思。③倾砥柱：比喻宋王朝的崩溃。砥柱即砥柱山，为黄河急流中的山岛。④九地：遍地。黄流：黄河水。⑤“天意”句：化用杜甫《暮春江陵送马大卿公恩命追赴阙下》“天意高难问，人情老易悲”诗意。此指皇帝的旨意难以揣测。⑥耿斜河：明亮的银河斜转，表示夜已深了。⑦“雁不到”二句：古代传说，大雁能传书信，但北雁南飞到衡阳而止，意味新州是大雁飞不到的地方。因此，即使写好书信，又托谁捎去？⑧大白：指酒杯。⑨金镂：指《金缕曲》，是《贺新郎》词调之异名。

［词解］

词人在睡梦中也依然惦记着神州的故土。秋风吹起时节，所见到的只有接连着的军营，所听到的是边地的号角声，此时那沦陷于敌军的古都的宫阙，应该是一片荒芜了，一种浓重的黍离之悲涌上词人心头。究竟是什么原因导致了昆仑柱折、黄河水遍地（即喻指宋王朝的消亡），万千村落中都无人烟，只有狐兔盘踞其间？然而天意向来不可问，皇帝的旨意实在是难以揣测，更何况人老易悲，更是有恨难诉。词人在南浦送别友人，当时正值酷夏已过、秋凉初生。夜晚时分，星河移转，天上疏星淡月，友人马上就要起程了。而此次一别，两人便要天各一方，江山万里，友人会在哪一处呢？新州在衡阳之南，传书的大雁都不飞到那里，以后纵使写信相寄，信成后谁能给他们传递呢？鸿雁不到，那就只留下了两人对床夜语时的美好回忆了。最后词人以勉励语作结：君和我都是胸怀天下、包揽古今之人，怎么会像那些小儿女一样，分别时作啼哭之态呢？还是举起手中的大杯痛快畅饮，听我在此给你唱的一曲《金缕曲》(即《贺新郎》)吧。

［词评］

张元幹送李纲和胡铨的两首《贺新郎》，堪称先后辉映的姊妹篇，都写得慷慨激昂，音调凄凉悲壮。深刻地表达了作者的爱国主义思想。尽管张元幹因作此词后被秦桧以他事“追赴大理削籍”，但是，他那种不畏风险、坚持正义的斗争精神，为人所共仰。

——唐圭璋《唐宋词鉴赏辞典》

石州慢

己酉秋，吴兴[1]舟中作

雨急云飞，惊散暮鸦，微弄凉月。谁家疏柳低迷[2]，几点流萤明灭。夜帆风驶，满湖烟水苍茫，菰蒲零乱秋声咽[3]。梦断酒醒时，倚危樯[4]清绝。　　心折[5]。长庚[6]光怒，群盗纵横，逆胡[7]猖獗(jué)。欲挽天河，一洗中原膏血。两宫[8]何处？塞垣(yuán)[9]只隔长江，唾(tuò)壶空击悲歌缺。万里想龙沙[10]，泣孤臣[11]吴越。

［注释］

①吴兴：今浙江湖州。②低迷：模糊不清。③菰：俗称茭白。蒲：蒲柳，即水杨。④危樯：船上高高的桅杆。⑤心折：比喻伤心至极。⑥长庚：金星。金星主兵戈之事。⑦逆胡：此指侵犯南宋的金政权。⑧两宫：指宋徽宗与宋钦宗，两人皆被金兵掳去。⑨塞垣：边界。⑩龙沙：沙漠，泛指塞外，借指二帝被掳囚禁之地。⑪孤臣：作者自喻。

［词解］

秋日的傍晚，天空中忽然乌云密布，大雨骤降。大雨声势迅急，连暮色中的乌鸦都为之惊起飞散。雨后月亮出来，带来微微的清凉。暮色苍茫中，疏落的柳树隐隐约约，萤火虫发出忽明忽暗的光亮。词人坐在船中，风吹动船帆，船顺风而行。湖上一片烟水苍茫，岸边茭白、水杨丛生，秋声如咽。词人从梦中醒来，酒醉也消去了，倚靠着船上高高的桅杆，看到周围一片清冷凄绝，不由得悲从中来，伤心至极，想起了山河破碎、国家蒙难的时局。金星发出了光亮，战事发起，奸贼骤起，金人猖獗（要南下侵宋）。对此局面，词人发出了“欲挽天河，一洗中原膏血”的强烈愿望。然而愿望究竟只是愿望，此刻大宋朝的徽钦二帝还在金人手中。宋金的边界仅隔着长江，词人想要奋力打击敌军，无奈爱国主张横遭压制，志不获伸，只能悲歌慷慨。词人时刻挂念着边塞外被掳的二帝，但却得不到朝廷的重视和重用，只能徒自悲啼罢了。

水调歌头

追　和

举手钓鳌客①，削迹种瓜侯②。重来吴会，三伏行见五湖③秋。耳畔风波摇荡，身外功名飘忽，何路射旄(máo)头④。孤负⑤男儿志，怅望故园愁。　梦中原，挥老泪，遍南州。元龙⑥湖海豪气，百尺卧高楼。短发霜粘两鬓，清夜盆倾一雨，喜听瓦鸣沟⑦。犹有壮心在，付与百川流。

［说明］

此词标题为“追和”，也就是词人在若干年之后唱和他人之词或者自己的旧作。词人的昔日旧作《水调歌头·同徐师川泛舟中作》中有“底事中原尘涨，丧乱几时休”“想元龙，犹高卧，百尺楼”及“莫道三伏热，便是五湖秋”等句，和此词句意相类，应当就是本词的所和之篇。

［注释］

①钓鳌客：出自神话传说，赵德麟《侯鲭录》记载：“李白开元中谒宰相，封一版，上题曰‘海上钓鳌客李白’。相问曰：‘先生临沧海钓巨鳌，以何物为钓线？’白曰：‘以风浪逸其情，乾坤纵其志。以虹霓为丝，明月为钩。’又曰：‘何物为饵？’曰：‘以天下无义丈夫为饵。’时相悚然。”后人常用来比喻豪迈的壮举、远大的抱负。词人在这里借用此典，一是为表隐逸之意，又暗藏“以天下无义丈夫为饵”之意于其中。②削迹：匿迹，表示隐居。种瓜：故秦东陵侯邵平，秦亡后种瓜于长安城东，瓜美，时俗称之为东陵瓜。③五湖：此指太湖。④何路：何由，没有机会。射旄头：箭射

浪迹江湖

敌人的军旗，喻指建立功勋。⑤孤负：辜负。⑥元龙：指东汉人陈登，字元龙，有英雄气概。⑦瓦鸣沟：瓦沟鸣，指急雨在瓦沟中流淌的声音。

［词解］

词人将自己比作一个浪迹江湖的奇士，他举手即可钓巨鳌，隐居时便能种出东陵美瓜。词人来到吴会，此地离太湖很近，于是他便来到太湖，故地重游。词人在那里无拘无束，不问世间的功名荣辱，任他风波在耳边飘荡，功名在身外沉浮。只是，国家蒙难，词人终究还是不能平静地归隐，他还是忍不住发问：怎么能够箭射敌人的军旗，击退敌军，收复失地呢？自己满腔雄心壮志都成了空，满心惆怅地望着神州故土，愁思顿生。现实中词人壮志未酬，但在睡梦中却多次梦到中原被收复，词人激动得泪水纵横，洒遍南州。接着词人借三国陈登事，以喻自己“豪气未除”。夜晚的倾盆大雨将年迈的词人从梦中惊醒。听到滂沱大雨倾泻于瓦沟，发出的声音犹如戈鸣马嘶，似乎是在“一洗中原膏血”，僵卧而尚思报国的词人听了自然是心情无比激动。词人依然还是满腔雄心壮志，那雄心壮志便随着雨水汇入百川，归于大海（也就是词人壮志得酬），以豪情作结。

［词评］

芦川词，人称其长于悲愤。及读花庵、草堂所选，又极妩秀之致，真堪与片玉、白石并垂不朽。

——毛晋《芦川词跋》

渔家傲

题玄真子[1]图

钓笠披云青嶂绕，橛（jué）头[2]细雨春江渺。白鸟飞来风满

棹，收纶了，渔童拍手樵青笑[3]。　明月太虚[4]同一照，浮家泛宅[5]忘昏晓。醉眼冷看城市闹。烟波老，谁能惹得闲烦恼。

[说明]

“玄真子图”也就是张志和像。张志和曾写有《渔父》5首，以“西塞山前白鹭飞”一首最为著名。自宋以后以此为题材作词的人有很多，但是直接提到玄真子像的，以黄庭坚的词为最早，不过黄庭坚的词作采用张志和《渔父》成句添补，并无新意。而词人的这首词却构思新颖，独辟蹊径，将《渔父》的形象和张志和的形象巧妙合一，描绘出了一位不求功名利禄，流连于山水之间的渔翁形象。

[注释]

①玄真子：唐代诗人张志和。张志和著书12卷号为《玄真子》，故后代便以玄真子来称张志和。②橛头：船名。③渔童、樵青：张志和的两个仆人。唐肃宗曾赐张志和奴、婢各一名。张命他们配为夫妻，夫名渔童，妻即樵青。④太虚：此指天空。⑤浮家泛宅：指住在船上。《新唐书·张志和传》云：“颜真卿为湖州刺史，志和来谒，真卿以舟敝漏，请更之。志和曰：‘愿为浮家泛宅，往来苕、霅之间，野夫之幸矣。’”

[词解]

渔翁（这里是指张志和）身披蓑衣头戴斗笠，乘着船悠然垂钓于春江之上。江水周围有青山围绕，在蒙蒙细雨的笼罩下，江上烟雾迷茫，江波浩渺。远方飞来一群白鹭，细雨随着风飘进船里。鱼上钩了，渔翁先是慢慢收拢钓竿上的丝线，然后猛地用力一提，一条活蹦乱跳的大鱼就被钓上来了，站在一旁的渔童和樵青（张志和的两个仆人）都高兴地拍手大笑。夜晚时分，天上一轮明月，月光普照人间，也遍布于江面之上，渔翁尽日安居于船舟之上，在江面上任意东西，随心漂荡，忘记了暮昏晨晓。渔翁流连于山水之间，蔑视尘世间的繁华喧闹，决定终其一生都要垂钓在这烟波江面上，全然没有一切世俗的烦恼。至此，词人不但言中了张志和垂钓的心事，同时又抒写了词人自己要终身浪迹江湖的情致，俨然具有潇洒出尘之致。

[词评]

语意尤飘逸。仲宗年逾四十即挂冠，后因作词送胡澹庵（铨）贬新州，忤秦桧，亦得罪。其标志如此，宜其能道玄真子心事。

——罗大经《鹤林玉露》

胡 铨

胡铨（1102—1180），字邦衡，号澹庵，吉州庐陵（今江西吉安）人。他反对议和，是南宋抗金名臣。因上疏请斩秦桧等三人并羁留虏使，几遭贬谪。词作不多，笔墨酣畅，意气风发，慷慨激昂。有《澹庵文集》《澹庵词》。

好事近

富贵本无心，何事故乡轻别？空使猿惊鹤怨①，误薜萝②秋月。 囊锥③刚要出头来，不道甚时节。欲驾巾车④归去，有豺狼当辙。

[说明]

这首词写于高宗绍兴十八年（1148），词人谪居广东新州之际。十年前，词人因为上表奏请将秦桧等三人问斩而受到秦桧的迫害，在除去名籍后又被贬谪。十年之间，秦桧一直没有中断对词人的迫害，并且对那些反对议和的朝野名士也展开了残酷的迫害，“一时士大夫畏罪箝口”“忠义之士多避山林间”，这首词就是在这样的背景下写的。

[注释]

①猿惊鹤怨：指山中的夜鹤晓猿都因作者抛弃它们出去做官而哀怨惊恐。②薜萝：薜荔、女萝，本指隐士的服装，后来借指隐士住所。③囊锥：用《史记·平原君列传》毛遂自荐的典故。这里比喻贤士才能突出。④巾车：有披盖的车。

[词解]

词人说自己原本没有追求功名富贵的心意，却不知道为什么会轻易离开故乡，踏入了仕途，这让词人觉得懊悔万分。词人原本的隐居生活过得怡然自得，后来却舍弃了山野美景，走上仕途，但未能得偿所愿，凭白惹得猿惊鹤怨，辜负了美好的时光。词人出仕后刚想要一显身手，为国立功，但却没有遇到好时机（指南宋朝廷中奸臣当权，时局黑暗）。词人想要驾车回归故里，却在路上碰到豺狼当道，想要归去也很艰难（在此是喻指秦桧等人独断专权，对词人的迫害越来越严峻）。读到此处，我们可以看出，词人的自责、悔恨只是流于表面，实际上却是在痛骂那些当权的奸佞小人，使讽刺意味更进一步。

［词评］

如胡邦衡（邦衡，胡铨字）之类，是甚么样有气魄！做出那文字是甚豪壮！

——朱熹《朱子语类》

［词人逸事］

胡铨出生在一个耕读世家，受到了良好的家庭教育。家人的培养和熏陶，再加上他的天资聪颖，潜心于学问，少年时代便才华横溢，锋芒初露，扬名乡里。宋高宗建炎二年（1128），他被家乡的父母官选送到扬州接受高宗的亲自策试。应对高宗所出的御题，胡铨胸有成竹，在策中，旁征博引，层层剖析，洋洋洒洒万余字，并且敏锐而深刻地指出高宗执政所犯的错误，并提出了一些对治国兴邦具有建设性意义的方针。高宗读后，十分震撼，取为进士，原本打算钦点他为状元，后受到秦桧的阻挠，结果排在第五名。

岳飞

岳飞（1103—1142），字鹏举，相州汤阴（今河南汤阴）人。南宋著名爱国将领。汴京易手，中原沦陷后，岳飞立志收复中原，坚持抗金，立下赫赫战功。高宗绍兴十一年（1141），大败金兀术，收复汴京近在咫尺，然遭秦桧诬陷，被召回后遭杀害。传词仅3首，影响最大的是《满江红》，但近人对其真伪有怀疑，迄今尚无定论。

满江红

写怀

怒发冲冠[1]，凭栏处、潇潇[2]雨歇。抬望眼、仰天长啸[3]，壮怀激烈。三十功名尘与土[4]，八千里路[5]云和月。莫等闲、

白了少年头，空悲切。　　靖康耻[⑥]，犹未雪。臣子恨，何时灭？驾长车，踏破贺兰山缺[⑦]。壮志饥餐胡虏[⑧]肉，笑谈渴饮匈奴[⑨]血。待从头、收拾旧山河，朝天阙[⑩]。

［说明］

公元1136年，岳飞第二次带领岳家军北上抗击金兵，收复了位于洛阳西南的险要之地，迫近黄河，眼看就要将金军一举打败，却由于朝廷不继续供给军粮，只能功败垂成。岳飞被召回后，虽然升职当了太尉，但仍然满腔豪情，不能平复，于是写下了这首千古名作。

［注释］

①怒发冲冠：形容愤怒到极点。②潇潇：骤急的雨势。③啸：撮口发出长而清越的声音。古人常用长啸来发泄胸中的抑郁不平之气。④尘与土：指在风尘中到处奔走。⑤八千里路：指转战南北。⑥靖康耻：指徽宗、钦宗二帝被掳的奇耻大辱。⑦贺兰山：在今宁夏与内蒙古交接处。此指金人所在地。缺：指山口。⑧胡虏：对敌人的蔑称。⑨匈奴：我国北方古代少数民族。这里借指金兵。⑩朝天阙：拜见皇帝。天阙指皇帝的宫殿。

［词解］

在不共戴天的国仇家恨面前，词人难免怒发冲冠。独自登上高楼，凭栏而立，遥望远方，外面暴雨已经停歇，天空一片澄静，风景自然十分美好。但是词人此刻的心绪却是愤恨难平的，于是仰天长啸，用来抒发万斛英雄壮志，霎那间只觉得志气高扬，情怀激昂。于是词人捶拍胸口，抒发壮志，三十年来，在风雨尘土中四处奔走建立功业，南征北战八千里，能同云月共欣赏，这样的胸襟和见识是多么的壮阔！光阴易逝，要珍惜时间，不要让它白白流逝。一旦光阴虚度，从黑头少年变成白发老翁，连悲伤的多余时间都没有了。

靖康二年（1127），金兵入侵，中原沦陷，徽、钦二帝被掳走，这是大宋的奇耻大辱，却到了今天都没能够洗雪。词人作为人臣却让帝王被掳走，国家破碎的愤懑和悔恨，什么时候才能够平息呢！驾着战车，扫平贺兰山的山口。英雄满怀激昂壮志，将那凶恶的敌人啖肉喝血，在谈笑之间就把他们全部消灭。然后回过头来，重新收拾、整理旧日的山河，重扬国威，一起参拜朝堂上的君王。

［词评］

何等气慨！何等志向！千载下读之，凛凛有生气焉。“莫等闲”二语，当为千古箴铭。

——陈廷焯《白雨斋词话》

［词人逸事］

岳飞在广德郡的钟村驻扎军队时，军粮已经耗尽，但岳家军有着严明的纪律，将士们宁愿自己挨饿，也不去骚扰百姓。建炎四年（1130）初春，宜兴知县钱谌遣人来告诉岳飞，说宜兴县里有充足的存粮，足够一万人吃十年，欢迎岳家军前去包围县境。二月，岳飞领兵进驻宜兴。那里有很多别的军队，一部分是被迫为匪的匪徒，另一部分是金军强征来的河北伪军。在岳飞威名的号召下，各军队之间纷纷传话，说“此岳爷爷军”，于是都争相前来归附。

小重山

昨夜寒蛩（qióng）①不住鸣。惊回千里梦，已三更。起来独自绕阶行。人悄悄，帘外月胧明。　白首为功名。旧山松竹老，阻归程。欲将心事付瑶琴。知音少，弦断有谁听。

［说明］

岳飞的抗金伟业，不但由于皇帝赵构的犹豫不定、秦桧等主降派的阻挠迫害，同时也由于其他的抗金将领如张俊、杨沂中、刘光世等人的互不信服，相互拆台，而一再受阻，难以实现，岳飞发出浓厚的知音难遇之叹。这首词就抒写了词人的这种壮志难酬、知音不遇的感慨。

［注释］

①寒蛩：暮秋的蟋蟀。

［词解］

在昨晚的睡梦中，词人梦见自己率领军队转战千里，胜利地收复了失地，兴奋不已。然而，暮秋的蟋蟀一直叫个不停，将词人从梦中惊醒，醒来以后梦中的满腔兴奋欢喜都变成空，心绪更为沉重。已是三更时分了，词人再也无法入睡，便悄悄地起来，独自一人绕阶而行。此时，夜深人静，周围悄无人声，帘子外面的月亮也隐约而朦胧。词人一心要收复失地，为国立功，然而终其一生，头发都已经白了，壮志却依然未酬。岁月匆匆流逝，然而山高水深阻断了归程（暗指抗金伟业受到层层阻挠，难以顺利取胜）。词人想要将自己的心事都寄寓在瑶琴之中，无奈世无知音，无人知道自己在弦中所寄之意，即便是琴弦弹断，也没有人能够听懂。

［词评］

武穆《贺讲和赦表》云：“莫守金石之约，难充溪壑之求。”故作词云：“欲将心事付瑶琴。知音少，弦断有谁听？”盖指和议之非也。又作满江红，忠愤可见。其不欲“等闲白了少年头”，足见明其心事。

——《历代诗余》卷一百十七引陈郁《藏一话腴》

［词人逸事］

人无完人，岳飞年轻时也曾干过不肖事。岳飞生性爱好饮酒，经常不加约束，喝得酩酊大醉，醉酒后却又不去安稳卧睡，反而时常滋事殴打人。有一次，江南兵马钤辖赵秉渊陪同岳飞喝酒，酒后两人发生争执。岳飞一怒之下，大打出手，将赵秉渊打得遍体鳞伤。事后，这件事传到了皇帝赵构耳中，皇帝将岳飞降了职，并加以申斥。岳飞为此十分震撼，下定决心要改掉嗜酒这个毛病，后来他果真成功地戒了酒，把所有精力都投入到抗金战争中去了。

韩元吉

韩元吉（1118—1187），字无咎，号南涧。官至吏部尚书，以致力兴办学校闻名。其词多抒发抗战之志，慨叹英雄迟暮，词风苍凉悲壮。有《南涧诗余》存世。

霜天晓角

题采石蛾眉亭

倚天绝壁，直下江千尺。天际两蛾凝黛[1]，愁与恨，几时极[2]！　　暮潮风云急，酒醒闻塞笛[3]。试问谪（zhé）仙何处，青山[4]外，远烟碧。

极目江天阔

[说明]

蛾眉亭位于长江边采石矶（今安徽马鞍山）之上，因为东、西梁山夹江而立，如同美人的娥眉，故得名。隆兴二年（1164）十月，金军分道渡淮，十一月，入楚州、濠州、滁州，震惊朝野，朝廷意图向金求和。这首词应当是词人于此时赶赴镇江途中经采石矶时所作。

[注释]

①“天际”句：比喻极远处长江两岸对峙的东西梁山（亦称天门山），犹如美人紧锁的双眉。蛾指美人，黛代指女子的眉毛。②极：穷尽，消失。③塞笛：指边塞笛声，为边防军中吹奏的笛声。④青山：在安徽当涂东南。李白死后，初葬采石矶，后改葬青山。

[词解]

词人抬头仰观矗立在前方的采石矶，只觉得它的峭壁直插云际，宛如倚天挺立一般。接着词人登上了峰顶的蛾眉亭，站在亭子上低头俯瞰，移步换景，眼前又是另一幅图画：只见悬崖千尺，直逼江渚。骋目四望，远远地看到东、西梁山（亦名天门山）夹江对峙而立，宛如美人的两弯蛾眉，横亘在西南天际。词人看到这两弯蛾眉紧锁，似乎是在凝愁含恨，自己的一腔愁恨也被勾了起来。金兵频频进逼，而南宋当局却一直抵抗不力，东南即将不保，这愁煞词人；北宋覆亡，中原故土至今沦陷，这则让词人切恨。在这愁恨不已的时候，傍晚的江面上又值风起潮涌，浪涛骤急，酒意阑珊中耳旁似乎响起了边塞的笛声。此情此景，词人想起了谪仙人李白。李白曾为采石矶写下过很多著名的诗篇。李白一生的愿望是“济苍生”“安社稷”，然而却一直壮志难酬，最后病死在当涂，葬于青山之上。时间已过数百年，李白早就没有了影踪，但见青山之外，空有烟岚缥碧罢了。

[词评]

此词含意深长。它以景语发端，又以景语结尾，中间频用情语作穿插。

但无论是景语或情语，都饶有兴致。并且此词虽名为题咏山水之作，但显然寓有作者对时局的感慨，流露出他对祖国河山和历史的无限热爱。向来被认作是咏采石矶的名篇。

——《宋词鉴赏辞典》

［词人逸事］

韩元吉生于官宦之家，先是受荫为龙泉县主簿（也就是说这个官职是因为其祖辈功勋显著，朝廷赐予他的），后来他又几经辗转，先后做过知县、大理少卿、吏部侍郎、礼部尚书等各种官职，并且还充当过使者出使其他国家。不过做使者不是什么好工作，因为他担任的是给金国皇帝贺寿的使者。要知道，当时金国正是气焰嚣张的时候，南宋朝廷一直是唯唯诺诺、小心翼翼地伺候着这个所谓的大金国，唯恐一不小心，哪里没有伺候好，惹得金人再度南下，连那半壁江山也不保了。于是每个出使金国的使者就是受气包，经常会受到金人的嘲弄和侮辱，还时刻有被扣留不能回国的危险，所以韩元吉出使金国时十分窝火。

袁去华

袁去华（生卒年不详），字宣卿，奉新（今属江西）人。其学问渊博，文笔精健，尤长于词赋，词风细腻深沉。有《袁宣卿词》。

水调歌头

定王台[①]

雄跨洞庭野，楚望[②]古湘州。何王台殿？危基百尺自西刘[③]。尚想霓旌千骑，依约入云歌吹，屈指几经秋。叹息繁华地，兴废两悠悠。　　登临处，乔木老，大江流。书生报国无地，空白九分头[④]。一夜寒生关塞，万里云埋陵阙[⑤]，耿耿恨难休。徙倚[⑥]霜风里，落日伴人愁。

［说明］

这是一首怀古之作，大约作于词人担任善化（在今长沙市内）县令期间。词人在一个深秋时节登上定王台览胜，感慨顿生，并将不胜今昔之感升华为感时伤事的爱国之情，写下了这首雄铄古今的爱国主义词章。

［注释］

①定王台：在今湖南长沙东，相传是汉景帝之子定王刘发为瞻望其母唐姬墓而建。②楚望：唐宋时按各地的位置规模、发展状况，把全国划分为若干等级。楚望就是指湘州为楚地的望郡。③西刘：指西汉刘发。④“空白”句：意为徒然白首。⑤云埋陵阙：皇宫与陵寝都埋没在远方的云雾之中。此暗指宋都汴京沦陷。⑥徙倚：走走停停。

［词解］

定王台建在洞庭湖之滨，位于古湘州地界上。定王台虽然在历经千年之后已经堙没，但是遗迹尚存，那残存的台基，依然高耸百尺，令词人想到定王台的修建者西汉的刘发。想当年定王到此游玩时，一定是华盖如云，旌旗招展，如虹霓当空；千乘万骑前呼后拥，声势浩大；急管高歌之声似乎直抵云霄。然而，屈指已几度春秋，昔日的繁华盛地变成了一派衰败苍凉，盛衰无常，兴废两茫茫。

登台远望，只见高大的树木枝叶枯落，长江无止息地向东奔流。对此情景，词人想到国家的支离破碎，满目疮痍，而自己空怀一腔报国热情却无路请缨、壮志难酬，不由得发出了悲愤苍凉的感慨：书生报国无门，空自白头，而金兵猝然南下，侵占中原，犹如一夜北风生寒，导致万里河山支离破碎、残破不堪。京都沦陷，皇家陵阙黯然被埋没在厚厚的云雾之中，令人愁恨不已。念及此，词人耿耿于怀，悲愤难休，却又无可奈何，只能徘徊往来在秋风寒霜中，夕阳将落，更增人恨愁。

［词评］

这首词的显著特色是情景交融、虚实结合。描写定王台，其盛处从“危基百尺”展开想象，以定王台当年的游赏盛况来侧写旁透，用笔空灵，其衰处则就登临所见，以环境背景的渲染烘托来表现，都极有思致。词中的景物，是一幅阔大而苍茫的画面。赞叹吟唱它的景中人则是一个胸有宏大抱负而无法实现，心境激楚悲凉的爱国志士，这就使词构成了意境雄浑苍凉的特色。

——唐圭璋《唐宋词鉴赏辞典》

［词人逸事］

袁去华曾经做过善化县（今属湖南）的知县。在任期间，他为官清廉正直，并且体恤民生疾苦。有一年，湖南大旱，到处都在闹饥荒，百姓们都食不果腹，情形十分可怜。而此时，知府却催袁去华向百姓征缴钱粮，袁去华十分气愤，严词拒绝说，我治理的这个县现在已经是民不聊生了，百姓都没有粮食，应当向朝廷请求救援，给予救灾的拨款，怎么能再向百姓征缴钱粮呢？一席话说得知府无言以对。知府因此怀恨在心，后来找了个借口把他贬谪到醴陵县做县丞。

陆 游

陆游（1125—1210），字务观，号放翁，山阴（今浙江绍兴）人。南宋高宗绍兴年间应试礼部，因遭秦桧忌恨，被黜免。光宗时官至宝谟阁待制。晚年退居家乡。他一生极力主张抗金，恢复中原，虽然屡次受到主和派排挤，但收复中原的信念始终没有改变。诗作近万首，题材广阔，内容丰富，是我国文学史上一位具有深远影响的杰出诗人。诗作主导风格是宏丽奔放，前期多豪迈，后期多平淡。亦工词。纤丽处似秦观，雄慨处似苏轼。有《剑南诗稿》《渭南文集》；有《放翁词》，收词130多首。

鹧鸪天

家住苍烟落照间，丝毫尘事不相关。斟残玉瀣（xiè）①行穿竹，卷罢《黄庭》卧看山。　　贪啸傲②，任衰残，不妨随处一开颜。元③知造物心肠别，老却英雄似等闲。

［说明］

乾道二年（1166），陆游42岁，因为被人以“交结台谏，鼓唱是非，力说张浚用兵”的罪名弹劾，免去了隆兴通判的官职，退居在镜湖三山。这首词就是这个时候所写的，词中极写隐居生活的逍遥闲适，但却充满了抑郁不平之气。

［注释］

①玉瀣：美酒名。②啸傲：指逍遥自在，不受礼俗拘束。③元：通“原”。

［词解］

词人说，自己住在一个青烟袅袅、落日斜照之处，那儿的环境优美纯

隐居山间

净，和世间的尘世没有丝毫关系。词人居住在那里，日子过得无比逍遥自在，喝完玉瀣美酒就到竹林中散步；看完了《黄庭》就躺下来观赏山中美景。吟咏自得，啸傲随心，不受礼俗拘束，词人十分喜欢这种狂放自如的生活。任凭时光荏苒，终老于此间，在这里随处都能够看到开心的事情，何妨开怀一笑，尽情享受呢？为什么能如此超脱旷达呢？词人对此作出了解释：自己原先就知道造物者无情，心肠和常人不同，它让英雄白白地老去却无动于衷、漠然等闲视之。很明显，这就是在怨天，同时也是在抱怨朝廷不任用有志之士，爱国如词人者却得不到重用，报国无门，请缨无路，白白老去。

[词评]

放翁长短句，其激昂感慨者，稼轩不能过；飘逸高妙者，与陈简斋、朱希真颉颃；流丽绵密者，欲出晏叔原、贺方回之上，而歌之者绝少。

——刘克庄《后村大全集》

[词人逸事]

陆游出生于一个官宦之家，他的父亲陆宰是一个具备爱国思想和崇高民族气节的官员，并且结交了很多忧国忧民的志士仁人。这些人经常在陆游家里聚会，一同谈论国家兴衰、民族兴亡的大事。每当谈到悲愤之处，有的人拍案而起，怒发冲冠，有的人义愤填膺，怆然泪下。陆游看到这种情形，深深地被父辈们的爱国热情所感动，并且将那些慷慨激昂的话语铭记在心，从小就在心中埋下了爱国救国的种子。他自小勤奋好学，并且在读书的时候，广泛阅读兵书，勤练剑术。父辈们的熏陶以及陆游自己的感悟，让他早早就立下了“上马击狂胡，下马草军书”的报国壮志，并且为之奋战了一生。

秋波媚

七月十六日晚，登高兴亭[1]，望长安南山[2]。

秋到边城角声[3]哀，烽火照高台。悲歌击筑[4]，凭高酹(lèi)酒[5]，此兴悠哉！　　多情谁似南山月，特地暮云开。灞(bà)桥烟柳，曲江[6]池馆，应待人来。

［说明］

这首词写于宋孝宗乾道八年（1172）秋，那一年陆游48岁，在南郑（今属陕西汉中市）任四川宣抚使司干办公事，并兼任检法官。在这期间，陆游屡次向宣抚使王炎出谋献计，时刻关注时局的变化。这首词所反映的就是词人关心战事发展、渴望早日收复长安的殷切希望和必胜的信念，充满了爱国激情。

［注释］

①高兴亭：在陕西汉中内城西北，正对南山。②南山：终南山，横亘陕西南部，主峰在今陕西西安南面。③角声：军用的鼓角声。④悲歌击筑：《史记·刺客列传》载，燕太子丹及宾客荆轲使秦事："既祖（饯行），取道，高渐离击筑，荆轲和而歌，为变徵之声。"筑是古代的一种弦乐器；变徵之声就是高而悲的调子。⑤酹酒：用酒洒地祭奠。⑥曲江：曲江池，为唐长安著名的游宴风景区。

［词解］

秋天来到了西北边塞，边地军营中响起的鼓角声在萧索的秋日中分外哀怨凄凉，前线的战事紧张，燃烧着的烽火映照着高台。词人在这样的环境中，登上了高兴亭，击筑慷慨悲歌，登高酹酒，祭奠那些为国捐躯的将士，想到将要收复失地长安，词人豪情激越，兴致高昂！接着词人欣喜地发现，南山的明月已经出来，空中的暮云散尽，月光如此多情，将大地上照得一片光亮。在这皎洁的月光下，词人遥望长安，仿佛真切地看到了长安城外灞桥岸边的烟柳，曲江岸边的池楼亭台，都在热切地等待着朝廷王师的早日到来（也就是胜利收复长安）。

[词评]

杨用修云："放翁词纤丽处似淮海，雄慨处似东坡。"予谓超爽处更似稼轩耳。

——毛晋《放翁词跋》

[词人逸事]

陆游在文学上的成就很高，并且涉猎多个领域，诗词文皆善，其中尤其以诗的成就最高。据说他在 60 年中做了万余首诗，至今留存下来也有 9300 多首，是现存诗作最多的诗人。他的诗篇大多抒发了抗金杀敌的壮志豪情，以及对敌人仇恨、对卖国贼的蔑视和痛恨，风格雄奇悲凉，慷慨沉郁，处处充满了爱国激情，不仅在思想上，而且在艺术上都取得了卓越的成就。他生前就被时人冠以"小李白"的美誉，而且还兼善各体，词作也都写得慷慨激昂，堪称南宋一代的文坛领袖。

汉宫春

初自南郑来成都作

羽箭雕弓，忆呼鹰古垒①，截虎平川②。吹笳(jiā)暮归，野帐③雪压青毡④。淋漓醉墨⑤，看龙蛇、飞落蛮笺(jiān)⑥。人误许，诗情将略⑦，一时才气超然。　　何事又作南来，看重阳药市，元夕灯山。花时⑧万人乐处，攲(qī)帽垂鞭⑨。闻歌感旧，尚时时、流涕尊前。君记取，封侯事在⑩，功名不信由天。

[说明]

孝宗乾道九年（1173）春，49 岁的词人被改任为成都府路安抚司参议官，从南郑来到成都，这首词就是词人在成都时所作。之前陆游在南郑时，一直活动在南郑的抗敌前线，被调到成都以后才能得不到施展，极为苦闷。然而击退金兵、收复河山的信念，使得陆游依然坚定不移并屡作慷慨激昂之声，这首词就很能体现这一特点。

[注释]

①呼鹰：打猎时放鹰飞出猎取目的物。古垒：古时遗存的战地防御工事。

②截虎平川：陆游在汉中时有射虎的故事。③野帐：露营的帐幕。④青毡：毡帐，用毛织成的帐幕。⑤淋漓醉墨：乘着酒兴落笔，写得淋漓尽致。⑥龙蛇：笔势飞舞的样子。蛮笺：古时四川产的彩色笺纸。⑦诗情将略：作诗的才能，用兵作战的谋略。⑧花时：成都每年百花盛开时，举行花会，把这一季节称为花时。⑨欹帽垂鞭：帽子歪戴着，骑马缓行不用鞭打，表示生活的散漫自适。此句写节日热闹，人们缓步游赏的情形。⑩封侯事在：指班超在西域立功封侯之事。

元夜观灯

［词解］

词人回忆起自己以前在南郑时的一段从军于前线的生活，那时候，在辽阔的汉中平川上，峥嵘的古垒边，词人携带羽箭雕弓，臂架健鹰，手缚猛虎，神采飞扬，场面无比壮观。每到暮色四起，夜晚来临，词人回到野外的帐篷中，外面大雪飘降在毡帐之上，胡笳声孤寂悲凉，词人乘着酒兴，酣然落笔，写出了一幅幅龙蛇飞动的字幅和气吞山河的诗篇。然而突然间吹来急骤的暴风，吹破了词人在边地豪壮的生活。词人从南郑前线回到成都后方，这无疑是将词人心中如同烈火燃烧的抗金之意打入没有希望的冷宫之中，词人那高超出众的写诗才能、领兵作战的谋略全都得不到赏识，没有施展的机会。

不知什么原因，词人又南下来到了成都。在繁华的成都市里，重阳时节的药市，元夕时候的灯山，都是人来人往，热闹非凡。到了花会开始的时候，百花盛开，繁花似锦，万人行乐，一群群人帽子歪戴，骑马缓行，在花市中游赏沉醉，这里的人们都已经忘却故土依然在异族手中，只顾自己纵情享乐。然而这一切歌舞玩乐在词人眼中，都只能换来樽前的流泪感念。最后词人于悲愤之中，慨然寄言：班超在西域尚能立功封侯，可见谋事在人，成事也在人。自己以后一定会重上抗金前线，在战场上建功立业。

[词评]

陆放翁词，安雅清赡，其尤佳者，在苏、秦间。然乏超然之致，天然之韵，是以人得测其所至。

——刘熙载《艺概》

[词人逸事]

陆游和唐婉是表兄妹，唐婉的母亲是陆游的舅母，也就是陆母的嫂子。但是陆母在还没有出嫁时，同嫂子不和，因此对嫂子生的女儿也不喜欢。但是陆游和唐婉可谓是青梅竹马，两小无猜，并且当时的风俗喜欢亲上加亲，唐婉和陆游因此结成了夫妻。唐婉不仅长得漂亮，而且还是有名的才女，与陆游的感情很好。但是陆母却十分厌恶唐婉，经常抱怨，甚至训斥她。这些还都是小事，最令陆母无法忍受的是，唐婉结婚好几年了都不曾生育。原本就不待见唐婉的陆母就以此为由想要将唐婉休掉，虽然陆游百般不愿，但是在母亲的再三逼迫之下，最终还是含恨与唐婉分离，以后二人可以各自婚娶，但是却彼此都牵肠挂肚，不能忘怀。几年后，他们在沈园再次相遇，词赋相合，唐婉在伤痛之下殒命，陆游也因此伤痛一生。

夜游宫

记梦寄师伯浑①

雪晓清笳（jiā）②乱起，梦游处、不知何地。铁骑无声望似水③。想关河④，雁门⑤西，青海⑥际。　睡觉（jué）⑦寒灯里，漏声断，月斜窗纸。自许封侯在万里，有谁知，鬓虽残，心未死。

[注释]

①师伯浑：名浑甫，字伯浑，四川眉山人，隐居不仕，是陆游在四川交的朋友。②清笳：凄清的胡笳声。③“铁骑”句：身披铁甲的骑兵，衔枚无声前进，望去像一股水流，一片波光。④关河：关塞与河防。⑤雁门：雁门关，在今山西代县西北。⑥青海：指青海湖，在今青海东北部，当时被金兵占领。⑦睡觉：睡醒。

[词解]

冬日一个天降大雪的清晨，词人做了一个梦。在梦境中，凄凉的胡笳声缭乱地响起，词人也不知自己到了什么地方，只见队队身披铁甲的骑兵，衔枚无声前进，望上去像一股水流，一片波光。于是词人想到那雁门关之西，青海湖之际的边塞和河防之地。睡醒以后眼前却只有寒灯一盏，漏壶中的水已经滴尽了，月亮斜照着窗纸，夜已经很深了。词人醒来后，想起梦中景象再也无法入睡，想到自己以前总是自许要上战场，在万里之外立功封侯，然而现实中却一直壮志难酬，转眼间英雄老去，功业未成。只是，词人的满腔雄心壮志依然存在，有谁能够知道，自己虽然鬓发已白，壮志雄心却不曾随时间消隐而去！

[词评]

剑南屏除纤艳，独往独来，其逋峭沉郁之概，求之有宋诸家，无可方比。提要以为："诗人之言，终为近雅，与词人之冶荡有殊。"是也。至谓："游欲驿骑东坡、淮海之间，故奄有其胜，而皆不能造其极。"则或非放翁之本意欤？

——冯煦《宋六十一家词选例言》

鹊桥仙

华灯纵博①，雕鞍(ān)驰射，谁记当年豪举②？酒徒③一半取封侯，独去作江边渔父。　轻舟八尺，低篷④三扇，占断蘋(píng)洲烟雨。镜湖元自属闲人，又何必官家⑤赐与。

[说明]

这首词作于陆游在故乡山阴闲居之际。

[注释]

①华灯纵博：在华丽明亮的灯下尽情博弈。博即博弈，是当时一种流行的棋戏。②当年豪举：指作者四十八岁时在汉中的军旅生活。③酒徒：酒囊饭袋。此指那些只知升官发财、饮酒作乐的人。④篷：船篷。⑤官家：指皇帝。

[词解]

词人先是满怀深情地回忆了自己一生中最为难忘的一段戎马生涯（即担任南郑幕僚时的生活）：时而在那华丽的明灯下，和同僚纵情博弈，时而骑着骏马在猎场上尽情猎射驱驰。这是何等豪迈的生活！然而这种生活不到一年，词人便从南郑前线转官到后方成都，昔日同事风流云散，自己的壮志伟略成空，还有谁记得当年的那份豪情壮举呢？那些只知升官发财、饮酒作乐的人反倒受到封侯赐赏，而满怀壮志的词人却被闲置不被重用，只好独自来到江边，做了渔父。小船只有八尺之宽，船上有三扇低篷，词人就乘着这一叶小舟，在江面上任意往来，独享一江烟雨。官家置我于如此闲散之务，然而，这镜湖风月本来就只属闲人，哪里还用得着你赐与呢？

[词评]

放翁词纤丽处似淮海，雄慨处似东坡。其感旧《鹊桥仙》一首……英气可掬，流落亦可惜矣。

——杨慎《词品》

[词人逸事]

陆游的爱情似乎都是以悲剧收场。第一任妻子在母亲的逼迫下生生分开，而后又为之而死。第二任妻子是母亲为他物色的，却不得陆游的欢心。据说后来他又喜欢上了一个驿卒的女儿，这个女子也富有才情，容颜美丽，给陆游受伤的心灵带来了一个慰藉和补偿。可惜，好景不长，陆游的妻子却容不下这个侧室，不到半年的时间，就千方百计地将她驱逐出家门了。

诉衷情

当年万里觅封侯[1]，匹马戍梁州[2]。关河[3]梦断何处？尘暗旧貂裘[4]。　　胡未灭，鬓先秋，泪空流。此生谁料，心在天山[5]，身老沧洲[6]。

[说明]

这首词是词人晚年所作。词人一生多次被贬黜，晚年引退后回到山阴居住，有志难伸。然而身处故地，不忘国忧，尽管烈士暮年，依然壮心不已，于是便写下这首悲壮沉郁的《诉衷情》。

身老沧洲

［注释］

①觅封侯：寻找建功立业的机会。②梁州：在今陕西南郑一带，因梁山得名。③关河：关塞、河防，指边疆。④“尘暗”句：用苏秦典故。苏秦游说秦王不成，到处奔走，所穿黑貂裘积满灰尘，变得又暗又旧。⑤天山：在今新疆境内。用薛仁贵三箭定天山的典故，借指南宋的抗金前线。⑥身老沧洲：陆游晚年退隐在故乡绍兴镜湖边的三山。沧洲，此指水边，古时隐士住的地方。

［词解］

词人回忆当年自己奔走万里，为了寻找建功立业的机会，曾一个人单枪匹马奔赴边境保卫梁州。而今那段激动人心的防守边疆要塞的军旅生活已经过去，从此以后，关塞河防，只能在梦中才能达成愿望，梦醒以后却不知身在何处，所有的只是旧日的貂裘戎装，而且时日已久，布满了灰尘，变得黯淡破旧。放眼西北边境，神州已经沦陷，胡人还没有消灭，而词人自己鬓边已见白发，叹流年暗度，功业未成，雄心虽在，壮志难酬，只能白白流下伤感的泪水。这一生谁能够想到，词人满心想的是疆场杀敌，战斗在抗金前线，然而最终却固守于“沧洲”，在那里闲居终老！

［词人逸事］

陆游很欣赏李白，和李白一样，他的一生也和酒结下了不解之缘。并且写下了很多饮酒诗，其数量之多，可以和李白相媲美，并且风格也极为多样。在他的诗中，饮酒有“一壶清露来云表，聊为幽人洗肺肝”的独酌之趣，也有“一饮五百年，一醉三千秋”的豪迈洒脱。由于处在山河破碎而又报国无门的时代，他诗中的饮酒总是有一种深深的压抑感，多是借饮酒来排遣心中的郁闷不平，如“谁知得酒尚能狂，脱帽向人时大叫。逆胡未灭心未平，孤剑床头铿有声”。

谢池春

壮岁从戎，曾是气吞残虏，阵云高、狼烟[1]夜举。朱颜青鬓，拥雕戈西戍。笑儒冠、自来多误[2]。　　功名梦断，却泛扁舟吴楚，漫悲歌、伤怀吊古。烟波无际，望秦关[3]何处，叹流年、又成虚度。

[说明]

这首词是陆游晚年居家回忆当年的南郑幕府生活而作。

[注释]

①狼烟：古代边境上燃起烽火，报告敌情，因用狼粪做燃料，烟火直上，故称。②“笑儒冠”二句：化用杜甫《奉赠韦左丞二十二韵》“纨绔不饿死，儒冠多误身”诗句意，是牢骚语。③秦关：这里借指西北边关。

[词解]

词人壮年时代投军从戎，曾经度过一段气吞残虏的豪迈生活，那时候，边塞高高的天空中乌云密布，夜间烽火高举，战事紧张而激烈。词人正是朱颜青鬓，意气风发，手持兵戈戍边西境。然而这种生活不久就消失了，词人被转调到后方，职官闲散，他的豪气与热情顿时灰飞烟灭，不由得发出“儒冠多误身”的牢骚语。从此以后，功名不可再得，愿望落空，词人被迫隐居家乡，泛舟于镜湖之上，整日苍凉悲歌，吊古伤怀。江面上一片烟波笼罩，无边无际，哪里可以看得到词人魂牵梦绕的西北边关呢？年华空自老去，词人只好悲叹：一年又一年，都白白虚度了。

[词评]

词有淡远取神，只描取景物，而神致自在言外，此为高手。

——况周颐《蕙风词话》

范成大

范成大（1126—1193），字至能，自号石湖居士，吴郡（今江苏苏州）人。曾出使金国，“全节而归”，为朝野所称道。官至参知政事，晚年退居家乡石湖。以诗著称，亦能词，风格清逸淡远，音节婉转，文字精美。有《石湖集》《石湖词》。

醉落魄

栖鸟飞绝，绛(jiàng)河①绿雾星明灭。烧香曳簟(diàn)眠清樾(yuè)②。花影吹笙(shēng)，满地淡黄月。　　好风碎竹声如雪③，昭华④三弄临风咽。鬓丝撩乱纶(guān)巾⑤折。凉满北窗⑥，休共软红⑦说。

［注释］

①绛河：天河，银河。②曳簟：铺开竹席。樾：树荫。③“好风”句：喻笙声，意谓笙声仿佛清风吹动竹叶，又如无边的雪色凄凉、悠远。④昭华：古代的一种管乐器。这里指笙曲。⑤纶巾：本为古代儒将所常服，作者隐居犹著，可见其雄心未泯。⑥北窗：代指书房。⑦软红：多指女子，这里借指繁华胜景。

［词解］

夜晚降临，鸟雀都已经归入巢穴，不再飞翔。天河中笼罩着淡绿色的雾霭，忽明忽暗的星光在其中闪烁，时隐时现、若有若无。此时，点燃香炉，铺开竹席，卧眠于树荫之下。在花丛的疏影中弄笛吹笙，大地上撒满了淡黄的月色。乐声仿佛清风吹动竹叶，又如无边的雪色凄凉、悠远，如好风碎竹，雪清玉脆，笙曲在清风中如诉如泣。清风将书房中人的鬓丝缭乱，纶巾吹皱，房中一片清凉，如此美景良夜，那些在红尘中奔走之人是无法欣赏的，还是不要和他们述说了。

明月清风

［词评］

此词正咏吹笙也。上片从夜中情景点出吹笙。下解“好风碎竹声如雪”，写笙声也。“昭华三弄临风咽”，吹已止也。“鬓丝缭乱”，言执笙而吹者，其竹参差，时时侵鬓也。如吹时风来则“纶巾折”，知“凉满北窗”也。

——宋翔凤《乐府余论》

［词人逸事］

范成大出生在一个贫寒的家庭，自幼父母早亡，生活环境十分艰苦，但是这反而锻炼出了他坚韧不屈的性格。宋高宗绍兴二十四年（1154）他考中进士。乾道六年（1170），他以起居郎、假资政殿大学士官衔，充祈国信使，出使金国，为了改变接纳金国诏书礼仪和索取河南“陵寝”地一事，范成大在金国慷慨陈词，针锋相对，丝毫不肯相让。金人对他用尽了威逼利诱之法，也丝毫没能让他改变心意，金人因此大怒，几乎要将他杀死。他宁死不屈，维护了朝廷的尊严，最后终于全节而归，归国后写成了使金日记《揽辔录》。

张孝祥

张孝祥（1132—1169），字安国，号于湖居士，历阳乌江（今属安徽）人。曾两次被主和派弹劾免职。其词前期多清新华美、委婉简约之作，南渡后转为慷慨悲戚，多抒发爱国思想，豪迈奔放，气势激昂。其与张元幹的爱国词章共同对后来辛派词人的创作产生了深远影响。有《于湖集》《于湖词》。

六州歌头

长淮[1]望断，关塞莽然平。征尘暗，霜风劲，悄边声，黯销凝。追想当年事[2]，殆天数，非人力。洙泗(sì)[3]上，弦歌地，亦膻(shān)腥[4]。隔水毡(zhān)乡[5]，落日牛羊下[6]，区脱(ōu)[7]纵横。看名王[8]宵猎，骑火一川明，笳(jiā)鼓悲鸣，遣人惊。　念腰间箭，匣中剑，空埃蠹(dù)，竟何成！时易失，心徒壮，岁将零，渺神京。干羽方怀远[9]，静烽燧，且休兵。冠盖使，纷驰骛(wù)，若为情？闻道中原遗老，常南望、翠葆(bǎo)霓旌。若行人

到此，忠愤气填膺，有泪如倾。

极目千里淮河

［说明］

绍兴三十一年（1161）十一月，金主完颜亮率兵攻破宋军的淮河防线，直接奔向长江北岸。金军在向采石（在今安徽马鞍山）渡江时，被虞允文率领水师迎面痛击，最后败走。完颜亮在扬州被部下杀害，金兵撤退到淮河流域。主战派大臣张浚接受皇帝的命令由潭州（今湖南长沙）改判建康府（今江苏南京）兼任行宫留守。次年正月，张浚抵达建康，词人也随其到此，这首词就是他在建康留守张浚举办的宴客席上所作。

［注释］

①长淮：指淮河，南宋的前线。②当年事：指靖康之难。③洙泗：指孔子当年生活和讲学的地方。洙泗，指洙水和泗水，这两条河均流经孔子故乡山东曲阜。④膻腥：牛羊的腥臊气味，借指中原文明之地被金人糟蹋了。⑤隔水毡乡：隔一条淮河，北岸就是金国。女真族以游牧为生，住在毡帐里，故称毡乡。⑥“落日”句：化用《诗经·君子于役》“日之夕矣，羊牛下来”句意。⑦区脱：边防上筑起守望或戍守的土堡，匈奴语称区脱。⑧名王：指金兵的主将。⑨“干羽”句：用礼乐文化怀柔远方异族。这里指对敌妥协、求和。

［词解］

远望千里淮河，南岸一线的防御已经完全没有屏障可以据守了，看到的只是望不到边际的平野罢了。江淮之间，征战的尘埃已经暗淡了，风霜却更加疾厉，严寒逼人，使战后的景象更显荒凉，词人为此黯然神伤。遥想当年的靖康之变，徽钦二帝被掳，中原沦陷，宋室南渡，是谁造成的呢？大概是天数注定，而不是人力可以改变的吧。洙水、泗水所流经的山东曲阜，曾是孔子讲学的文明之地，而今也被金人占领。一水之隔的昔日耕稼之地此时此刻已沦为金人的游牧之乡。那里帐幕遍野，每到傍晚就看到成群的牛羊被吆喝着回栏。金人在那里筑起了很多哨所，纵横交织，时刻防备着南岸，威胁着南宋朝廷。金人的主将夜晚出行打猎，骑兵相拥，灯火照得一川皆明，胡笳声四起，无限悲凉，让人心惊。金人如此横行，词人无比悲愤却又无可奈何，空有杀敌的武器，只能眼看着它们被尘封虫蛀，失去了用武之地。时机不易得，徒具雄心，却只能等闲虚度，岁月飘忽，神京渺渺。昔日舜修礼乐，曾使远方的有苗族前来归附，而如今的朝廷却放弃被攻占的土地，向金人屈服，休兵议和。而议和之后，每年都要派出各种使者：贺正旦、贺金主生辰的使者，交割岁币银绢的交币使，有事交涉的国信使，祈请使等，这些出使金国的使者在大道上往来不停。朝廷不但要向金国进贡钱物，并且在礼节气势上也处于下风，让人情何以堪？而那些生活在金人统治下的同胞，每年都盼望着王师北伐、收复失地的日子早日到来。中原大地长期沦陷，一位爱国者北渡淮河出使金国，目睹这屈辱的情形，难免义愤填膺，为中原百姓的年年伤心失望而倾泻热泪。

［词评］

词莫要于有关系。张元幹仲宗因胡邦衡谪新州，作《贺新郎》送之，坐是除名，然身虽黜而义不可没也。张孝祥安国于建康留守席上赋《六州歌头》，致感重臣罢席。然则词之兴、观、群、怨，岂下于诗哉？

——刘熙载《艺概》

［词人逸事］

张孝祥参加进士考试的前夜，因为已经做好了准备，所以并不紧张，照旧喝了很多酒。第二天进考场的时候还没有完全醒酒，恰好这余下的酒兴反而让他迸发出灵感。他挥笔洋洋洒洒地写了数万字，写完后就交了试卷。时逢秦桧的孙子秦埙也在此次考试之列，在考试之前，秦桧为了让自己的孙子当上状元，一早就贿赂了主考官，将考试的试题提前透露给秦埙。秦埙事先已经找人代写了一篇佳作，等到考试的时候只需要照抄一份即可。考试结束后，考官批阅试卷，推举秦埙的文章位居榜首，而张孝祥的文章却被推举为第二。后来轮到皇帝批阅试卷，皇帝看到张孝祥的卷子，认为他的文章写得精彩绝伦，而且字也写得十分隽秀，于是大笔一挥，将张孝祥钦点为状元。

水调歌头

金山观月

江山自雄丽，风露与高寒。寄声月姊，借我玉鉴①此中看。幽壑(hè)鱼龙②悲啸，倒影星辰摇动，海气夜漫漫③。涌起白银阙④，危驻⑤紫金山。表独立⑥，飞霞佩⑦，切云冠⑧。漱(shù)冰濯(zhuó)雪⑨，眇视万里一毫端⑩。回首三山⑪何处？闻道群仙笑我，要我欲俱还。挥手从此去，翳(yì)凤更骖(cān)鸾⑫。

[说明]

金山坐落在江苏镇江，在宋朝的时候是矗立在长江之中的，后来在泥沙的冲合下，逐渐与南岸毗连。修建在金山上的金山寺是著名的古刹。乾道三年（1167）三月中旬，词人坐船来到金山，登临金山寺，写下此词。

[注释]

①玉鉴：玉镜，喻月亮明洁如白玉磨成的镜子。②幽壑鱼龙：潜藏在深水里的鱼龙。③海气：江面上的雾气。漫漫：无边际的样子。④“涌起”句：水上涌现银白色的浪涛像一座座仙宫一样。⑤危驻：高驻。⑥表独立：屹然独立。表为特出之意。⑦飞霞佩：以飞霞为佩。佩同“珮”，指佩带的玉饰。⑧切云冠：一种高帽子。⑨漱冰濯雪：浸润在如同冰雪般洁白的月光里。⑩“眇视”句：万里之外渺小如毫末的景物也能看得十分清楚。眇，通“渺”。⑪三山：传说中的蓬莱、方丈、瀛洲三座仙山。⑫“翳凤”句：用凤羽做华盖，用鸾鸟来驾车（游仙的意思）。翳，华盖。骖，车驾。

[词解]

江山无限雄伟壮丽，在一个风露春寒的夜晚，词人登临金山寺。置身于壮丽的景色之中，词人驰骋起美妙的想象：他对月诉情，希望月中仙子能够将她那珍贵的玉镜借给自己，以用来瞭望这美妙的景色。词人看到深水沟壑中的鱼龙正在悲戚长鸣，江面上有数不清的星辰的倒影，随着水波摇动，江上的雾气弥漫无边。金山寺就在这江水之上，如同江面上涌起的银白色仙宫，高驻在那紫金山上。词人以飞霞为佩，头戴切云冠，在金山寺上屹然独立，在那冰雪般的月光中，词人感到整个世界都是那么的洁净幽远，似乎在万里之外的细微景物也清晰可见。词人回头观望，正想要看一看那海上的仙山在哪里，却听到一群神仙的笑声，他们笑着邀请词人和他们一同去遨游那缥缈虚幻的仙界。于是，词人挥手从此告别尘世，乘着骖鸾凤盖游仙去了。

［词评］

比游荆、湖间，得公《于湖集》，所作长短句，凡数百篇。读之，泠然、洒然，真非烟火食人辞语。予虽不及识荆，然其潇散出尘之姿，自在如神之笔，迈往凌云之气，犹可以想见也。

——陈应行《毛本于湖词序》

［词人逸事］

张孝祥中了状元后，自然招来秦桧的忌恨。秦桧的亲信曹泳见他高中状元，于是当面向张孝祥提亲，打算把自己的女儿嫁给他，他却一口回绝，一点也不留情面，这样也就受到了秦桧集团的普遍怨恨。不仅如此，张孝祥还十分大胆、果断，他及第后立刻向皇帝上书，替岳飞鸣不平。这使得秦桧很难继续容忍他，于是指使党羽诬告张孝祥谋反，将张孝祥和他的父亲囚禁在监狱里。他就这样在监狱中被关押了好几年，直到秦桧死了才被释放出来。

水调歌头

闻采石矶战胜

雪洗①虏尘静，风约楚云留②。何人为写悲壮？吹角古城楼③。湖海平生豪气，关塞如今风景④，剪烛看吴钩⑤。剩喜燃犀处⑥，骇浪与天浮。　忆当年，周与谢，富春秋。小乔初嫁，香囊未解⑦，勋业故优游。赤壁矶头落照，淝水桥边衰草，渺渺唤人愁。我欲乘风去⑧，击楫誓中流。

［说明］

绍兴三十一年（1161）十一月，虞允文在采石矶大败金军，金主完颜亮也因为在这次战役中失利而被部下缢杀，于是金兵被迫撤退。这是宋室朝廷南渡之后最令人心振奋的一次大捷。消息传来，爱国志士无不欢欣鼓舞，正担任抚州知府的词人更是欣喜非常，便写下了这首词。

愿乘长风破万里浪

[注释]

①雪洗：洗刷。这里用“雪”字疑与冬季用兵有关。②“风约”句：是说自己为风云所阻，羁留后方。这时作者知抚州（今属江西，旧为楚地），未能亲赴前线，故云。③吹角：奏军乐。这是用军乐象征胜利和喜悦的心情。古城：指抚州。④风景：指宋军南渡。⑤“剪烛”句：夜里燃烛把宝剑拿出来看（希望有机会用它立功）。吴钩，宝剑名，产于吴地。⑥燃犀处：指牛渚矶，即采石矶。《晋书·温峤传》载，“至牛渚矶，水深不可测。世云其下多怪物。峤遂毁犀角而照之，须臾见水族覆火，奇形异状，或乘马车著赤衣者”。毁犀，后人多作燃犀，即照妖的意思。这里是把金兵作为妖魔来说。⑦香囊未解：指谢玄年少时事。《晋书·谢玄传》：“玄少好佩紫罗香囊。（谢）安患之，而不欲伤其意，因戏赌取，即焚之于地，遂止。”⑧乘风去：《南史·宗悫传》载，宗悫年少时对叔父表示自己的志愿说：“愿乘长风破万里浪。”

[词解]

听到宋军采石矶战胜的捷报，词人激动万分。此次一役，大败金军，将“虏”所扬起的战尘扫除一空，使国家趋于安定。而当时词人正在抚州，没能亲自上前线，参加这场战斗，实为憾事。不知是谁在城头奏起了军乐，于是词人便决定为将士们的壮烈事迹写下颂歌。词人向来就有陈登那种廓清天下的豪情壮志，面对着金兵入侵、宋军被迫南渡的时局，他经常就着烛光将宝剑拿出来看了又看，希望能够有机会用它在疆场杀敌，为国立功。而今词人虽然未能如愿，但采石矶大胜让他豪情激越，想象着在那采石矶旁，将士们大败金兵，将那些妖魔驱逐的雄壮场景。由此，词人想到了历史上的赤壁之战与淝水之战。两场大战的周瑜、谢玄都是年富力强，正当春秋，他们优游不迫、潇洒从容地取得了战争的胜利，令人钦慕不已。而今虞允文深得周、谢风流儒雅之余风，同样从容不迫、怡然自得地立下了不朽勋业（即采石矶之捷）。但是，战争虽然取胜，而长江、淮河以北的广大地区还没能收复，依然沦入敌手。在金军的侵占下，当年周郎大破曹军的赤壁矶头，如今只留下一片落日残照的景象。谢玄杀敌的淝水桥边，也已经变得破败和荒芜。为此，词人不禁触景伤情。然而他心中始终充满着爱国热情，为此，词人激情宣誓，他要“乘长风破万里浪”地飞翔而去，直飞到采石矶前线，像宗悫那样乘风破浪，中流击楫，扫清中原！

[词评]

衡尝获从公游，见公平昔为词，未尝著稿，笔酣兴健，顷刻即成，初若不经意，反复究观，未有一字无来处。如歌头、凯歌、登无尽藏、岳阳楼诸曲，所谓骏发踔厉，寓以诗人句法者也。

——陈应行《毛本于湖词序》

[词人逸事]

张孝祥曾替人做过媒人。他在江西任职的时候，当地一个道观里有一位道姑陈妙常很漂亮，张孝祥很喜欢，便做了一首词送给陈妙常，表达情意。可惜陈妙常对他并不中意，就置之不理。后来他的好友潘德成也见到了陈妙常，两个人一见倾心。但是，因为陈妙常是出家人，不能随便嫁人，潘德成就私下里请张孝祥帮助他。张孝祥虽然自己求爱未遂，但并不放在心上，而且很乐意成就这桩美事。于是，他就以地方官的身份，巧妙地代表官方裁定让陈妙常嫁给潘德成，成就了一段佳话。

念奴娇

过洞庭

洞庭青草[1]，近中秋，更无一点风色。玉鉴琼田[2]三万顷，著我扁舟一叶。素月分辉，明河共影，表里俱澄澈。悠然心会，妙处难与君说。　应念岭海经年[3]，孤光自照，肝胆皆冰雪。短发萧骚[4]襟袖冷，稳泛沧溟空阔。尽挹(yì)[5]西江，

细斟北斗，万象为宾客。叩舷独啸[6]，不知今夕何夕[7]！

［说明］

宋孝宗乾道元年（1165），张孝祥担任静江府（治所在今广西桂林）知府，兼任广南西路经略安抚使，七月到任。第二年六月，因遭受谗言攻击而被降职北归。途经洞庭湖，此时临近中秋，风光无限的平湖秋月之夜，使得词人文思勃发，于是写下了这首词。

［注释］

①青草：青草湖，有沙丘与洞庭湖相隔，水涨时二湖相通，总称洞庭湖。②玉鉴琼田：形容月光下的湖上景色。玉鉴即玉镜。琼田即玉田。③岭海经年：在岭南过了一年。指作者于乾道元年（1165）到桂林担任广南西路经略安抚使事。岭海指五岭以南，今广东、广西地区。④短发萧骚：头发少了。骚，一作"疏"。⑤挹：一作"吸"，汲取。⑥叩舷：敲着船边，也就是打拍子。独啸：一作"独笑"，有啸咏啸歌的意思。⑦"不知"句：表示这是一个良夜。《诗经·唐风·绸缪》："今夕何夕，见此良人。"

［词解］

时近中秋，洞庭湖上风平浪静、水波不兴。天上一轮明月如镜，映照着浩瀚的洞庭湖，在这万顷湖面之上，词人乘着一叶扁舟泛游。月亮、银河，一并将它们的光辉倾泻入湖中，波光粼粼地映照着星河的倒影，天穹地壤之间，俱是一片空明。这场景令词人完全陶醉其中，他兴高采烈、神采飞扬、自得其乐，并发出喁喁独白：此中妙处，只能悠然神会，而无法和人诉说啊！此时，词人刚从"岭海"的官场生活中摆脱出来，回想自己的这一段仕途生涯，人格和品行都极为高洁，连肝胆都如冰雪般晶莹而无渣滓。然而如此高洁非但不为人知晓，反而受到谗言诋毁，词人自然无比愤懑，自己的冰雪高洁就只能让寒月的

洞庭秋月

孤光来洞鉴了。此时，头发稀疏、两袖清风的词人，在这万里江面上平稳泛舟，想象更加浪漫了，他要用天上的北斗七星当勺子，邀请天地万物作为陪客，饮尽这浩浩的长江水。酒兴酣畅处，词人扣船长啸，豪情激越，甚至有些忘形了：不知道今夕是何夕，更把那些功名富贵、宠辱得失，全都一股脑儿地抛到了九霄云外去了。

[词评]

在集中最为杰特。

——魏了翁《鹤山题跋》

浣溪沙

荆州约马举先登城楼观塞①

霜日明霄水蘸(zhàn)空②，鸣鞘(qiào)声里绣旗红③，澹烟衰草有无中。　万里中原烽火北，一尊浊酒戍楼东，酒阑挥泪向悲风。

[说明]

这首词应当是词人任知荆南府兼荆湖北路安抚使时所作，抒发了因观塞而激起的对中原沦陷的悲痛之情。

[注释]

①荆州：今湖北江陵，当时是南宋的国防前线。马举先：作者的友人。观塞：观望边塞。这时荆州北面的襄樊尚是宋地，这里“塞”应是指荆州郊外的防御工事。②霜日：指秋天。霄：指天空。③鸣鞘声：挥动马鞭发出的响声。绣旗：锦绣的军旗。

[词解]

秋日晴空万里，词人登上荆州城，只见水天空阔，交相辉映。边塞处，鞭声响亮，红旗耀眼。边地上衰草连天，烟雾笼罩，望上去隐隐约约。凭高北望，词人自然想起那万里之外沦陷的中原，心情无比沉痛，便在城楼上饮下杯杯浊酒。词人原想借酒消愁，无奈酒罢益悲，忍不住临风洒泪，凄凉秋风中心情更加沉痛。

西江月

阻风三峰下

满载一船秋色，平铺十里湖光。波神①留我看斜阳，放起鳞鳞细浪。　　明日风回②更好，今宵露宿何妨？水晶宫里奏霓裳③，准拟岳阳楼上。

［说明］

孝宗乾道四年（1168）秋八月，词人离开湖南长沙，到达湖北荆州任职。这首词是他在赴任途中所作。

［注释］

①波神：水神。②风回：指风向转为顺风。③水晶宫：古代传说中的水府。霓裳：指《霓裳羽衣曲》，唐时流行的一种歌舞曲。

［词解］

金秋天气里，词人泛舟于湘江之上，一路皆是秋色，秋江千里，湖水荡漾，美不胜收。忽然一阵风吹来，暂时阻碍了船行，但词人正在心旷神怡之间，丝毫不以风阻为意，反而生出美妙的幻想：这是水神在热情地邀请自己欣赏美好的夕阳景色，专门生出粼粼的细浪。而到了明天，风向一定会倒转，顺风更易于行船，那么今天晚上就在这江边露宿又有何妨？江面上响起了阵阵波涛的声响，似乎水府中正在演奏美妙悦耳的音乐。此地景色是如此美妙，那么洞庭湖上当是怎样的风光？于是，词人心中暗暗许下愿望，等到行舟到达岳阳时，必定要登楼眺望洞庭湖上那雄伟壮阔的无限风光。

［词评］

词的上片写景，下片抒情，但是匠心独运，艺术构思新颖别致。词人没有正面描绘舟行所遇狂风恶浪的险境，而是侧重写怒涛渐息后的奇妙遐想。

——《唐宋词鉴赏集》

西江月

问讯湖[①]边春色，重来又是三年。东风吹我过湖船，杨柳丝丝[②]拂面。　　世路如今已惯[③]，此心到处悠然。寒光亭[④]下水连天，飞起沙鸥一片。

［说明］

这首词是词人重游三塔寺寒光亭所作。

［注释］

①湖：此指三塔湖，在今江苏溧阳西，清厉鹗《绝妙好词笺》引有“题溧阳三塔寺”。三塔寺在三塔湖中。②丝丝：形容柳条轻柔拂面。③“世路”句：《宋史》称张孝祥“年少气锐”，这是经过多年宦海风波，熟悉世情以后带几分消极的感慨语。④寒光亭：在三塔寺里。

［词解］

词人故地重游，又一次来到三塔寺，如同老朋友一样向湖边的杨柳春水隐隐问候。这一次距离上次游三塔寺，时间已经过了三年。习习东风吹送着词人的小船渡过湖面，来到三塔寺前，岸边杨柳依依，轻抚人面。词人在宦海沉浮多年，深谙世情凶险，十分烦恼厌倦，而到了三塔寺以后则心境悠然。寒光亭下水天相连，时不时地飞起沙鸥一片，当真是令人俗念顿失，难怪词人会心“悠然”。

湖边杨柳青青

［词评］

词的上片写景，景中有情；下片抒情，融情入景。开头以“问讯”起笔，但并不是问人，而是问春色。“问讯湖边春色”把自然界的季节春天人格化。这种拟人化的手法虽然不乏先例，但写得别有情味。

——《唐宋词鉴赏集》

辛弃疾

辛弃疾（1140—1207），字幼安，号稼轩居士，济南历城（今属山东）人。高宗绍兴三十一年（1161），耿京在山东起兵抗金，辛弃疾担任掌书记。次年奉命奉表南归，曾数次上书，力陈抗金复国方略，均未能被采纳。任职期间非常有政绩。后被弹劾落职，退居到江西上饶、铅山等地隐居20余年。最终由于报国无门，忧愤而死。其一生专门写词。现存词620多首，内容非常丰富，其中抒发爱国思想之作占大多数。词作突破了音律限制，大量吸收口语以及古语，多用比兴的修辞手法，进一步扩大了词的表现能力，使得宋词的发展达到了新的高峰。辛词豪迈奔放、慷慨激昂，是豪放词的代表。其风格变化多样，还有很多描写乡居生活、田园风光的作品，格调很是恬静清新。著有《稼轩长短句》。

太常引

建康中秋夜，为吕叔潜赋

一轮秋影转金波①，飞镜又重磨②。把酒问姮（héng）娥③：被白发、欺人奈何！　乘风好去，长空万里，直下看山河。斫（zhuó）去桂婆娑④，人道是、清光⑤更多。

[说明]

这首词作于宋孝宗淳熙元年（1174），当时词人在建康（今江苏南京）任江东安抚司参议官。这时作者南归已整整12年了。为了收复中原，作者曾多次上书，力主北上抗金，收复中原。可是他的建议根本不被人理睬，政治黑暗，时局动乱，词人只能以词抒发自己的情感。

[注释]

①金波：月光。②“飞镜”句：意谓月亮像重新磨过了的铜镜一般明亮。飞镜，月亮。③姮娥：嫦娥。④斫：砍。桂：桂树。传说月宫中有桂树。⑤清光：明亮的月光。

[词解]

又到了中秋时节，一轮金色的圆月高挂夜空，月光皎洁，月亮像重新磨过了的铜镜一般明亮。对此良辰美景，词人浮想联翩，感慨良多：手持酒杯，问一问那月宫中的仙子嫦娥，功业未成，山河破碎，而我却已经白发渐多，这一切让我如何承受？接着词人幻想自己乘着清风，飞上那万里长空，在高空中俯瞰万里山河。并且将月宫中那棵婆娑的桂树砍去，不让它阻挡月光，以便投射到人间的清光更多更明亮。这里桂影是颇有象征意义的，可以是指朝中主降的奸臣怯将，也可以是指侵略宋朝的金人，寓意深刻，颇令人寻味。

[词评]

所指甚多，不止秦桧一人而已。

——周济《宋四家词选》

[词人逸事]

辛弃疾 23 岁时曾带领 50 余人，突袭了足有 5 万人的金兵大营，活捉叛徒张安国，将他押解回建康处决。这件事情顿时震惊天下，也让他名声大噪，连天子也多次为之赞叹，并马上任命其为江阴签判。但当时官场有一个潜在的规则，那就是假如没能考上进士，那么不管多么出色，也会遭人轻视，无法得到认可。辛弃疾得知这个规则后，顿时大笑，说道：“这事有什么难的！我只需要花上三百个铜钱，随便买书学一学，就能考中进士！”果然在不久之后，辛弃疾就考取了功名。宋孝宗在接见辛弃疾时，还对他开玩笑道：“你就是那个只用了三百铜钱就得到朕的官爵的家伙吧！”

水龙吟

登建康赏心亭

楚天千里清秋，水随天去秋无际。遥岑（cén）远目[1]，献愁供恨，玉簪（zān）螺髻（jì）。落日楼头，断鸿[2]声里，江南游子[3]。把吴钩[4]看了，栏杆拍遍，无人会、登临意。　休说鲈鱼堪脍（kuài），尽西风、季鹰归未[5]。求田问舍[6]，怕应羞见，刘郎[7]才气。可惜流年，忧愁风雨[8]，树犹如此[9]。倩[10]何人，唤取红巾翠袖[11]，揾（wèn）英雄泪。

[说明]

这首词是乾道四至六年(1168—1170),词人任建康通判时所作。这时作者已经南归八九年了,却一直官居闲职,无法实现报国之愿,心情十分郁结,便于登临远望之际,一抒悲愤之情。

大江东去

[注释]

①遥岑:远山,指长江以北沦陷区的山。目:名词作动词用,意为眺望。②断鸿:失了群的孤雁。③江南游子:作者自称。其为北方人,此时客居江南一带。④吴钩:宝刀名,这里泛指普通的佩刀。⑤“休说鲈鱼”三句:晋朝人张翰(字季鹰),在洛阳做官,见秋风起,想到家乡苏州味美的鲈鱼,便弃官回乡。这里是说自己不贪恋生活享受,不愿意学张季鹰那么忘情时事,弃官回乡。⑥求田问舍:买地置屋之意。⑦刘郎:指三国时蜀主刘备。这里泛指有大志之人。这也是用了一个典故。三国时许汜去看望陈登,陈登对他很冷淡,独自睡在大床上,叫他睡下床。许汜去询问刘备,刘备说,天下大乱,你忘怀国事,求田问舍,陈登当然瞧不起你。⑧风雨:指国家飘摇于风雨之中的严峻危急形势。⑨树犹如此:借树比人,慨叹岁月空度,壮志难酬。⑩倩:请,央求。⑪红巾翠袖:少女的装束,借指歌女。

[词解]

词人站在赏心亭上,只见楚天千里,空阔辽远,秋色无边。大江东流,水随天去,不知何处是尽头。远望群山,层层叠叠,山岭如同插着玉簪的螺髻,美妙无限。江山虽美,但在词人眼中,却都像是在对人们呈现愁恨。傍晚时分,夕阳的余晖洒满了城楼,离群的大雁发出声声凄惨的哀鸣。词人这个流落于江南的游子,在此刻登上城楼,凭高临远。多少次,词人将宝刀看了又看,悲愤地将城楼上的栏杆一一拍遍,依然还是没有人能够领会他登临楼台时的心意。秋风吹起正是鲈鱼肥美的季节,词人却不愿意学张季鹰那样忘情时事，弃官回乡，安于口腹之欲，也不想效仿那个买田置屋的许汜，而是胸怀大志，一心想要杀敌，报效国家，建功立业。只可惜请缨无路，大好年华都已经白白逝去，国家又处于风雨飘摇的动荡之中。这时词人不禁愁肠百结。时光荏苒，树木都已经长大了，词人也像桓温当年一样留下感慨伤怀的英雄泪。此刻，有谁能够将那红巾翠袖的美女唤来，将英雄脸上留下的泪水擦拭而去呢？

[词评]

公所作大声镗鞳，小声铿訇，横绝六合，扫空万古，自有苍生所未见。其秾纤绵密者，亦不在小晏、秦郎之下。

——刘克庄《后村大全集》

[词人逸事]

辛弃疾来到湖南长沙后，进行了一系列的改革，整顿乡社、改革税法、弹劾贪官、兴办教育等，并且卓有成效。同时鉴于江西、湖北、湖南诸路曾多次出现小规模动乱，辛弃疾于是上书孝宗，认为必须“讲求强盗之术”，提出要在当地创建一支新军队，请求孝宗予以批准。孝宗看后，非常心动，便予以特批。辛弃疾大喜，马上着手行动。他选择了五代十国时期马殷在长沙建立的营垒旧址，在那里修建新军营，并且计划在一个月之内完工。但工程刚开始，就遭遇绵绵秋雨，修造营栅所需要的二十万片瓦无法烧制。众人都非常着急，却又完全束手无策，辛弃疾想出一个好方法，他马上下令让长沙市民每户送来二十片瓦，并且马上给付现银作补偿，果然在两日里就将所需的瓦片全部筹集到了，而且没损害百姓的利益。

菩萨蛮

书江西造口①壁

郁孤台下清江水②，中间多少行人泪！西北望长安③，可怜无数山。　　青山遮不住，毕竟东流去。江晚正愁予④，山深闻鹧鸪(zhè gū)⑤。

[说明]

淳熙二年至三年间（1175—1176），词人提点江西刑狱，驻节赣州，这首词应当是词人于此时书于造口壁的。

[注释]

①造口：在今江西万安西南 30 公里，有皂口溪。造口即皂口。②郁孤台：在今江西赣州西南，唐宋时是一郡的名胜地。清江：此指赣江。③长安：汉唐时代的京城。这里借指北宋的都城汴京。④愁予：使我愁苦。⑤鹧鸪：古时传说此鸟只会向南方飞，从不往北。这里借此影射南宋君臣只是偏安南方，不思北伐收复失地之意。

[词解]

郁孤台下面的那条奔腾不息的赣江水，不知道注入了多少远行人的眼泪！放眼向西北方向遥望长安，可惜有无数青山重重遮拦，无法望见。然而青山虽然阻断了视线，却依然无法阻挡那奔腾的江水，它到底还是向东奔流而去了！傍晚来临，暮色四起，江面上一片苍茫黯淡。这时候，青山深处又传来鹧鸪鸟声声凄厉的鸣叫。

[词评]

《菩萨蛮》如此大声镗鞳，未曾有也。

——梁启超（见梁令娴《艺蘅馆词选》）

[词人逸事]

辛弃疾将营地建好后，在短短的一个月的时间里，长沙城内就飘起了“飞虎军”的旗帜。辛弃疾亲自挑选精兵强将，并且亲自坐镇，整顿军纪，严格地督导训练，建成了这一支英勇猛锐的“飞虎军”，成为当时最为精锐的一支军队。在此后的三四十年里，“飞虎军”都是“江上诸军之冠”，成为了南宋中后期维护湖南政治局势的中流砥柱，连金人都对它十分畏惧，称之为“虎儿军”。而辛弃疾在创建“飞虎军”时，也曾受到很多人的阻挠，枢密院还下了一道“御前金字牌”，命令他马上停止，但是辛弃疾顶住了各种压力，接到“御前金字牌”后，冷笑一声，随手扔在一旁，并且加紧筹备，直到“飞虎军”营帐全部竣工，他才向朝廷一一奏明。孝宗见他如此坚贞，便欣然释怀，不再追究。

水调歌头

舟次扬州，和杨济翁、周显先韵

落日塞尘起①，胡骑猎②清秋。汉家组练十万③，列舰耸高楼。谁道投鞭飞渡④，忆昔鸣髇(xiāo)⑤血污，风雨佛狸⑥愁。季子正年少，匹马黑貂裘⑦。　　今老矣，搔白首，过扬州。倦游欲去江上，手种橘千头⑧。二客东南名胜⑨，万卷诗书事业，尝试与君谋。莫射南山虎，直觅富民侯⑩。

［说明］

这首词大约作于淳熙五年（1178），词人正以大理少卿出领湖北转运副使，溯江西行。舟停泊在扬州时，和友人杨济翁、周显先有词作唱和往来，本词即是其中一首。词人在南归之前，在山东、河北等地从事过抗金活动，而今南下经过扬州，读到友人伤时的词章，不禁心潮澎湃，便写下这一首抚今追昔的和韵之作。

［注释］

①塞尘起：指边疆发生了战争。②猎：借指作战，为动词。③汉家：汉王朝，这里借指南宋王朝。组练：指军队。④投鞭：《晋书》记载，秦王苻坚率大军南侵东晋，曾不可一世地说“以吾之众，投鞭于江，足断其流”，结果却一败涂地，丧师北还。⑤鸣髇：《史记》记载，匈奴头曼单于的儿子冒顿制作鸣镝（即“鸣髇”，射出后能发出响声的箭），命令部下：“鸣镝所射而不悉射者斩之。”后来在一次打猎时，冒顿以鸣镝射向头曼单于，其部下也随之发箭，头曼被射杀。冒顿得以继位。⑥佛狸：北魏太武帝拓

回首壮年时

跋焘的小名，他南侵中原受挫，被太监所杀。以上这三个典故都是用来借指金主完颜亮发动南侵时大败，丧于内乱，被部下所杀。⑦“季子”二句：苏秦字季子，战国时的策士，以合纵的政策游说诸侯而佩六国相印，年轻时曾穿黑貂裘“西入秦”。这是说自己正如季子年少时对于功名事业有一股锐进之气。⑧橘千头：三国时吴丹阳太守李衡在龙阳县汜洲种柑橘，临死时对儿子说：“吾州里有千头木奴，不责汝衣食，岁上一匹绢，亦可足用耳。”⑨二客：指杨济翁和周显先二人。名胜：东南一带的名士。⑩“莫射”二句：这是感叹朝廷偃武修文，自己做武将没有出路的激愤语。意思是：即使像李广那样的射虎、习武，又有什么用呢？还不如到朝廷中做一个苟安于世的富人算了。其实，这并非本意，是正话反说。

[词解]

词人先是回忆了自己年轻时代的抗金生涯：落日的边塞旁，战争又起，尘埃遮天。汉朝时，胡人常在秋高马肥的时节进犯边境，同样，金人也时常进犯中原。金主完颜亮于公元 1161 年率军南下侵宋，来势汹汹、甚嚣尘上。宋王朝以兵十万相应，严阵以待。两军相较，我大宋军队大败金军，完颜亮因战争失利而被部下缢杀，金人想要投鞭南渡的野心未能得逞。那时候，词人正当年少，如季子一样对于功名事业颇有锐进之气。词人年轻时，在沦落的故土上参加抗金的义军，20 岁时便以义军掌书记策马南来，让义军与南宋政府取得联系，共同抗击金人。那段岁月是怎样的慷慨激昂，词人是怎样的意气风发、激情浩荡啊！然而，南渡以后却职官闲散，不能一展身手，转眼间，光阴虚掷，英雄老去，经过扬州时，词人已是白发老翁了。报国无路，壮志难酬，词人悲愤无比，却又无可奈何，倦于宦游，便想归隐田林，植橘置产（这是词人的自嘲语，终究还是心系祖国，欲去而不忍）。同时词人奉劝友人：您二位都是东南一带的名士，腹藏万卷诗书才气，胸怀凌云大志，自然不应当像我一样归隐。但我还有一言想和君等相商：一定不要仿效李广那样南山习射，只到朝廷中做一个苟安于世的富人就可以了。其实，不论词人说自己“倦游欲去江上，手种橘千头”还是奉劝友人“莫射南山虎”“直觅富民侯”，都是激愤语，正话反说，是在倾泻满腔的愤懑悲痛和不满。

[词评]

稼轩雄深雅健，自是本色，俱从南华、冲虚得来。然作词之多，亦无如稼轩者。中调、短令亦间作妩媚语。观其得意处，真有压倒古人之意。

——邹衹谟《远志斋词衷》

[词人逸事]

辛弃疾忠肝义胆，一心为国，但是他的桀骜不驯，却让诸多同僚和上司很不舒服。相比之下，辛弃疾的剽悍霸气，既把他们吓得心惊胆跳，同时也反衬出了他们的孱弱和无能，为此不少人耿耿于怀。据说，当时的宰相王淮原先很欣赏辛弃疾，打算提升他为元帅，但是宰相府的周益公等人却坚决不同意。王淮很诧异，便问道："辛弃疾的确有帅才，为何不用呢？"周益公当然没有直接流露出忌妒贤能之心，而是轻叹一声，说道："这话不假，但是，凡幼安所杀人命，后人追究起来，都要算到你我的头上啊！"王淮听了以后，陷入了沉思，也就不再提此事了。

鹧鸪天

送 人

唱彻阳关①泪未干，功名余事②且加餐。浮天水送无穷树，带雨云埋一半山。　今古恨，几千般，只应离合是悲欢？江头未是风波恶，别有人间行路难③。

[说明]

这首词收于四卷本《稼轩词》的甲集，属于词人中年时的作品。那时，词人在仕途上已经历了很多挫折，故而，这首词虽为送人而作，所表达的却多是世路艰辛凶险之感。

[注释]

①阳关：指《阳关曲》，是古人送别的曲子，据王维《送元二使安西》谱成。后由此曲又演变成《阳关三叠》曲。②功名余事：功名是次要的事。词人一生以收复失地为国立功为己事，然而却不得重用，身手不得施展，报国壮志难酬，又不满朝廷对金的屈膝求和，故作此愤激之辞。③行路难：本为乐府《杂曲歌辞》篇名。《乐府解题》说："《行路难》，备言世路艰难及离别悲伤之意。"此指仕途的凶险多艰。

[词解]

送别时刻，词人含着泪水将《阳关曲》唱完，脸上的泪水却一直未干，词人的沉痛伤感自然可以想见。分别之际，词人语重心长地叮嘱友人：富贵功名都是小事，不应看得太重，而应当保重身体，努力多加餐饭。天边的流水运送无穷的绿树远去，雨中的阴云埋掉了一半的青山。古往今来，恨事有几千般，让人悲伤的又岂止离别一事？要知道，江面上的风波并非是最险恶的，而人间仕途上的风波才最为艰难凶险！

送故人

[词评]

稼轩之词，胸有万卷，笔无点尘，激昂排宕，不可一世。今人未有稼轩一字，辄纷纷有异同之论，宋玉罪人，可胜三叹。

——彭孙遹《金粟词话》

[词人逸事]

淳熙七年（1180），辛弃疾离开了湖南，调任隆兴府（南昌）知府兼江南西路安抚使。当时江西大旱，庄稼歉收，粮食短缺，而粮价却一再飞涨。辛弃疾到任后，马上贴出了“闭粜者配，强籴者斩”八个大字，狠狠打击了那些囤积居奇、哄抬粮价的奸商。辛弃疾又命人紧急从外地买入了粮食，短短一个月，就将南昌的粮价稳定住了。此外，他看到附近的信州也在闹粮荒，就把所买粮食分拨过去。大灾过后，孝宗论功行赏，辛弃疾被提升为奉议郎。

木兰花慢

席上送张仲固帅兴元

汉中开汉业[1]，问此地，是耶非？想剑指三秦，君王得意，一战东归[2]。追亡事[3]、今不见，但山川满目泪沾衣[4]。

落日胡尘[5]未断，西风塞马空肥[6]。　　一编书是帝王师，小试去征西[7]。更草草离筵，匆匆去路，愁满旌旗。君思我，回首处，正江涵秋影雁初飞[8]。安得车轮四角[9]，不堪带减腰围。

［说明］

张仲固名坚，在孝宗淳熙七年（1180）秋，受命知兴元府（治所在今陕西汉中）兼利州东路安抚使，当时词人任知潭州（今湖南长沙）兼荆湖南路安抚使。张仲固取道湖南前往汉中赴任时，词人设宴相送，席间写下了这首词。

［注释］

①“汉中”句：刘邦以汉中为基地建立了汉朝的帝业。②“想剑指”三句：写刘邦挥戈东向，统一三秦之事。③追亡事：指萧何追韩信事。④“但山川”句：写山河破碎，国势衰微，令人痛心。⑤胡尘：侵略者扬起的战尘。⑥“西风”句：秋高马肥，正是用兵的时候，但朝廷却采取不抵抗的苟安政策，使英雄无用武之地，徒然养肥塞马，所以说塞马空肥。⑦“小试”句：是说张仲固西行上任兴元只是小试其技。言外之意是赞许他有非凡的才能。⑧“正江涵”句：从杜牧《九日齐山登高》“江涵秋影雁初飞，与客携壶上翠微”诗句中脱化而来，是说张仲固到达兴元已是秋天。⑨车轮四角：是盼望车子开不动把行人留下来的意思。

［词解］

刘邦以汉中为基地建立了汉朝的帝业，汉中这个地方，曾经发生过多少是非。当年刘邦从汉中率军出发，直逼关中，张良、韩信率军将踞守关中的秦军的三虎将章邯、司马欣和董翳相继击溃，使得君王甚为得意，只此一战便大胜而回。然而今日的南宋朝廷却不重用谋臣勇将，当年萧何追韩信的佳事已经不再有，所有的只是山河破碎，国势危急，令人流泪痛心。金人发动侵宋战争，攻占中原，至今依然战火未息，屡屡进犯，而朝廷却苟安议和，使英雄无用武之地，徒然养肥了塞马。而此次君（张仲固）出师兴元，如同当年张良受书为帝王师一样，只是小试其才，一定会有非凡的成就。我（即词人）在这里草草设宴，为君饯行，前路漫漫，愁绪满怀。

等到你（张仲固）到达任所，回过头来思念我这个饯行者时，我也是已经到了“襟三江而带五湖”的南昌故郡了（在词人饯别张仲固时，他本人也已奉调至江西并即将赴任）。分别在即，词人满心希望车轮能够在一夜之间能生出四角，使张仲固无法乘车离去，以便再住几日，但却又不可能实现。于是，词人和张仲固依依惜别，离别之后，又相互思念，以致身体消瘦，腰带缩减。最后这一笔是写别后的柔情思念，却依然是用健笔写来，令人感动而不伤感。

［词评］

辛稼轩别开天地，横绝古今，《论》《孟》《诗》小序、《左氏春秋》《南华》《离骚》《史》《汉》《世说》《选学》、李、杜诗，拉杂运用，弥见其笔力之峭。

——吴衡照《莲子居词话》

［词人逸事］

辛弃疾隐居后，来到远离政治斗争的农村。乡间的生活非常恬淡。每当春社与秋社的时候，村民聚集在一处，极为热闹。就算在平时，老人们也可以安享儿孙绕膝的天伦之乐，这种悠闲自在的桃源般的生活，极大感染了辛弃疾，他的心情逐渐好起来，并依照“人生在勤，当以力田为先”之义，自号“稼轩居士”。

水调歌头

汤波见和，用韵为谢

白日射金阙[1]，虎豹九关[2]开。见君谏疏频上，谈笑挽天回[3]。千古忠肝义胆，万里蛮烟瘴(zhàng)雨[4]，往事莫惊猜。政恐不免耳[5]，消息日边[6]来。　笑吾庐，门掩草，径封苔[7]。未应两手无用，要把蟹鳌(áo)杯[8]。说剑论诗余事[9]，醉舞狂歌欲倒，老子颇堪哀。白发宁有种，一一醒时栽[10]。

［说明］

词人 42 岁时，遭到监察御史王蔺的谗言弹劾，贬官后回到位于上饶的

惺惺相惜

带湖闲居。汤波则自广东新州贬所调任江西信州（即今上饶），两人境遇相似，处境相近，并且志同道合，很快成为了相濡以沫的挚友，彼此经常词赋相和。词人先赋《水调歌头》（盟鸥），汤波依韵相和，而后词人又用原韵答谢，也就是上面的这首词。

［注释］

①金阙：帝王居住的地方。②虎豹九关：比喻警卫森严的宫门。③“见君谏疏”二句：是作者对汤波被贬前在朝情况的追述，意谓看到您频繁地送上进谏的奏疏，谈笑间毫不费力地就把皇帝的意旨改变了。④“万里”句：意谓汤波被贬官送新州编管，生活环境十分恶劣。新州在今广东境内，距内地很远，又多瘴气，故云。淳熙二年（1175）八月孝宗派汤波使金，向金讨还河南北宋诸帝陵寝所在之地。不料汤波有辱使命，回来后孝宗龙颜大怒，把他流贬新州，尝尽“蛮烟瘴雨”滋味。⑤“政恐”句：典出《世说新语·排调》篇，意思是说汤波一定会被重新重用。⑥日边：此指皇帝身边。⑦径封苔：庭院的小路已被青苔封住了。极言庭院荒凉。⑧“未应”二句：表示对闲居的愤慨。⑨“说剑”句：语出苏轼《与梁左藏会饮傅国博家》。作者反用其意，表示对当权者让他远离抗金斗争的不满。⑩“白发”二句：反用黄庭坚《次韵裴仲谋同年》“白发齐生如有种，青山好去坐无钱”诗意，意谓白头发不是醉时长出来的，而是醒时愁出来的。

［词解］

词人先是浓墨重彩地追述了友人汤波被贬官之前出入于朝堂之上的生活：皇宫富丽堂皇，宫门守卫森严，在这朝堂之上，只见您（汤波）频繁地送上进谏的奏疏，谈笑间毫不费力地就将皇帝成功地规劝，改变那些不正确的意旨。您的忠肝义胆千古可鉴，只是偶然遭遇不幸，才被贬谪到这荒蛮瘴疠之地。对此您不要担心，您这个有才之士一定会再度得到重用，相信不久就会从京城传来好消息。至于我自己，则是荒草掩门，青苔封径，笑傲衰残。谁说我的两手没有用途，可以一手持蟹螯，一手持酒杯（词人屠鲸擒虎的大手，不能扭转乾坤，却执杯持蟹，该是怎样的悲慨）。说剑论诗都只是无用的余事（当权者不给他一展身手抱负的机会），我只有终日痛饮长醉，摇摇欲倒，这种心情您应该会理解同情的吧。您看我这满头白发，它们并不是醉时长出来的，而是醒时愁出来的。在这首词里，词人对友人殷殷鼓励，而自己则悲愤无奈，这种矛盾是词人既"不能不为一己之遭际而愤然不平，又不忍以一己之遭遇而挫尽天下志士仁人之壮志"的反映，矛盾处也正是词人的忠贞爱国处。

［词评］

稼轩不平之鸣，随处辄发，有英雄语，无学问语，故往往锋颖太露。然其才情富艳，思力果锐，南北两朝，实无其匹，无怪流传之广且久也。

——周济《介存斋论词杂著》

［词人逸事］

公元 1162 年至 1181 年，是辛弃疾人生当中的游宦时期。此时的辛弃疾，雄心勃发，壮志凌云。他先后写下一系列奏疏，力陈抗金救国方略。历任湖北、江西、湖南、福建、浙东安抚使等职。任职期间，他采取积极措施，招集流亡百姓，训练军队，奖励耕战，打击贪腐豪强，注意安定百姓，坚决主张抗金。在《美芹十论》《九议》等奏疏中，他具体分析当时的政治军事形势，对夸大金兵力量、鼓吹妥协投降的谬论，作了有力的驳斥，并要求加强战备，鼓励士气，力图收复中原。在此期间，他由签判到知州，由提点刑狱到安抚使，虽然仕途不断变化，但始终政绩卓著。

水龙吟

甲辰岁寿韩南涧[1]尚书

渡江天马[2]南来，几人真是经纶手[3]？长安父老，新亭风景[4]，可怜依旧！夷甫[5]诸人，神州沉陆，几曾回首？算平戎万里[6]，功名本是，真儒事，公知否？　　况有文章山斗[7]，对桐阴[8]、满庭清昼。当年堕地，而今试看，风云奔走。绿野[9]风烟，平泉[10]草木，东山[11]歌酒。待他年，整顿乾

坤事了，为先生寿。

［说明］

孝宗淳熙八年（1181），词人被弹劾免职，退隐在上饶的带湖，曾担任吏部尚书的韩元吉（字无咎，号南涧），辞官以后也居于此地。他们志同道合，都有抗金雪耻的雄心壮志，所以交往甚密。这时距离宋金“隆兴和议”的签订已经整整20年了，但南宋朝廷依然是文恬武嬉，不思进取，并无收复失地、一统乾坤的举措与决心。公元1184年，在韩元吉67岁寿辰之际，辛弃疾填了这首词为之祝贺。

［注释］

①韩南涧：韩元吉，辛弃疾居信州，与韩相邻，往来唱和频繁。②渡江天马：原指晋王室，建立东晋，因晋代皇帝姓司马，故云“天马”。这里借指宋高宗赵构。③经纶手：治理国家的能手。经纶的原意为整理乱丝，引申为处理政事，治理国家。④新亭风景：新亭，在今南京市南，三国时吴所建。东晋初渡江南来的士大夫，常在新亭饮宴。此指南宋时人们对河山废异的感慨。⑤夷甫：西晋宰相王衍的字。他专尚清谈，不论政事，终致亡国。⑥平戎万里：指平定中原，统一国家。⑦山斗：泰山、北斗。《新唐书·韩愈传》曾说韩的文章“学者仰之如泰山、北斗”。⑧桐阴：韩元吉京师旧宅多种梧桐树，世称“桐木韩家”。此句写其家世、生活。⑨绿野：唐宰相裴度退居洛阳，其别墅曰绿野堂。⑩平泉：唐宰相李德裕在洛阳的别墅名平泉庄。⑪东山：在今浙江上虞。东晋谢安寓居东山，常游赏山水，纵情歌酒。

谢安登东山

［词解］

南渡以来的当政者，有几个真正是治理国家的能手呢？中原沦陷，百姓流离，失地至今尚未收复，长安父老痛哭流涕的惨状依旧！历史上那个宰相王衍，因清谈而亡国（指责中原沦丧，为朝臣误国所致），导致神州颠覆，引来多少人回首悲叹。平定中原，统一国家，原本就是我辈儒者应尽的职责，更何况在那梧桐满院、满庭树荫的京城住宅中还有您（韩元吉）这个文章泰斗。您呱呱坠地之时，就已经显出不凡之姿，而今风云际会，更是大展身手。裴度退居于洛阳的绿野堂上，李德裕居于平泉庄，谢安寓居在东山之上，他们都是千古良相，却又都曾因政治上失意而退归林下，您现在的处境就如同他们一样。现在国耻依然未雪，无以称寿。那就等待他年，将乾坤整顿罢，国家强盛了，再来为您祝寿。

[词人逸事]

辛弃疾是抗金的一员虎将。当时，辛弃疾起草章表准备和南宋政府取得联系，以便对金军进行全面反攻。章表起草好了，但是由辛弃疾保管的义军的大印却不见了。得知是被义端偷走了以后，辛弃疾怒火满腔，马上跨上骏马，向着义端逃走的方向风驰电掣般的飞奔追去。在一个偏僻的山道上，辛弃疾看到了正在逃窜的义端，义端正一边打马前进，一边心虚地回头观望。当他看到了像疾风般飞驰赶到的辛弃疾时，顿时魂飞魄散，浑身一软，从马上滚落，趁势跪倒在地。辛弃疾手起剑落，义端的秃头马上滚落在地。而后辛弃疾搜出军印，将义端的人头挂在鞍上，飞奔回营。

八声甘州

夜读《李广传》，不能寐。因念晁楚老、杨民瞻[①]约同居山间，戏用李广事，赋以寄之。

故将军饮罢夜归来，长亭解雕鞍[②]。恨灞(bà)陵醉尉，匆匆未识，桃李无言[③]。射虎山横一骑，裂石响惊弦[④]。落托封侯事，岁晚田园[⑤]。　谁向桑麻杜曲，要短衣匹马，移住南山[⑥]。看风流慷慨，谈笑过残年。汉开边、功名万里，甚当时，健者也曾闲。纱窗外、斜风细雨，一阵轻寒。

[注释]

①晁楚老、杨民瞻：两位住在江西上饶的文人，生平不详。②“故将军”二句：《史记》载李广“尝夜从一骑出，从人田间饮。还至霸陵亭。霸陵尉醉，呵止广，广骑曰：‘故李将军。’尉曰：‘今将军尚不得夜行，何乃

故也！’止广宿亭下。”③桃李无言：用谚语“桃李无言，下自成蹊”比喻李广虽不善辞令却是天下人所共同钦慕的英雄。④“射虎”二句：《史记》中记载“广出猎，见草中石，以为虎而射之，中石没镞，视之，石也。”山横，山腰。惊弦，强烈的弦声。⑤“落托”二句：《史记》中记载：“自汉击匈奴而广未尝不在其中。”“然无尺寸之功以得封邑。”写李广落魄失意。落托，一作“落魄”。岁晚田园，年老回归田园。⑥“谁向桑麻”三句：杜甫《曲江》三章：“自断此生休问天，杜曲幸有桑麻田。故将移住南山边，短衣匹马随李广，看射猛虎终残年。”这里是隐括杜甫诗，说不要学杜曲种桑麻，过那种隐居生活，要学李广移住南山去射猎，为国杀敌。杜曲，长安城南的名胜地区。短衣匹马，射猎的装束。

[词解]

李广酒罢深夜归来，解下马鞍宿于霸陵亭下。可恨那个喝醉了的霸陵尉却有眼不识泰山，不认得这个“桃李无言，下自成蹊”的神武将军。李广曾在山中单骑射虎，利箭射入石头中，让山石开裂，弦声惊人。然而李广征战一生，神武英勇，却一直未能封侯，到了年老只得回归田园。我辈中人，不应隐居杜曲种桑麻，而是要学李广移往南山射猎，为国杀敌。在风流慷慨中谈笑度过残年。汉朝开边时，号召贤能者立功绝域，然而健如李广者也曾被闲置（可见邪曲之害公、方正之不容，乃古今之通病，故不必为之怅恨）。纱窗外面，正有斜风细雨袭来，带来阵阵微寒。词人在词中隐括了很多前人的诗文，加以生动具体的想象，并融入自己深切的感情，让人读之情感激昂，为之悲叹扼腕。

[词评]

苏、辛并称。东坡天趣独到处，殆成绝诣，而苦不经意，完璧甚少。稼轩则沉着痛快，有辙可循，南宋诸公，无不传其衣钵，固未可同年而语也。稼轩由北开南，梦窗由南追北，是词家转境。

——周济《宋四家词选》

贺新郎

同父见和，再用前韵答之

老大那堪说。似而今[①]、元龙臭味[②]，孟公瓜葛[③]。我病

君来高歌饮，惊散楼头飞雪。笑富贵、千钧如发④。硬语盘空⑤谁来听？记当时、只有西窗月。重进酒，换鸣瑟。　事无两样人心别。问渠侬(nóng)⑥：神州毕竟，几番离合⑦？汗血盐车无人顾⑧，千里空收骏骨⑨。正目断、关河路绝⑩。我最怜君中宵舞⑪，道“男儿到死心如铁”。看试手，补天裂⑫。

[说明]

孝宗淳熙十五年（1188）冬，陈亮从浙江东阳来江西上饶北郊带湖拜访辛弃疾。词人和陈亮纵论天下大事，谈及抗金复国，甚是投契。陈亮在带湖一直住了十天，后又和辛弃疾一同游鹅湖（在江西铅山县东北）。两人分别后，辛弃疾思念陈亮，便写了一首《贺新郎》寄给他。陈亮很快便和了一首《贺新郎·寄辛幼安和见怀韵》。辛弃疾看到陈亮的和词后，又一次回忆他们相聚时的情景，便仍用前韵写下了这首词。

[注释]

①似而今：而今似。②元龙臭味：这是作者表示与陈登“臭味”相投，也就是对陈亮表示衷心的欢迎。③孟公：西汉名士陈遵，字孟公。为人嗜酒好客。《汉书·游侠传》谓其每宴宾客，总闭门把客人车轴上的销钉投入井中，使客有急事亦不得走，以便尽兴畅怀。瓜葛：指关系，共同点。④千钧如发：人家认为千钧重时，我认为一毛一发那么轻。⑤硬语盘空：指发表耿直而不合时宜的言论。⑥渠侬：吴语自称我为侬，称他人为渠侬。⑦离合：离，指中原土地被侵占。⑧“汗血”句：借喻人才埋没和受到屈辱。汗血盐车是说良马被人用来拖笨重的盐车。汗血是大宛产的名马，汗出如血，能日行千里。⑨“千里”句：此处反用“千金市马骨”典，意思是说千里马被折磨而死，暗喻当今人才横遭贬斥压抑。⑩关河路绝：这是以当前大雪塞途比喻通向中原的道

对谈国事

路断绝。⑪中宵舞：指晋祖逖与刘琨闻鸡起舞的故事。⑫补天裂：古代传说中有女娲氏炼石补天的故事。

[词解]

年老了以后会怎么样呢？而今却似“元龙臭味，孟公瓜葛”一样，词人对陈亮衷心欢迎，盛情款待。接着词人展开了对昔日两人相聚时的回忆：多少次我们一同饮酒放歌，欢声笑语让楼上的飞雪都为之惊散。一同慷慨言志，笑看人间功名富贵，将它们视为毛发。那些耿直又不合时宜的言论，谁肯来听呢？当时陪伴我们的，只有西窗外的那轮明月。你我畅谈到深夜，一次次将酒杯重新倒满，所鸣之琴瑟也换了又换。而今，风物依旧，你我却分别两地。我要问一问你，现在的中原，究竟被侵占了几番呢？政治黑暗，有才之人得不到重用，人才或被屈辱或被埋没，犹如汗血宝马被人用来拉盐车，以至于受尽折磨而死。我深情地向中原凝望，而大雪却将这通往中原的道路隔绝。我向来最为钦佩中夜闻鸡起舞的祖逖与刘琨。男儿至死也应当意志坚定，不忘家国。试着用双手，将那裂开的天给补好（即收复失地，重振乾坤）。

[词评]

稼轩词龙腾虎掷，任古书中俚语、廋语，一经运用，便得风流，天姿是何夐异！

——刘熙载《艺概》

青玉案

元 夕

东风夜放花千树，更吹落、星如雨[1]。**宝马雕车香满路。凤箫声动，玉壶**[2]**光转，一夜鱼龙**[3]**舞。　　蛾儿雪柳黄金缕**[4]**，笑语盈盈暗香去。众里寻他千百度，蓦然回首，那人却在，灯火阑珊**[5]**处。**

[注释]

①“东风”三句：唐代的苏味道有诗为“火树银花合，星桥铁锁开”。这

里是说元宵节赏灯，灯如火树银花。②玉壶：指月亮。③鱼龙：指鲤鱼灯、龙灯等各种形状的灯。④蛾儿雪柳：《武林旧事》记：“元夕节物，妇人皆戴珠翠，闹蛾，玉梅，雪柳，菩提叶，灯球，销金也，蝉雕袖项帕，而衣多尚白，盖月下所宜也。”《宣和遗事》也记：“京师民有似云浪，尽头上带着玉梅、雪柳、闹蛾儿，直到鳌山下看灯。”李清照《永遇乐·元夕》有：“记得偏重三五，铺翠冠儿，捻金雪柳，簇带争济楚。”这里是指妇女的头饰。雪柳上饰以金线，所以称“捻金雪柳”。⑤阑珊：零落黯淡稀少的样子。

[词解]

如同春日的东风一夜之间就吹开了满树繁花一样，元宵节的夜晚，满城到处都是花灯，犹如火树银花，又像是那满天的星斗从天空降落，在人间闪闪发光。道路上满满的都是华丽的马车来回奔驰，并带来香风阵阵。悠扬的箫声到处飘散，天上那皎洁的月亮也在渐渐地转动，整夜都有鱼龙形状的各种花灯到处飞舞转动。妇女们个个都打扮得花枝招展，头上戴满了蛾儿、雪柳等饰物，她们笑语盈盈，身上散发着淡淡的幽香，在街道上游玩赏灯。我站在熙熙攘攘的街头，在芸芸众生中寻找我的意中人，正当寻她千百度而不见的时候，无意间回头，却发现她正站在那灯火黯淡的地方。

[词评]

自怜幽独，伤心人别有怀抱。

——梁启超（见梁令娴《艺蘅馆词选》）

摸鱼儿

淳熙己亥[1]，自湖北漕移湖南，同官王正之置酒小山亭[2]，为赋。

更能消[3]几番风雨，匆匆春又归去。惜春常怕花开早，何况落红[4]无数。春且住，见说[5]道，天涯芳草无归路。怨春不语，算只有[6]殷勤，画檐蛛网，尽日惹飞絮。　　长门[7]事，准拟佳期又误。蛾眉[8]曾有人妒。千金纵买相如赋，脉脉[9]此情谁诉？君[10]莫舞，君不见，玉环飞燕皆尘土[11]。闲愁最苦，休去倚危栏[12]，斜阳正在，烟柳断肠处。

［注释］

①淳熙己亥：淳熙六年（1179），辛弃疾从湖北转运副使调任湖南，主持那里的漕运。②小山亭：在湖北转运使官署内。③消：经受。④落红：落花。⑤见说：听说。⑥算只有：想来只有。⑦长门：汉代宫殿名，武帝皇后失宠后被幽禁于此，司马相如《长门赋序》："孝武陈皇后，时得幸，颇妒。别在长门宫，愁闷悲思，闻蜀郡成都司马相如天下工为文，奉黄金百斤，为相如、文君取酒，因于解悲愁之辞，而相如为文以悟主上，陈皇后复得亲幸。"⑧蛾眉：代指美女。⑨脉脉：绵长深厚的样子。⑩君：指善妒之人。⑪玉环飞燕：指杨玉环和赵飞燕，她们皆貌美善妒。⑫危栏：高楼上的栏杆。

［词解］

还能再经得起几度风云的摧残呢？匆匆之间，春天又一次离开了人间。我十分爱惜花儿，常常担心花会开得太早（那样也就容易早早凋落），而现在却是落花满地，让我如何经受得了。春天，你暂且停一下脚步吧，我听说那满地的芳草已经将你的归路阻住了。可是春天却对我不理不睬，想起来只有那屋檐上痴情的蜘蛛，每天都殷勤地将漫天飞舞的柳絮缠住，想以此来把春天留住。长门宫中的阿娇每天都在盼着皇帝能够前来和她会面，可是那约定好的佳期却一次又一次地被延误。原来是因为她那美丽的颜容引起了别人的忌妒，遭到了谗言的诋毁。即便是能够花费千金买来司马相如的《长门赋》（以此重新得到皇帝的欢心），她那一腔幽怨又能向谁倾诉呢？那些善妒的人呐，你们还是不要太嚣张了吧，难道你们没有看到杨玉环和赵飞燕的悲惨下场，她们都已经化作了一堆黄土。闲愁最让人感到痛苦，千万不要在傍晚的时候，登上高楼上凭栏远望，要知道那斜阳照着烟雾中的杨柳的景象，是最让人断肠的啊！

［词评］

回肠荡气，至于此极。前无古人，后无来者。

——梁启超（见梁令娴《艺蘅馆词选》）

破阵子

为陈同甫[1]赋壮词以寄

醉里挑灯看剑，梦回[2]吹角连营。八百里[3]分麾下炙，

五十弦④翻塞外声，沙场秋点兵。　马作的卢⑤飞快，弓如霹雳⑥弦惊。了却君王天下事⑦，赢得生前身后名。可怜白发生！

［说明］

这首词也是词人和陈亮的唱和之作。

［注释］

①陈同甫：陈亮，字同甫，南宋著名思想家，和辛弃疾交谊颇深。②梦回：梦里遇见。③八百里：牛名。据《世说新语·汰侈》载，晋王恺有牛名“八百里驳”。④五十弦：指瑟，古瑟用五十弦。这里泛指军中乐器。⑤的卢：一种烈性快马。⑥霹雳：雷声，比喻射箭时的弓弦声，响如雷鸣般。⑦天下事：指收复中原。

［词解］

秋夜，夜深人静，我却不能入睡，醉眼蒙眬中，我挑亮了油灯，抽出腰间的宝剑仔细端详。梦醒了以后，一个连着一个的军营中响起了号角声。兵士们欢欣鼓舞，饱食了将军分赏给自己的大块烤牛肉，各种乐器演奏的雄壮的军歌在军营中响起。秋高气爽，沙场上正在举行盛大的检阅仪式。战场上，战马像的卢一样飞快奔驰，载着将士们纵横驰骋。一支支利箭射出，弓弦发出像震雷一样的惊响声。我发誓要完成收复中原，让万里江山归于一统的千古大业，以赢得生前以及死后的英名，只可惜功业未成，满头白发却已经丛生！

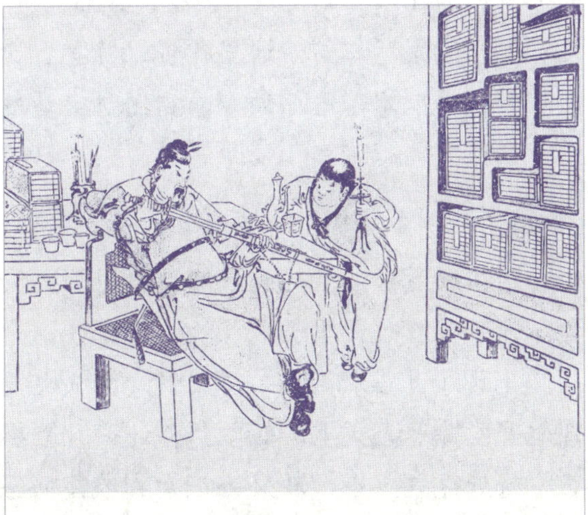

醉里挑灯看剑

［词评］

南宋词人，白石有格而无情，剑南有气而乏韵，其堪与北宋人颉颃者，唯一幼安耳。近人祖南宋而祧北宋，以南宋之词可学，北宋不可学也。学南宋者，不祖白石则祖梦窗，以白石、梦窗可学，幼安不可学也。学幼安者，率祖其粗犷滑稽，以其粗犷滑稽处可学，佳处不可学也。幼安之佳处，在有性情，有境界，即以气象论，亦有“横素波、干青云”之概，宁后世龌龊小生所可拟耶？东坡之词旷，稼轩之词豪。无二人之胸襟而学其词，犹东施之效“捧心”也。读东坡、稼轩词，须观其雅量高致，有伯夷、柳下惠之风。白石虽似蝉蜕尘埃，然不免局促辕下。

——王国维《人间词话》

水龙吟

过南剑双溪楼

举头西北浮云，倚天万里须长剑。人言此地，夜深长见，斗牛光焰[1]。我觉山高，潭空水冷，月明星淡。待燃犀下看，凭栏却怕，风雷怒、鱼龙惨。　　峡束苍江对起[2]，过危楼[3]、欲飞还敛。元龙老矣，不妨高卧[4]，冰壶凉簟(diàn)[5]。千古兴亡，百年悲笑，一时登览。问何人、又卸片帆沙岸，系斜阳缆[6]？

［注释］

①斗牛光焰：指剑气冲于斗牛，即北斗与牵牛二星之间。②“峡束”句：青青的江水受到两峡的约束。苍江，一作“沧江”。③危楼：此指双溪阁。④“元龙”二句：这里作者以陈登自比，表示要高卧不问世事。⑤冰壶凉簟：喝凉水，睡凉席，喻指闲居自适的生活。⑥“系斜阳”句：在夕阳里系住缆绳。

［词解］

站在双溪楼上，抬头就能够看见西北天空上漂浮的白云，只需一把长剑就能够倚着那万里长天了。人们都说这个地方，深夜时分经常可以看见火焰出现于北斗和牵牛二星之间。我站在这里，感觉此山高耸可入云端。潭水空幽冷寒，天上一轮明月，还有几颗星星在淡淡地闪现。我原本打算在栏杆处点亮火把，却又害怕看到风雷恼怒大作。青青的江水受到对峙的两峡的约束，从高高的双溪阁下流过，想要飞起来终究还是被收敛住了。

我已经老了，不妨闲居于此地，每日有冰壶凉簟相迎，乐哉悠哉。将那千古的兴亡悲笑之声，一时全都参遍。看那过往的行人，在夕阳的岸边卸下船帆，系住缆绳，将船停靠在岸边。

［词评］

苏、辛皆至情至性人，故其词潇洒卓荦，悉出于温柔敦厚。世或以粗犷托苏、辛，固宜有视苏、辛为别调者哉。张玉田盛称白石，而不甚许稼轩，耳食者遂于两家有轩轾意。不知稼轩之体，白石尝效之矣。集中如《永遇乐》《汉宫春》诸阕，均次稼轩韵，其吐属气味，皆若秘响相通，何后人过分门户耶？

——刘熙载《艺概》

沁园春

灵山齐庵赋，时筑偃湖未成

叠嶂西驰，万马回旋，众山欲东。正惊湍直下，跳珠倒溅；小桥横截，缺月初弓①。老合投闲②，天教多事，检校③长身十万松。吾庐小，在龙蛇④影外，风雨声中。　争先见面重重，看爽气、朝来三数峰。似谢家子弟，衣冠磊落；相如庭户⑤，车骑雍容。我觉其间，雄深雅健⑥，如对文章太史公。新堤路，问偃湖何日，烟水濛濛？

［说明］

这首词大约作于宋宁宗庆元二年（1196）词人削职闲居之时，词中描写了上饶西部的灵山风景。

［注释］

①缺月初弓：形容小桥形状，如缺月和弯弓模样。②合：应当。投闲：指罢官闲居。③检校：查核，掌管。④龙蛇：形容松树屈曲的枝条。⑤相如庭户：这里是以司马相如的车骑雍容来形容山的富丽。⑥雄深雅健：《新唐书》载韩愈评柳宗元文章的特点时提到“雄深雅健，似司马子长”。司马迁，字子长，曾为太史令，自称太史公。

群峰并立

[词解]

灵山上群峰并立，山峦重重。这些山峦或西驰，或东向，好像千万匹矫健的骏马在广阔的草原上纵横驰骋；飞瀑从山间直泻而下，溅起串串晶莹的水珠，如同万斛明珠在其间弹跳。一弯新月似的小桥，横跨在那清澈的溪流之上。山上长满了高大的松树，数以万计，郁郁葱葱，词人因此幽默地说道，我老了，应当过闲散的生活，可是老天爷却偏偏多事，非要我掌管这支十万长松的大军！我的房子很小，但是位置却得天独厚，既可以看到状如龙蛇一样盘曲的松影，又可以听见声如风雨的松涛之声。清晨，沐浴着晨风我来到三数峰，一座座山峰争着从晓雾中探出头来，争相和我问好。这些山峰既像谢安家的子弟，衣冠磊落，又如同司马相如的车骑一样，气度雍容。我置身其中，感到雄浑、深厚、高雅而又刚健，如同在读太史公那一篇篇的美文，享受无穷。灵山如此美好，我打算长居于此，于是便询问偃湖何时能够修建好，再现一片烟水濛濛的新景！

[词评]

世以苏、辛并称。苏之自在处，辛偶能到。辛之当行处，苏必不能到：二公之词，不可同日语也。

——周济《介存斋论词杂著》

贺新郎

邑中[①]园亭，仆皆为赋词。一日，独坐停云[②]，水声山色竞来相娱。意溪山欲援例者，遂作数语，庶几仿佛渊明思亲友之意[③]云。

甚矣吾衰矣[④]！怅平生、交游零落，只今余几？白发空垂三千丈[⑤]，一笑人间万事。问何物、能令公[⑥]喜？我见青

山多妩媚，料青山、见我应如是。情与貌，略相似。　一尊搔首东窗里。想渊明、停云诗就，此时风味。江左沉酣求名者⑦，岂识浊醪(láo)妙理⑧！回首叫、云飞风起。不恨古人吾不见，恨古人、不见吾狂耳⑨。知我者，二三子。

［说明］

绍熙三年（1192）春，辛弃疾在江西上饶带湖闲居长达十年后，被起用赴福建提点刑狱任。绍熙五年（1194）秋七月，曾任福建安抚使。次年江西铅山意溪山新居落成，这首词就是为其新居里的“停云堂”而题写的。

［注释］

①邑中：指铅山（今属江西）境内。②停云：停云堂，作者晚年住在铅山时所建。③渊明思亲友之意：陶渊明写过《停云》诗，序中说：“停云，思亲友也。”④“甚矣”句：语出《论语·述而》：“子曰：‘甚矣，吾衰矣。久矣，吾不复梦周公。’”这里是用孔子之语感叹自己衰老了。⑤“白发”句：化用李白《秋浦歌》“白发三千丈，缘愁似个长”诗意。感叹自己岁月蹉跎，有志难伸。⑥公：作者自称。⑦“江左”句：用苏轼《和陶渊明饮酒》“江左风流人，醉中亦求名”诗意，讽刺当时南方士大夫只知争名夺利。江左：今长江下游一带。⑧“岂识”句：用杜甫《晦日寻崔戢、李封》“浊醪有妙理，庶用慰沉浮”诗意。浊醪，浊酒，古时米酒呈乳白色，故名。⑨“不恨”三句：语出《南史·张融传》，融常叹曰：“不恨我不见古人，所恨古人不见我。”意思是不遗憾我没有看到古人的神韵豪气，只恨古人没看到我的豪放罢了。

［词解］

词人用孔子之语来感叹自己的衰老，怅然于平生交游之人的零落。空垂了三千丈的白发，对人间万事万物都一笑置之。词人自问，这世间还有什么能够让我高兴的呢？我见到青山，感觉它很妩媚动人，料想那青山见到我也有同感，愿意和我结为忘形之交。

词人对酒思友，那一种风味，想必和当年陶渊明所写的《停云》诗相仿。而那些只知争名夺利的人，又怎么懂得酒中所包含的妙理呢？当年刘邦高唱大风歌，是怎样的风云叱咤，豪气冲天！我并不遗憾没能看到古人的豪气神韵，只恨古人没能看到我的豪放疏狂罢了。举目当世，理解我的人，也只有那两三个人罢了。

［词评］

后人以粗豪学稼轩，非徒无其才，并无其情。稼轩固是才大，然情至处后人万不能及。北宋词多就景叙情，故珠圆玉润，四照玲珑。至稼轩、白石，一变而为即事叙景，使深者反浅，曲者反直。吾十年来，服膺白石，而以稼轩为外道。由今思之，可谓瞽人扪籥也。稼轩郁勃，故情深；白石放旷，故情浅；稼轩纵横，故才大；白石局促，故才小。惟《暗香》《疏影》二词，寄意题外，包蕴无穷，可与稼轩伯仲，余俱据事直书，不过手意近辣耳。

——周济《介存斋论词杂著》

木兰花慢

中秋饮酒将旦，客谓前人诗词有赋

待月，无送月者，因用《天问》体[1]赋。

可怜[2]今夕月，向何处、去悠悠？是别有人间，那边才见，光影东头？是天外，空汗漫[3]，但长风、浩浩送中秋？飞镜[4]无根谁系？姮(héng)娥不嫁谁留？　　谓[5]经海底问无由，恍惚使人愁。怕万里长鲸，纵横触破，玉殿琼楼。虾蟆[6]故堪浴水，问云何、玉兔[7]解沉浮？若道都齐无恙，云何渐渐如钩？

［注释］

①《天问》体：屈原作《天问》的形式，即对“天”连续发问的形式。②可怜：可爱，可惜。③汗漫：广阔无边，渺茫难知。④飞镜：指月亮。⑤谓：此为传说之意。⑥虾蟆：蛤蟆。传说月中有蟾蜍，即蛤蟆一类的动物。⑦玉兔：传说中月宫里有白兔。

［词解］

今晚的月亮如此可爱，它悠悠转动，不知要去往何处。是另有人间吗？

为什么那边才看到月光的影踪呢？还是它原本就在天外，渺茫难知，是那浩浩长风，才给人间送来了中秋。月亮无根，谁人能够将它系住呢？那月中的嫦娥不嫁人是要等着谁呢？传说要到海底去才能问明白这诸多未知，而那海底却又十分恍惚缥缈，令人发愁。害怕那海中大鲸的纵横翻腾，会把那月宫的琼台楼阁给撞破。那月中的蟾蜍固然可以游水，但是那月中的玉兔又如何会懂得沉浮呢？如果说一切都平安无事的话，为什么那月亮慢慢变成了弯钩模样了呢？

问 月

[词评]

稼轩中秋饮酒达旦，用《天问》体作《木兰花慢》以送月曰："可怜今夕月，向何处、去悠悠？是别有人间，那边才见，光影东头？" 词人想象，直悟月轮绕地之理，与科学家密合，可谓神悟。

——王国维《人间词话》

西江月

遣 兴[①]

醉里且贪欢笑，要愁那得工夫。近来始觉古人书，信著全无是处[②]。 昨夜松边醉倒，问松："我醉何如？" 只疑松动要来扶，以手推松曰"去"！

[注释]

①遣兴：抒发自己的兴致。②"近来始觉"二句：化用《孟子·尽心下》"尽信书，则不如无书"句意。意思是近来我才领悟到相信古人书上的话，那就完全错了。

[词解]

醉了以后尚且还贪恋着欢笑享乐，又哪里有工夫理会闲愁。近来我才领悟到，要是完全相信古人书上的话，那就大错特错了。昨天夜里我醉倒在松树旁，向松树问道："我醉得怎么样？"醉眼蒙眬中，看到松枝摇动，我便以为是松树要上前来扶我起来，我便一手将它推开，同时大声命令道"去"！

[词评]

稼轩晚年来卜筑奇狮，专工长短句，累五百首有奇。但词家争斗秾纤，而稼轩率多抚时感事之作，磊砟英多，绝不作妮子态。

——汲古阁本《稼轩词跋》

永遇乐

京口北固亭怀古①

千古江山，英雄无觅，孙仲谋②处。舞榭(xiè)③歌台，风流总被、雨打风吹去。斜阳草树，寻常巷陌，人道寄奴④曾住。想当年、金戈铁马，气吞万里如虎。　元嘉⑤草草，封狼居胥(xū)⑥，赢得仓皇北顾⑦。四十三年，望中犹记，烽火扬州路⑧。可堪回首，佛狸祠⑨下，一片神鸦社鼓⑩。凭谁问⑪，廉颇老矣，尚能饭否？

[说明]

开禧元年（1205），韩侂胄正预备北伐。赋闲已久的辛弃疾在此前的一年被起用为浙东安抚使，这一年春初，他又被受命为镇江府知府，镇守江防要地京口（今江苏镇江）。从表面来看，似乎是朝廷准备重用他，但其实只是利用他作为主战派元老的招牌来进行号召罢了。辛弃疾到任后，马上积极投入到军事进攻的各项准备工作当中。但他也意识到政治斗争的极度凶险还有他自身的艰难处境，心情很是矛盾，于是写下了这首词。

[注释]

①京口：今江苏镇江。北固亭：又名北顾亭，在镇江北固山上。②孙

仲谋：孙权，字仲谋。早期曾以京口为都，北拒曹操，创建吴国。③榭：建在高台上的屋子。④寄奴：南朝宋武帝刘裕的小名。他于京口起事，率兵北伐，代晋而称帝，成就一代霸业。⑤元嘉：刘裕的儿子宋文帝刘义隆的年号（424—453）。⑥封狼居胥：汉将霍去病追击匈奴，至狼居胥（在今内蒙古西北部）封山而归。此指宋文帝北伐事。⑦仓皇北顾：宋文帝北伐失败后，北魏太武帝拓跋焘乘胜追至长江边，扬言欲渡江。宋文帝登楼北望，深悔不已。⑧“烽火”句：自公元1161年金主完颜亮大举南侵以来，扬州一带烽火不断。宋时行政区域以“路”划分，扬州属淮南东路，且是这一路的首府。⑨佛狸祠：北魏太武帝拓跋焘小名佛狸。他追击宋军至长江北岸瓜步山（今江苏六合东南），并建行宫，后即于此建佛狸祠。⑩神鸦社鼓：祭神时鼓声震大，乌鸦闻声而来争吃祭食。⑪“凭谁问”三句：以廉颇自况，谓老去雄心犹在，却得不到朝廷的重视。廉颇，战国时赵国名将，晚年遭人谗言而出奔魏国。后赵王欲起用廉颇，先遣使者询其健壮与否。廉颇当面一饭斗米肉十斤，并披甲上马，以示尚能作战。但使臣受贿而谎报赵王说：“与臣坐顷之，三遗矢（大便三次）。”赵王遂罢。

霍去病

[词解]

千百年来，大好江山依然存在着，但是像孙权那样的英雄却再也无处可找了。当年到处都是歌舞楼台的繁华景象已经消失，而英雄的风流伟业也都经过历史的风雨吹打而烟消云散了。在夕阳斜照下，有一条草木丛生、荒凉偏僻的街巷，人们说那里就是当年刘裕曾经居住的地方。回想当年，刘裕率着大军北伐，军队武器精良，装备齐全，气势如同猛虎，一下子就把盘踞在中原的敌人都赶回北方去了，然后成就了一代霸业。然而他的儿子文帝在元嘉年间草率地兴兵北伐，想要登上狼居胥山，建立功业，因为出兵草率仓促，准备不足，结果大败而逃。后来，每每登楼北望，悔恨不已。四十三年已经过去了，现在向北遥望，依然还能记得当年金兵南侵时扬州一带遍地烽火、狼烟滚滚的情景。可是回过头来，在佛狸庙中，人们却纷纷前去参拜，到处香烟缭绕，祭祀丰厚，神鸦在社鼓声中争吃着祭品！而对那些年迈而壮志犹存的英雄，却没有人前来问上一声“廉颇老了，饭量还好吗”（意即重新起用那些被闲置的英雄）？

［词评］

读苏辛词，知词中有人，词中有品。

——谢章铤《赌棋山庄词话》

［词人逸事］

据《桯史》记载，辛弃疾写完这首词后很是得意，专门大摆筵席，一边令歌妓演唱，一边自己挥打拍子伴奏，还让在场的文人提出批评意见。但众人都是回过头来，一个个只顾溜须拍马，吹嘘他写得如何好，却没有一个人提出异议。辛弃疾听后很是失望。当时岳飞的孙子岳珂也在座，便昂然站了出来，说道：“我才疏学浅，原本不敢多说。但是，当年范仲淹曾悬赏千金，求人修改一字。今天我也想说上一说。”辛弃疾大喜，催促岳珂赶紧说下去。岳珂便直言：“这篇词的确雄霸古今，但用典太多，恐后世不易理解！”辛弃疾听了很是赞许，说这的确是我作词的毛病，但我也曾推敲数月，觉得这些典故很是确切，就都保留了下来。

南乡子

登京口北固亭有怀

何处望神州[1]？满眼风光北固楼[2]。千古兴亡多少事，悠悠[3]，不尽长江滚滚流[4]。　　年少万兜鍪（móu）[5]，坐断[6]东南战未休。天下英雄谁敌手？曹刘[7]。生子当如孙仲谋[8]。

［说明］

宁宗嘉泰三年（1203）六月，辛弃疾被起用为知绍兴府兼浙东安抚使，次年三月，又被改派到镇江去做知府。镇江在历史上一向是英雄建功立业之地，此时则是宋军和金军对垒的第二道防线。词人每每登临京口（即镇江）的北固亭时，便不胜感慨，这首词就是作于这一时期。

［注释］

①神州：指沦陷的北方。②北固楼：北固亭。③悠悠：迢迢不断的样子。④“不尽”句：化用杜甫《登高》“无边落木萧萧下，不尽长江滚滚来”诗意。⑤兜鍪：头盔，代指士兵。⑥坐断：占据。⑦“天下英雄”二句：典出《三国志》：“是时曹公（曹操）从容谓先主（刘备）曰：‘今天下英雄唯使君与操耳，本初之徒不足数也。’”⑧“生子”句：语出《三国志》注引《吴历》：“（曹）公见舟船、器仗、军伍整肃，喟然叹曰：‘生子当如孙仲谋，刘景升（刘表字）子若豚犬耳。’”

孙权

［词解］

登上北固楼后，词人极目远眺，却望不见那沦陷的中原故土，所见到的只是北固楼周围的一片壮丽风光。谁能够知道，千百年来在这块土地上曾经上演了多少朝代的兴亡更迭？往事悠悠，英雄已去，不变的只有这不尽的江水依然还在日夜东流。想当年，在这个江防的战略要地上，有多少英雄大展身手，三国时代的孙权是最杰出的一个。他年纪轻轻就掌管了千军万马，占据着这东南一隅，奋发有为，征战不休。试问天下英雄有谁可以成为他的敌手呢？那就只有曹操和刘备了。连那个雄霸天下的曹操都说过，生儿子的话应当要像孙权一样。其实，这也是词人的心愿，希望南宋朝廷多出几个像孙权那样的英雄，那样大宋朝就不会像现在一样衰败破碎，岌岌可危了。

［词评］

其词慷慨纵横，有不可一世之概，于倚声家为变调，而异军特起，能于翦红刻翠之外，屹然别立一宗，迄今不废。

——《四库全书总目提要》

陈亮

陈亮（1143—1194），字同甫，号龙川，学者称为龙川先生，婺州永康（今属浙江）人。宋史称他“为人才气超迈，喜谈兵，议论风生，下笔数千言立就”。始终坚持抗金，所写的策论气势磅礴，笔锋极为犀利。词作的感情也极为激越，风格豪放，体现出其政治抱负。另外，他在学术上也有很多独到见解。今传《龙川文集》《龙川词》。

水调歌头

送章德茂大卿使虏[1]

不见南师[2]久，谩说北群空[3]。当场只手[4]，毕竟还我万夫雄。自笑堂堂汉使，得似洋洋河水，依旧只流东！且复穹庐[5]拜，会向藁(gǎo)街[6]逢。　尧之都[7]，舜之壤，禹之封，于中应有，一个半个耻臣戎。万里腥膻(shān)[8]如许，千古英灵安在？磅礴(bó)几时通？胡运[9]何须问，赫日[10]自当中。

［说明］

南宋朝廷和金国签订“隆兴和议”后，两国定为叔侄关系，因惧金人寻借口南犯，便不敢做北伐的准备。并且规定每年元旦以及两国皇帝的生辰，还要互派使节祝贺，以示和好。然而金使到宋，被敬若上宾，宋使至金，则多受歧视。淳熙十二年（1185）十二月，孝宗命章森作为使者前去金国为金世宗完颜雍贺生辰，陈亮作此词送行，在词中表达了不甘屈辱的志气与誓雪国耻的豪情。

［注释］

①章德茂大卿使虏：陈亮的友人章森，字德茂，当时是大理少卿，曾奉命出使金朝。②南师：南宋北伐的军队。③谩说：胡乱说。“谩说北群空”用韩愈《送温处士赴河阳军序》“伯乐一过冀北之野而马群遂空”的字面而反其意，以骏马为喻，说明南宋依然大有人在。④只手：独立支撑的意思。⑤穹庐：北方少数民族居住的圆顶毡房。⑥藁街：在长安城内，是当时外国使臣居住的地方。⑦尧之都：与下文“舜之壤”“禹之封”皆指华夏。⑧腥膻：这里代指金人。⑨胡运：指金朝的气数。⑩赫日：火红的太阳，用来比喻南宋前途光明。

[词解]

虽然南宋的军队久不北伐，但你们（金人）不要因此就胡乱说我大宋朝没有人了。现在，你（章森）只身担当此任（出使金国），虽然是独立支撑，但是毕竟还是可以显示出英雄气概，展现我华夏万夫的雄风。想来也很是可笑，我堂堂大宋竟然也要屈尊向他国国主拜贺生辰，这就有如河水东流向海，虽然无奈，却并不甘心！姑且向那穹庐（金廷）低一下头吧，有朝一日一定会打败这些胡虏，收复失地，擒住他们的首领，将之斩首，然后在藁街上示众。在我们这个尧、舜、禹代代圣杰相传的国度里，总会出现一个或者半个耻于向金人称臣的铮铮英豪！我们的万里河山现在被那些腥膻之辈给糟蹋成了这个样子，千百年来先烈们的英魂到哪里去了？国运何时才能磅礴重振？我始终坚信：金国的气数将尽，无须再作询问，而我大宋朝则会国威重振，如同烈日中天，前途一片光明。

[词评]

《龙川词》一卷，读至卷终，不作一妖语、媚语，殆所称不受人怜者欤？

——毛晋《龙川词跋》

念奴娇

登多景楼[①]

危楼还望[②]，叹此意、今古几人曾会？鬼设神施，浑[③]认作、天限南疆北界。一水[④]横陈，连冈三面，做出争雄势。六朝何事，只成门户私计？　　因笑王谢诸人[⑤]，登高怀远，也学英雄涕。凭却长江，管不到、河洛[⑥]腥膻无际。正好长驱，不须反顾，寻取中流誓[⑦]。小儿破贼，势成宁问强对[⑧]。

[说明]

孝宗淳熙十五年（1188）春天，陈亮到建康和镇江考察形势，准备向朝廷陈述北伐的策略。本词的内容以议论形势、陈述政见为主，正和此行的目的息息相通，是借古议今之作。

[注释]

①多景楼：在京口北固山上甘露寺内，北面长江。②危楼：高楼。还：通“环”。③浑：简直。④一水：指长江。⑤王谢诸人：泛指当时有声望地位的士大夫。⑥河洛：指黄河、洛水，这里用来代指沦陷的中原地区。⑦中流誓：表示誓死收复中原。典出《晋书·祖逖传》。⑧强对：强敌。

[词解]

词人登上高楼，极目远望，不禁百感交集，悲叹自己登楼时的这番心意，古往今来，几人能够理解？镇江一带的山川险峻，可谓鬼斧神工，然而如此有利的地形非但没有作为进取的凭借，反而被当成天设的南疆北界，凭此以求苟安自保。镇江北面横贯着汹涌的长江，东、西、南三面又都连着山冈，这样的地势，足以和北方群敌争雄。当权者们在忙些什么呢？只是算计他们各自私人的利益。可笑那些有声望地位的贵族士大夫们，空有慷慨言辞，学王谢诸人相泣新亭，却不做出任何实际行动。他们凭借着长江天险，唯求自保，哪里还管那些被异族侵占的中原大地。面对这样有利的形势，正应当长驱北上，没有丝毫犹豫畏缩，像当年祖逖那样，中流击水，收复中原。年轻人奋勇杀敌，势不可挡，哪里还须惧怕对方的强大呢？

[词评]

龙川之词，感愤淋漓，眷怀君国。稼轩之词，才思横溢，悲壮苍凉。例之古诗，远法太冲，近师李白，此纵横家之词也。

——刘师培《论文杂记》

杨炎正

杨炎正（1145—1216），字济翁，吉州庐陵（今江西吉安）人。杨万里族弟。其多数词作风致清爽，而感伤时事之作则沉郁苍凉，风格与辛弃疾较为接近。有词集《西樵语业》。

水调歌头

登多景楼

寒眼①乱空阔，客意不胜秋②。强呼斗酒，发兴特上最

高楼。舒卷江山图画，应答龙鱼悲啸③，不暇顾诗愁④。风露巧⑤欺客，分冷入衣裘。　　忽醒然⑥，成感慨，望神州。可怜报国无路，空白一分头。都把平生意气，只作⑦如今憔悴，岁晚若为⑧谋！此意仗江月，分付与沙鸥。

［说明］

杨炎正和辛弃疾是文字之交，一度有词赋唱和。这首词就是淳熙五年（1178）词人和辛弃疾同舟路经扬州时，登临镇江北固山甘露寺中的多景楼所作。同时辛弃疾也写了一首《水调歌头·舟次扬州和杨济翁、周显先韵》相和，都是心忧国事、感叹报国无门的抒怀之作。

［注释］

①寒眼：眼睛被江上冷风吹得发涩，感到寒意。②不胜秋：禁不住秋天的愁苦。③“应答”句：大江里的鱼龙一唱一和地悲啸着。苏辙《黄州快哉亭记》：“昼则舟楫出没于其前，夜则鱼龙悲啸于其下。变化倏忽，动心骇目，不可久视。”④“不暇”句：虽然有一种哀愁在催促自己做诗，也无心吟咏。⑤巧：善于。⑥然：助词，表状态。⑦作：使。⑧若为：怎样。

［词解］

深秋季节，江面空阔，一阵寒风吹来，眼睛被吹得发涩，顿感寒意，让我这个他乡之客不胜秋意悲凉。为了驱散这些忧愁，我呼酒登楼，登上了多景楼的最高处。倚栏四望，江山壮丽如画，巧夺天工。长江波涛汹涌，那下面的鱼龙应当正在一唱一和地悲啸着吧，而我却没有赋诗吟愁这样的闲情逸致。江上的寒风霜露总是善于欺负客居之人，将它们的寒气吹入我的衣裘中，让我顿感寒冷。寒意让我顿

驶入沙鸥去

时清醒，满腔豪情都化成感慨，望着神州大地徒然兴叹悲鸣。我一直胸怀报国壮志，却报国无门，空自白了鬓间须发。平生空有一腔意气，现在却只剩了憔悴，暮年已至，如何能再有作为，一展襟怀？只有这江上的明月和那沙鸥能够了解我的心意，就让它们陪我度此残生吧。

［词评］

纵横排之气，虽不足敌弃疾，而屏绝纤秾，自抒清俊，要非俗艳所可拟。

——《四库全书总目提要》

刘 过

刘过（1154—1206），字改之，号龙洲道人，吉州太和（今江西泰和）人。曾伏阙上书，力陈恢复故土的方略，未被采纳而流落江湖。曾担任辛弃疾的幕僚，常以词唱和。其词多描写政治抱负与抒发怀才不遇的慨叹。语意峻拔，风格豪放，与辛弃疾相近。但较为率直，有些作品略显粗糙。有《龙洲集》《龙洲词》。

沁园春

张路分秋阅

万马不嘶，一声号角，令行柳营。见秋原如掌，枪刀突出；星驰铁骑[1]，阵势纵横。人在油幢[2]，戎韬总制[3]，羽扇从容裘带轻[4]。君知否？是山西将种[5]，曾系诗盟。　龙蛇[6]纸上飞腾，看落笔四筵风雨惊。便尘沙出塞，封侯万里，印金如斗，未惬[7]平生。拂拭腰间，吹毛剑[8]在，不斩楼兰[9]心不平。归来晚，听随军鼓吹，已带边声。

［说明］

词题中的“张路分”，姓张，官居路分都监，生平不详。路分都监是宋代路一级的军事长官。古代军队时常在秋天进行演习，并有长官进行检阅，所以叫“秋阅”。这首词记录了张路分进行“秋阅”时的壮观景象，描绘了一个文武双全的儒将形象，抒发了词人北伐金国，收复失地的强烈愿望，以及渴盼祖国统一的爱国激情。

[注释]

沙场征战

①星驰铁骑：带甲的骑兵如流星般奔驰。②油幢：油布制的帐幕。③戎韬总制：以兵法来指挥。戎韬指的是兵法。④羽扇从容：三国时诸葛亮常手执羽扇，从容指挥战事。裘带轻：指轻裘缓带，用羊祜故事。羊祜是西晋人，出镇襄阳十年间，他轻裘缓带，身不披甲，有儒将之风。⑤山西将种：古人认为华山以西之地是出将才的地方。⑥龙蛇：喻书法。⑦惬：满足，畅快。⑧吹毛剑：指锋利的剑。⑨楼兰：此指金统治者。

[词解]

演习场上，军纪严明，军容肃整，万籁俱寂。随着一声号角声响，全军立即开始行动。秋日的平原如同手掌，而那枪林刀丛则像手指一样突出挺立其上；队队铁骑奔驰，速度快如流星；队形纵横，变化莫测。而检阅官张路分正端坐在油幢军帐之中，他按照兵法指挥着外面的千军万马，手执羽扇，神态从容，身着轻裘缓带，大有儒将之风。诸君可否知道，此人（张路分）不但是天生的将种，还颇富文才诗情。他文思敏捷，诗才横溢，书写时笔走龙蛇，落笔后则风雨为之惊，四座为之倾。他征战沙场，立下赫赫战功，万里封侯，印金如斗，但这些并不足以平心意。他时时在擦拭腰间的宝剑，决意要驱散金兵，将那金人首领拿下斩首，否则就心意不能平。傍晚归来，那随军乐队所演奏的鼓乐，听起来却已经夹杂了那沙场上的边声。

[词评]

改之，稼轩之客。王简卿侍郎尝赠以诗云："观渠论到前贤处，据我看来近世无。"其词多壮语，盖学稼轩者也。

——黄升《中兴以来绝妙词选》

［词人逸事］

刘过很崇拜辛弃疾，很想和他结识。有一天，他来到辛府，因穿着破烂，遭到了门吏的拒绝。他便故意大声吵闹，惊动了正在饮酒的辛弃疾。辛弃疾忙出来迎接，看到刘过虽然衣衫破旧，却英气勃勃，便邀请他入席，刘过也不客气地就座。酒过三巡后，一位宾客想要试探一下他，就请他当席作诗。当时席上恰好有一大碗羊腰肾羹，辛弃疾就让他以此为题，赋诗一首。刘过不紧不慢地说道："天气寒冷，应当先酒后诗。"辛便命人为他斟满一碗酒。当时刘过双手都被冻僵，接碗时手不断颤抖，把酒洒在胸前的衣襟上，辛弃疾就让他以"流"字为韵。刘过略作沉吟，当即吟出了一首既切题又符合当时场景的绝句：拔毫已付管城子，烂首曾封关内侯。死后不知身外物，也随樽酒伴风流。

沁园春

寄辛承旨[①]。时承旨招，不赴。

斗酒彘(zhì)肩[②]，风雨渡江，岂不快哉？被香山居士[③]，约林和靖[④]，与坡仙老[⑤]，驾勒吾回[⑥]。坡谓"西湖，正如西子，浓抹淡妆临镜台[⑦]"。二公者，皆掉头不顾，只管传杯。　　白云"天竺去来，图画里、峥嵘楼观开。爱东西双涧，纵横水绕；两峰南北，高下云堆[⑧]"。逋(bū)曰"不然，暗香浮动[⑨]，不若孤山先探梅[⑩]"。须晴去，访稼轩未晚，且此徘徊。

［说明］

这首词作于宋宁宗嘉泰三年（1203），当时辛弃疾担任浙东安抚使，邀请刘过前往绍兴府中相会，刘过因有事而不能赴约，便在杭州写了这首词以作答复。这是一首文情诡谲、妙趣横生的好词，词中充满了奇异的想象，情趣盎然，别有一番不可诉说的妙处。

［注释］

①辛承旨：辛弃疾。因其曾被任为枢密院都承旨而得名，不过那时刘

过已死，“承旨”二字可能是后人加的。②斗酒彘肩:《史记》载，鸿门宴上，项王称樊哙是壮士，赐与斗卮酒（一大斗酒）与彘肩（猪前肘）。③香山居士：白居易晚年自号香山居士。④林和靖：林逋，字和靖。⑤坡仙老：苏轼自号东坡居士，后人称为坡仙。⑥驾勒吾回：强拉我回来。⑦“西湖”三句：化用苏轼《饮湖上初晴后雨》诗句：“欲把西湖比西子，淡妆浓抹总相宜。”⑧“白云”七句：白居易在杭州时，十分喜爱灵隐天竺（寺）一带的景色。他的《西湖》“湖上春来似画图”诗句，便是写天竺一带湖的景色的；他的《寄韬光禅师》“东涧水流西涧水，南山云起北山云”诗句，则是写东西二涧和南北两高峰的。⑨暗香浮动：化用林逋《梅花》诗句：“疏影横斜水清浅，暗香浮动月黄昏。”⑩孤山先探梅：孤山位于里、外两湖之间的界山，孤峰耸立，山上种了许多梅树。林逋曾隐居于此。

风雨渡江

［词解］

你（辛弃疾）已经为我准备好了大斗的美酒以及整只猪腿，此刻冒着风雨横渡钱塘江，岂不是痛快非常？可是在我正要飞驰之时，香山居士忽然出现，并约好了林和靖，以及苏东坡，一同拦驾强行将我拉回。东坡说道：“去西湖吧，它可是宛如西子，正在临着镜台梳妆，欢迎我们前往。”白、林二位却掉过头去，只管喝酒传杯。过了一会，白居易说道：“还是去天竺游玩吧，那里景色如画，到处是峥嵘突兀的楼阁。最惹人喜爱的是那两条纵横交错的水涧，从东向西环绕，两个山峰分别南北雄踞，上上下下都有白云拥堆。”林逋则说道：“并非如此，现在清幽的芳香正在四处飘动，不如我们先去拜访那孤山上的寒梅。等待天晴以后再去拜访辛稼轩，为时也不会太晚，如今暂且就在此地徘徊。”这首词中，刘过将不同时代的文人放在了一起，想象独特，并且别出心裁，写的有板有眼，诙奇而不荒诞，“以奇趣为宗，反常合道为趣”。

[词评]

此词虽粗而局段高，固可睨视稼轩。视林、白之清致，则东坡所谓淡妆浓抹已不足道。稼轩富贵，焉能凂我哉。

——俞文豹《吹剑录》

[词人逸事]

在南宋词坛上，学习辛弃疾风格的刘过在辛派词人中占有一席之地，并且他的一生也富传奇色彩。据说当初他还只是一个普通读书人的时候，就大胆地向皇帝上书陈情，请求光宗过宫，而这件事在当时是很多大臣都不敢去做的，可是他作为一介书生，却不但做了，还获得了大家公认的“抗直”口碑。权臣韩侂胄看到他崭露头角，便想乘机拉拢他，让他做官，并让他在做官前出使金国。但刘过却因说话不谨，泄露了军情，最终未能得到官职，布衣一生，穷困终老。

唐多令

安远楼小集，侑觞[1]歌板之姬，黄其姓者，乞词于龙洲道人，为赋此《唐多令》。同柳阜之、刘去非、石民瞻、周嘉仲、陈孟参、孟容。时八月五日也。

芦叶满汀洲，寒沙带浅流。二十年、重过南楼[2]。柳下系船犹未稳，能几日，又中秋。　　黄鹤断矶头[3]，故人曾到否？旧江山、浑是新愁。欲买桂花同载酒，终不似，少年游。

[说明]

这首词写于词人重过武昌南楼之时。这次距上次登临已有 20 年。而当时韩侂胄掌握实权，企图通过伐金以成就自己的“功名”，当时南宋朝廷却是全无准备，衰败不堪，一旦挑起战争，后果将不堪设想，很有可能导致国土尽失，生灵涂炭。词人以垂暮之身逢此乱局，充满了忧国伤时之恸。

[注释]

①侑觞：劝酒。②南楼：安远楼，在武昌黄鹤山上，为骚人墨客游赏胜

地。③“黄鹤”句：武昌黄鹤矶上有著名的黄鹤楼，故云。矶指临江的山崖。

[词解]

时光荏苒，转眼 20 年已过，我故地重游，又一次登上了武昌的南楼。芦苇的枯叶落满了水边的沙洲，浅浅的流水在清寒的沙滩旁静静地流淌。过不了几天就又要到中秋了。我将船停在岸边的柳树下，还没有来得及将船系稳，便匆匆来到了黄鹤矶头。黄鹤楼截断了临江的山崖，而我昔日同游的老朋友可曾到了这里？这满目荒凉、支离破碎的江山，在我看来全都是新添的苦愁。我原本想要买来桂花再度载酒泛舟，只是物是人非，纵使这般也无法再回复当年的乐趣了。

[词评]

辛稼轩、刘改之作豪气词，非雅词也。于文章余暇，戏弄笔墨，为长短句之诗耳。

——张炎《词源》

[词人逸事]

很多文人都有赠妓诗或词，布衣刘过也不例外。当年刘过重游武昌时，和友人柳阜之、刘去非、石民瞻等人一同聚会于安远楼，也就是武昌的南楼。席间有歌女侍酒，其中有一个美貌女子黄姬专门向刘过乞词，于是刘过就写下了上面的这首《唐多令》。这一类的风流韵事还不止一桩。另有记载说，刘过的好友吴平仲有一爱妾名盼儿，才貌双全，温柔贤淑，很得吴平仲的喜爱。刘过见了以后也是惊为天人，对此女念念不忘，并且专门为她写了一首词相赠。佳人向来爱才子，于是盼儿也倾心于刘过，惹得吴平仲醋意大发，持刀见刘过。后来官府追究起来，把他们两人一并关入了监牢。

贺新郎

弹铗①西来路。记匆匆、经行十日，几番风雨。梦里寻秋秋不见，秋在平芜远树。雁信落、家山何处？万里西风吹客鬓，把菱花、自笑人憔悴②。留不住、少年去。　男儿事业无凭据。记当年、悲歌击楫③，酒酣箕(jī)踞(jù)④。腰下光芒三尺剑，时解挑灯夜语。谁更识、此时情绪？唤起杜陵

风雨手[5]，写江东渭北相思句。歌此恨，慰羁旅。

［注释］

①弹铗：用冯谖客孟尝君事。冯谖未受重视，他弹着自己的剑铗而歌“长铗归来”。②菱花：镜子。人憔悴：一作“人如许”。③悲歌击楫：《晋书·祖逖传》载，逖统兵北伐，渡江，中流击楫而誓曰：“不能清中原而复济者，有如大江。”④酒酣箕踞：酒喝得很痛快，把膝头稍微屈起来坐，形状如箕，叫作箕踞，表示倨傲、愤世的态度。⑤杜陵风雨手：指杜甫。

［词解］

我像那个不得志的冯谖一样弹铗而歌，一路西来。行色匆匆地走了十天，一路上几番风雨，坎坷难行。梦中寻找秋天却不见它的踪迹，不想秋天已经来到了这平芜远树上了（平芜秋树皆着秋色）。秋日南飞的大雁起起落落，而我的家园山河又在哪里呢？西风万里，将我这个羁客的双鬓染上了霜色（双鬓斑白），对着镜子，我看着镜中自己憔悴的容颜苦笑，青春时光终究还是逝去了，而我这个壮志男儿却依然功业未成。想当年，自己也曾像祖逖一样悲歌击楫，立誓收复中原，酒酣箕踞，悲愤世事。我腰间别着三尺寒光闪耀的宝剑，时不时地在夜里挑灯细看，那时候的心情又有谁能够理解呢？我想要呼唤出那个善写风雨的杜少陵，让他为我写下对江东渭北的相思。我将高唱此歌，以解此怅恨，安慰我天涯羁旅的忧思。

［词评］

刘改之词，狂逸之中，自饶俊致，虽沉着不及稼轩，足以自成一家。

——刘熙载《艺概》

刘仙伦

刘仙伦（生卒年不详），字叔儗，号招山，吉州庐陵（今江西吉安）人。与刘过齐名，世称庐陵二士。一生未出仕。有诗集传世，乐章尤为脍炙人口。其词以清畅自然著称。有感慨时事的作品，激昂而又明健。著有《招山小集》。

念奴娇

感怀呈洪守

吴山[1]青处，恨长安[2]路断，黄尘如雾。荆楚西来行堑

远，北过淮堧(ruán)严扈(hù)[3]。九塞貔(pí)貅(xiū)[4]，三关[5]虎豹，空作陪京[6]固。天高难叫，若为得诉忠语。　　追念江左英雄，中兴事业，枉被奸臣误。不见翠花移跸(bì)[7]处，枉负吾皇神武。击楫凭谁，问筹无计，何日宽忧顾？倚筇(qióng)[8]长叹，满怀清泪如雨。

［说明］

这是一篇激情悲愤的爱国词章。词人痛感中原沦丧而自己却无路请缨，慨叹奸臣误国，挥师北伐又没有像祖逖一样的击楫英雄，满腔悲愤与时刻不忘复国的热切心情跃然纸上。

［注释］

①吴山：这里泛指江南的山峰。②长安：借指故都汴京。③淮堧：淮河上的宋金边界。严扈：指边界戒备森严。④九塞：泛指宋、金交界处的要塞。貔貅：猛兽名，借指勇士。⑤三关：原为宋、金边界上的三个关隘，这里泛指宋、金边防的关口。⑥陪京：陪都，指临安（今浙江杭州）。⑦翠花移跸：谓帝王出行时行止的变化。翠花，华丽的装饰，代指驾车。⑧倚筇：拄着筇杖。筇是一种竹子，节高中实，可做手杖。

［词解］

我站在江南的山峰（吴山）上北望，怅恨地看到那条通往汴京去的道路已经被阻断，到处都扬满了黄尘烟雾。那淮河上的宋金边界此刻正是戒备森严，边界处的要塞以及边防的关口处都有如虎豹一样勇猛善战的将士们把守。然而，所守卫的也仅仅只是陪都临安（广大的中原地区还依然沦陷敌手）。我想要北征收复中原，然而天（皇帝）高绝难通，如何才能诉说我收复中原、为国尽忠的决心呢？追想起那些抗金英雄（他们或被杀或被闲置），中兴大业都被那些奸臣给耽误了。帝王偏安，不图恢复中原，空有神武的威名。又有谁能像当年那个击楫中流的祖逖那样，担当起挥师北上、收复中原的重任呢？而我要等到哪一天才能不再为国事担忧呢？一切都是那么的渺茫无望，我只有拄着筇杖长长地叹息，满怀忧思愁苦，泪如雨下。

［词评］

叔偃词，颇占身份，可即词以观志。

——陈廷焯《云韶集》

戴复古

戴复古（1167—？），字式之，自号石屏，台州黄岩（今属浙江）人。终生未得功名，浪迹江湖，隐居于故乡南塘石屏山上。以诗享誉江湖间，为江湖派重要作家。亦工词，词风自然，豪健奔放。有《石屏诗集》《石屏词》。

柳梢青

岳阳楼

袖剑飞吟①。洞庭青草②、秋水深深。万顷波光，岳阳楼上，一快披襟③。

不须携酒登临。问有酒、何人共斟？变尽人间，君山④一点，自古如今。

［说明］

自隆兴元年（1163），宋金符离之战后，金国战败，随后内部又出现了政变，便暂时无力南下侵宋。南宋朝廷只图苟安，无心北伐，在以后的几十年当中，双方没有战事。南宋朝廷沉溺于歌舞淫乐当中，词人远离官场，但又无时无刻不牢记抗金复国大业。每当在登临之际，爱国豪情就会油然而生。这首登临岳阳楼的作品便是如此。

［注释］

①袖剑飞吟：相传吕洞宾三醉岳阳楼，留诗于壁上，曰：“朝游百越暮苍梧，袖里青蛇胆气粗。三入岳阳人不识，朗吟飞过洞庭湖。”青蛇指剑，袖剑即“袖里青蛇”之意，飞吟即“朗吟飞过”之意。作者即以吕洞宾的行动自比。②洞庭青草：青草湖是洞庭湖的一部分，二湖相通，总称洞庭湖。③一快披襟：宋玉《风赋》：“楚襄王游于兰台之宫，宋玉、景差侍。有风飒然而至，王乃披襟而当之，曰：‘快哉此风！’”④君山：在洞庭湖中，相传是湘君出没之处，故名。

［词解］

我袖藏宝剑，吟咏于洞庭湖上。秋日的洞庭湖，浩瀚汪洋，水深无际，波光万顷。我独自一人站立在岳阳楼头，衣襟迎风飘舞，清爽宜人，我不由得襟怀顿开。值此登临，却无须携酒，因为这世间无人可以和我共斟。湖心的君山在四周浩瀚的湖水衬托下如同一个小点。然而千百年来，不管人间怎样沧桑变迁，这一点君山依旧岿然不动，任风吹雨打，都是如此。

［词评］

戴复古诗词，高处不减孟浩然。

——真德秀《石屏词跋》

［词人逸事］

据说，戴复古在家乡娶妻后，便独自踏上了游历的行程，由于他只是一介布衣，且所带盘缠不多，所以经常饥寒落魄。有一次，他到了江西武宁境内，饥寒交加之际，当地的一位富绅收留了他，并且很欣赏他的才气，将自己的女儿嫁给了他。富绅的女儿也很倾心于他的才华，用情很深。三年后戴复古思念家乡，便提出要回自己黄岩的家中省亲，妻子便坚持和他一同回乡。复古没有办法，只好说出了家中已有妻室的实情。当时富绅很是震怒，想将他绑送到官府并且治其死罪。戴妻不忍，苦苦哀求父亲饶过复古，并偷偷地从家中拿了很多钱物相赠。只可惜，戴复古从此一去没了影踪，妻子苦等了几年，还不见其返回，无奈投湖自尽。

水调歌头

题李季允[1]侍郎鄂州吞云楼

轮奂[2]半天上，胜概压南楼[3]。筹边独坐，岂欲登览快双眸。浪说胸吞云梦[4]，直把气吞残虏，西北望神州。百载一机会，人事恨悠悠。　骑黄鹤[5]，赋鹦鹉[6]，谩(màn)风流。岳王祠[7]畔，杨柳烟锁古今愁。整顿乾坤手段，指授英雄方略，雅志若为酬[8]。杯酒不在手，双鬓(bìn)恐惊秋。

［说明］

宁宗嘉定十四年（1221），金兵南下，侵扰黄州、蕲州一带，南宋的军队将他们一再击败，民心为之振奋，一度出现了“百载好机会”的大好形势。同年，李季允出任沿江制置副使兼知鄂州（今武昌），并在鄂州修建了吞云楼。词人恰好也在武昌，便登上了此楼，这首词就是登临之际所作。

黄鹤楼

［注释］

①李季允：名植。曾任礼部侍郎，沿江制置副使并知鄂州（今湖北武昌）。②轮奂：高大华美。③南楼：指安远楼，在武昌黄鹤山上。④胸吞云梦：司马相如《子虚赋》："吞若云梦者八九于其胸中，曾不蒂芥。"言齐国之大，吞下八九个云梦不觉梗塞。云梦为楚地大泽名，方圆几百里。⑤骑黄鹤：语出崔颢诗："昔人已乘黄鹤去，此地空余黄鹤楼。"⑥赋鹦鹉：汉末文人祢衡在《鹦鹉赋》中用拟人化的手法描写当时的有志之士，如同憧憬自由的鹦鹉尽情领略高山美景。⑦岳王祠：惨死在秦桧手中的抗金名将岳飞的祠堂。岳飞直至宋宁宗时才被追封为鄂王，建立祠庙。⑧若为酬：怎么能够实现。

［词解］

这巍巍高楼（即吞云楼）直耸云天，是何等的高大华美，它的雄姿胜概足能够压倒武昌黄鹤山上的南楼了。吞云楼如此巍峨，而李侍郎登上此楼却并非只是为了观赏美景，而是观察地势，然后独坐细细筹划（破敌大计）。登上这样的高楼，岂止是只让人感到"胸吞云梦"，北望中原，更让人生出气吞残虏（指金兵）的豪情壮志。渡江已有百年，终于才有了今天这个接连大胜的大好形势，然而南宋朝廷却不抓住这个大好时机，又一次失去收复失地的良机，徒然留下悠悠怅恨。在吞云楼上放眼远望，江山胜迹，尽收眼底。想当年，多少文人雅士在此留下锦绣文章，才子们的风流余韵犹存，却又不可再现。岳王祠畔的杨柳郁郁葱葱，但岳王忠而被杀，大宋支离破碎的憾事依然让古今都为之愁绝。希望他能整顿乾坤，大展英雄身手，实现收复失地、一统山河的壮志。然而这项事业又十分艰巨，让我们举杯激励共勉，如果再没有这杯中之酒，在那萧索秋风中，真是要把双鬓都愁白了。

[词评]

方回《瀛奎律髓》称其豪迈清快，自成一家。今观其词，亦音韵天成，不费斧凿。

——《四库全书总目提要》

[词人逸事]

戴复古在漫游之际，首先是登上了山阴陆放翁之门，然后诗艺益进。接着他满怀信心地开始仗剑出游，第一目的地是京城临安，当时他兴高采烈地来到京城，希望能够一飞冲天，一举成名。但现实是残酷的，他只是一个无名的青年，又无权势撑腰，如何能出人头地。空等了几年后，一无所获，大为失望。而当时宋金的边衅已起，他便再次向北行，来到了弓州和淮河流域等靠近前线的地方。想要在从军入幕上找出路，但结果依然是“活计鱼千里，空言水一杯”。

黄 机

黄机（生卒年不详），字几仲，一说字几叔，东阳（今属浙江）人。约生活在宋宁宗时期，只做过州郡里的小官。工词，与岳珂同时，并以长调互相酬唱。词学辛弃疾，才气磊落，激昂苍凉，然未能脱尽模拟之迹，亦有清幽风雅之音。今传《竹斋诗余》。

满江红

万灶[1]貔貅（pí xiū），便直欲、扫清关洛[2]，长淮路[3]、夜亭警燧[4]，晓营吹角。绿鬓将军思下马[5]，黄头奴子惊闻鹤[6]。想中原、父老已心知，今非昨。　狂鲵（ní）剪[7]，於菟（tú）[8]缚；单于命，春冰薄。正人人自勇，翘关还槊（shuò）[9]。旗帜倚风飞电影[10]，戈铤（tǐng）射月明霜锷（è）[11]。且莫令、榆柳塞门[12]秋，悲摇落。

[说明]

这首词作于金国灭亡的前一年。这一年（1233）南宋和蒙古军合围蔡州（今河南汝南），次年金国就城陷国亡。此时的战争形势对宋军来说十分有利，所以词中洋溢着必胜的豪情。

[注释]

①万灶：极言军队之多。②关洛：关中（今陕西和洛水一带）。③长淮路：指淮河地区（淮南西路和淮南东路）。淮河是宋、金的分界线。④夜亭警燧：夜里前哨严密地警戒着。古时边塞筑亭，派兵卒守望，遇警急便举烽火做信号。燧为烽火。⑤绿鬓：黑发，比喻壮年。下马：投降。⑥鹤：指风声鹤唳。⑦狂鲵剪：消灭了敌人。鲵是大鱼名，喻金国。⑧於菟：虎的别名，借指金国，斥为虎狼之国。⑨翘关：举关。槊：长柄的矛。⑩飞电影：形容旗帜疾飘。⑪“戈铤”句：兵器在月光的映照之下，刀锋显得明亮如霜。铤为长矛类武器。锷为刀锋。⑫榆柳塞门：指北方边塞。北方边塞多生丛榆红柳，故言。

[词解]

我大宋万灶勇猛精良军队，斗志昂扬，挥师北征，简直要一下子把那霸占在关中的金人消灭干净。淮河一带，夜里也有士兵在哨所中严密警戒，天刚破晓军营中就响起了嘹亮的号角声。而金兵却是一派惶恐，不管是年轻的将领还是黄头的小兵一个个都斗志全无、望风而逃。我们的中原父老，都知道局势已经大转，金国即将溃亡。金国的存亡已经危在旦夕，就像那春天的冰雪一样，马上要崩溃消融。而我大宋军队则人人奋勇，势不可挡。旌旗猎猎，刀锋雪亮。如此形势大好，胜利在望，朝廷一定要借此良机一举将失地收复，千万不要再让边塞旁的杨柳再度悲凉摇落（即是说战争失利，人民失望悲伤）。

[词评]

黄机《竹斋诗余》，清真不减美成。

——李调元《雨村词话》

霜天晓角

仪真①江上夜泊

寒江夜宿，长啸江之曲。水底鱼龙惊动，风卷地，浪翻屋。　诗情吟未足，酒兴断还续。草草兴亡②休问，功名泪、欲盈掬③。

[说明]

仪真在南宋时，曾多次受到金兵的骚扰，词人夜泊于此，面对寒江，北望中原，一时间百感交集，便写下这首词，借江景抒发其壮志难酬之情。

[注释]

①仪真：今江苏仪征，在长江北岸。这一带是南宋的前线，多次被金兵侵占并经常受到骚扰。②草草兴亡：是对中原沦陷和南宋危殆的命运而发的感慨。草草为草率之意。兴亡是偏义复词，指“亡”。③盈掬：满握，形容泪水多。

[词解]

夜泊于长江，面对凄寒的江景，词人悲凉慷慨，忍不住仰天长啸。江边狂风骤起，卷地而来，江面上波涛汹涌，巨浪翻腾，连那水底的鱼龙都被惊动了。词人诗情满怀，吟咏未足，酒兴沉沉，断而复续。词人为何如此心情郁结，心绪难平呢？那是因为中原的匆匆沦丧啊！然而山河破碎之际，词人满怀壮志雄心，想要为国立功，但朝廷却一味偏安投降，报国无门。词人功业不就，无限悲愤伤心，泪水盈盈可掬。

[词评]

皆沉郁苍凉，不复作草媚花香之语。

——《四库总目提要》

刘克庄

刘克庄（1187—1269），初名灼，字潜夫，号后村居士。莆田（今属福建）人。江湖诗派的主要作家，写过很多忧国伤时的作品。词也很著名，多是感慨时事，风格豪放悲壮。但很多词作语意好尽，有些粗疏，不及辛词的机警、深沉。著有《后村大全集》《后村长短句》。

满江红

夜雨凉甚，忽动从戎之兴。

金甲雕戈，记当日、辕门[1]初立。磨盾鼻[2]、一挥千纸，龙蛇犹湿。铁马晓嘶营壁冷，楼船[3]夜渡风涛急。有谁怜、

猿臂故将军，无功级④？ 平戎策，从军什。零落近，慵收拾。把《茶经》《香传》⑤，时时温习。生怕客谈榆塞⑥事，且教儿诵《花间集》⑦。叹臣之壮也不如人⑧，今何及！

［注释］

①辕门：军门，指李珏帅府。②磨盾鼻：《资治通鉴》载，荀济不服萧衍，常对人说："会于盾鼻上磨墨檄之。"后"盾鼻磨墨"成为军中文书生活的代用语。盾鼻是盾中央的纽。③楼船：战船。④"有谁怜"三句：李广臂长如猿，人称猿臂。因事降为庶人，因称故将军。平生与匈奴大小七十余战而未得封侯。⑤《茶经》：唐代陆羽著，专门研究各种茶叶、泉水、茶具和烹茶、品茶的方法。《香传》：一名《天香传》，宋代丁谓著，专门记载各类香料、香具以及如何烧香、熏香的方法。⑥榆塞：边界的代名词。⑦《花间集》：五代时后蜀赵崇祚编辑的一部词集，所收均为唐五代人的作品，题材多为花前月下，风格柔媚香艳，内容很少反映社会生活。⑧臣之壮也不如人：化用春秋时郑人烛之武语。据《左传》载，晋、秦两军围郑，郑文公派烛之武游说秦军。烛之武推辞说："臣之壮也，犹不如人；今老矣，无能为也已。"

［词解］

词人清晰地记得：当时辕门初开，我（作者自己）身着铁甲雕戈，精神抖擞，气宇轩昂。战事紧急，我在盾牌鼻纽上磨墨，神思敏捷地起草军事文书，运笔如飞，转眼挥就千张，那些势如龙蛇一样的字墨迹还没有干。天刚破晓，天气清寒，披着铁甲的战马就已经嘶鸣起来，载着士兵奔赴战场；夜里，高大的战船在狂风呼啸、波浪滔天的江面上抢渡。然而，在击退金兵后，我却像那个故将军李广一样，非但没有受到封赏反遭诽谤，被迫去职，又有谁同情我的这种遭遇呢？被弃置以后，昔日那些杀敌之策以及从军时的诗歌都没有用了，便任它散失殆尽，懒得收拾。只把那些《茶经》《天香传》之类的书拿来把玩，以消磨光阴。每每有客人来临，最怕他们会谈及边事，教导小儿只诵读《花间集》。感叹我壮年时犹不如人，今日就更为不及，无能为力了。本词写得悲慨而不消沉，沉痛而不衰颓，满腹牢骚愤懑语中充满了爱国的积极之情，无愧为千古传世佳作。

[词评]

刘后村词，旨正而语有致。

——刘熙载《艺概》

[词人逸事]

刘克庄颇有才情，有远大的理想，但是他一生仕途坎坷，屡遭贬谪，备受压制。他在入仕之初，曾作过一首《落梅》，借飘零消殒的梅花来表达人才被埋没的痛苦，隐晦地讽刺时政。当时的南宋正处于风雨飘摇之中，达官贵族们丝毫不顾国家安危存亡，依旧过着纸醉金迷的奢靡生活，而广大人民却生活在水深火热之中。目睹此情此景，刘克庄痛心万分，但是当时的奸臣把持朝政，有才之士得不到重用，词人空怀满腔报国热情，却沉沦下僚，无法一展胸襟。词人将自己的一腔悲愤都写在了那首《落梅》中，但是却因为这首诗中有“东风谬掌花权柄，却忌孤高不主张”一句，被言官指责为对当政者的影射和诽谤，受到了削官的处罚，并且被弃置十年之久。

木兰花

戏林推①

年年跃马长安②市，客舍似家家似寄。青钱换酒日无何③，红烛呼卢④宵不寐。　　易挑锦妇机中字⑤，难得玉人心下事。男儿西北有神州，莫滴水西桥⑥畔泪。

[说明]

刘克庄有一位姓林的同乡，时任节度推官，他意气飞扬但行为放荡，因此刘克庄戏作此词，以对他进行规讽。

[注释]

①林推：别本题作“戏呈林节推乡兄”。节推，指节度推官，宋朝州郡的佐理官。此人是刘克庄的同乡。②长安：借指临安。③青钱：铜钱。日无何：天天无所事事。④呼卢：古时一种赌博游戏。李白《少年行》：“呼卢百万终不惜，报仇千里如咫尺。”⑤锦妇机中字：用苏蕙织锦事，比喻妻子对丈夫的思念深情。⑥水西桥：此处指妓女所居住的地方。

[词解]

流连风月

一个七尺男儿，年年跃马在长安城中，把客舍当作自己的家，而家却像客舍一样。好男儿志在四方，游荡在外本也无可厚非，但是如果终日无所事事，只知道狂饮滥赌，那就会虚度青春、浮华浪荡。词人以戏谑的文字传达了他对友人的惋惜之情。

青楼女子的逢场作戏，怎么能与妻子对丈夫的思念和深情相比呢？更何况，男儿应该以复国兴邦的大业为重，不应该流连于风月场所。词人从家庭和国家两方面来开导和激励友人的社会责任感，对友人发出了正面的规劝，既委婉而又严厉。

[词评]

杨升庵谓其壮语足以立懦，此类是也。

——况周颐《蕙风词话》

一剪梅

余赴广东[1]，实之[2]夜饯于风亭。

束缊(yùn)[3]宵行十里强。挑得诗囊，抛了衣囊。天寒路滑马蹄僵，元是王郎[4]，来送刘郎[5]。　酒酣耳热说文章。惊倒邻墙，推倒胡床[6]。旁观拍手笑疏狂。疏又何妨，狂又何妨？

[说明]

这是一首风格独特的告别词，它描写了两名饱受欺压而又不甘心屈服的狂士的别离之情。忧愤深沉而又豪情激烈，表现出辛派词人的特点。

[注释]

①余赴广东：刘克庄到广东潮州去做通判。②实之：王迈，字实

之，和刘克庄唱和之作很多。刘克庄称赞他："天壤王郎。数人物方今第一。"③束缊：用乱麻搓成火把。④元：为首的。王郎：指王迈。⑤刘郎：指作者自己。刘克庄自称"刘禹锡"，是以当年由于锐意改革而不断受到打击的刘禹锡自况。刘禹锡曾由于讽刺朝中新贵而被贬谪。刘克庄则由于《落梅》诗中有"东风谬掌花权柄，却忌孤高不主张"一句，被人指责"讪谤当国"而遭罢官。⑥胡床：坐具，即交椅，可以转动并缩小，便于携带。

[词解]

拿着一枝乱麻搓成的火把，来到了送别的十里长亭。宁可抛却衣囊也要将诗囊都携带上。天气寒冷，道路湿滑，马一步一滑，蹄子快被冻僵（由此可见行走之艰难，马上的行人也是颠簸不堪）。在这个寒冷的深夜，王郎特地赶来，来送我这个将要离开的刘郎。临别畅饮，酒酣耳热之际共同探讨文章，说到得意处拍案捶墙，四座为之惊倒，旁观者拍手笑我们的疏狂。管他别人如何看，即便是疏又能如何，狂又能怎样?

[词评]

潜夫感激豪宕，其词与安国相伯仲，去稼轩虽远，正不必让刘（过）、蒋（捷）。世人多好推刘、蒋，直以为稼轩后劲，何也?

——陈廷焯《云韶集》

[词人逸事]

刘克庄一生先后经历了四朝，并且时间都十分短暂，他大部分时间都被贬谪在外郡。虽然仕途不畅，但是他却因此而扩大了眼界，接触到了社会的各个阶层。随着眼界的开阔，他写作的诗歌内容也丰富起来。到了南宋后期，政治黑暗不堪，国家岌岌可危，被金人占领的淮河以北地区始终都没能收复，并且又受到崛起于漠北的蒙古军的入侵。作为一个时刻关心国家命运却又在政治上屡遭打击的诗人，他对时局十分关心和忧虑，经常发出"百无一用是书生"的感慨。国土的沦陷，遗民的悲伤，将士的疾苦，都让他为之嗟叹不已，他时刻都在盼望着祖国的中兴。对于南宋王朝依靠进贡"岁币"以求得和平的妥协投降路线，以及南宋朝廷文恬武嬉的腐败现象，他都极为愤慨，并且都在自己的诗词创作中反映了出来。

沁园春

梦孚若[①]

何处相逢？登宝钗楼[②]，访铜雀台[③]。唤厨人斫(zhuó)就，东溟鲸脍[④]；圉(yǔ)人[⑤]呈罢，西极龙媒[⑥]。天下英雄，使君与操，余子谁堪共酒杯？车千辆，载燕南赵北[⑦]，剑客奇才。　饮酣画鼓如雷，谁信被晨鸡轻唤回。叹年光过尽，功名未立；书生老去，机会方来。使李将军遇高皇帝，万户侯何足道哉[⑧]！披衣起，但凄凉感旧，慷慨生哀。

[说明]

方孚若是词人的同乡，同时也是志同道合的好友。韩侂胄北伐失败后，方孚若曾奉命出使金国进行谈判，希望能够讲和。他驳回了金人的苛刻要求，“自春至秋，使金三往反，以口舌折强敌”。金帅以囚禁甚至杀害相威胁，而他始终坚贞不屈，不畏死亡。这首词就是词人为悼念他而写的。

[注释]

①孚若：方信孺，字孚若。以使金不屈著名。②宝钗楼：汉武帝时建造，故址在今陕西咸阳，宋时这里是著名的酒楼。③铜雀台：三国时曹操建造，故址在今河北临漳西南。④东溟：指东海。鲸脍：把鲸鱼细切成片。⑤圉人：养马的官。⑥西极：西域。龙媒：骏马名。⑦燕南赵北：韩愈《送董邵南序》：“燕赵古称多慷慨悲歌之士（指荆轲、高渐离等）。”⑧高皇帝：汉高祖。《汉书》记载，汉文帝谓李广曰：“惜乎，子不遇时，如令子当高帝时，万户侯岂足道哉！”

[词解]

词人首先写了一场和友人相逢的美梦：你我是在何处相逢呢？我们一起登上宝钗楼，同游铜雀台，吃的是用东海的鲸鱼切成薄片的“鲸脍”，乘的是产自西北地区的骏马“龙媒”。放眼四海之内，能够和我相比的也就只有你，其他的人谁能陪我们一同举杯饮酒呢？我们广集天下英才，四方剑客，得到的人才需要用千辆车子才能载完。我们一同放情豪饮，酒酣之际便敲击战鼓，声同雷响。忽然间报晓的晨鸡将我从美梦中唤醒，醒来以后，又要面对无奈黯淡的现实。可怜我年华已尽，却没有取得功名，书生已经老去了，机会才刚刚到来。可叹我生不逢时，壮志难酬。如果能让李广遇上汉高祖，封一个万户侯又算得了什么。然而现实却偏偏相反，忠臣良将不得重用，报国无门，徒然令人扼腕。于是我披衣坐起，旧事现状都让我感到无限慷慨悲凉。

[词评]

后村词与放翁、稼轩犹鼎三足，其生于南渡，拳拳君国，似放翁；志在有为，不欲以词人自域，似稼轩。

——冯煦《宋六十一家词选例言》

[词人逸事]

刘克庄早年曾与四灵派的翁卷、赵师秀等人来往甚密，诗歌创作也受到很大影响。一味学习晚唐，讲求琢刻精丽。另外他与江湖派的戴复古、敖陶孙等人也交往甚密，提出“江湖吟人亦或谓余能诗”“江湖社友犹以畴昔虚名相推让”。他的《南岳稿》曾被陈起收录进《江湖诗集》。但到了后来，他对永嘉四灵的“寒俭刻削”之态不满，也逐渐厌倦了江湖派的浮滥风格，转而独辟蹊径，用诗词歌赋来讴歌现实。他同时接受两派的影响，后来又都超越了两派，取得了非常高的成就。

贺新郎

送陈真州子华①

北望神州路，试平章、这场公事②，怎生分付？记得太行山百万，曾入宗爷驾驭③。今把作、握蛇骑虎。君去京东豪杰④喜，想投戈下拜真吾父⑤。谈笑里，定齐鲁。　两河萧瑟惟狐兔⑥，问当年、祖生⑦去后，有人来否？多少新亭挥泪⑧客，谁梦中原块土？算事业、须由人做。应笑书生心胆怯，向车中、闭置如新妇⑨。空目送，塞鸿⑩去。

[说明]

这首词作于理宗宝庆三年（1227），当时词人担任建阳县知县，陈子华奉命前往真州赴任时，曾路经建阳和词人会面话别，这首词便是送别之作。

［注释］

①陈子华：陈铧，字子华，时知真州兼淮南东路提点刑狱，懂军事，善策划。②平章：评论。公事：指卫国抗金的大事。③“记得太行”二句：指当时农民起义军王善等数十万武装队伍，后为著名的爱国英雄宗泽所收用。宗爷即宗泽，北宋末年抗金名将，金人呼为“宗爷爷”，不敢进犯。④京东豪杰：指汴京东部的义军将士。⑤“想投戈”句：《宋史》载，张用在江西起事，岳飞以书晓谕，张用得书说：“真吾父也。”即投降。⑥两河：指河南河北，黄河两岸。狐兔：指金兵。⑦祖生：祖逖。东晋名将祖逖曾击败石勒，收复了黄河以南的土地。这里借指宗泽、岳飞等曾在中原抗击金兵的名将。⑧新亭挥泪：指东晋王导、谢安在新亭洒泪，于事无补，实为可笑。⑨闭置如新妇：《梁书·曹景宗传》记载：梁曹景宗性急躁，不能沉默，曾对他亲近的人说：“今来扬州贵人，动转不得，路行开车幔，小人辄言不可。闭置车中，如三日新妇。”这里说自己心情抑郁，就像闲置在车中的新婚女子一样。是自嘲语，更是愤慨语。⑩塞鸿：比喻陈子华此行。鸿雁生长于北方边塞之地，故称塞鸿。

［词解］

北望神州，我要和你评论一下那抗金的大事该如何安排（即如何才能收复被金人侵占的失地）。曾记得太行山上起义的十万人马都向名将宗泽俯首归依，成为了抗金战争的生力军。可是从那以后，再无宗泽这样的英雄出现，而朝廷对待起义军就像是手拿毒蛇骑在虎背上一样，形同水火。而今你（陈子华）此去京东则将会受到众豪杰的爱戴，他们会像张用投效岳飞一样为你效劳。那样的话，谈笑之间，你就能平定齐鲁（即收复失地）。

送友人至边塞

现如今，黄河两岸一片衰残，金兵霸占那里，荼毒了遍地生灵。而自当年岳飞抗金被召回以后，还有人再度率兵北征吗？那些贵族王侯只会惺惺作态，有谁做出了实际行动，真正牵念着那遭沦陷的中原故土？想来这抗金复兴大业应当由你等豪杰来做，而我这个无用的书生则只能闲居在此，如同新婚之妇闭置车中，不能和你一同前往边塞，只能看着你远行（其实是词人不能前往边地，报国无门，这是自嘲语，也是悲愤语）。

[词评]

后村别调一卷，大抵直致近俗，效稼轩而不及者也。其送陈子华帅真州词，壮语亦可起懦。

——杨慎《词品》

忆秦娥

梅谢了，塞垣①冻解鸿归早。鸿归早，凭伊问讯，大梁遗老②。

浙河西面边声悄，淮河北去③炊烟少。炊烟少，宣和宫殿④，冷烟衰草。

[说明]

北宋灭亡以后，中原沦陷，沦陷区的人民受尽金人的蹂躏荼毒。这对生活在南北宋之交以及南宋时代的文人士大夫造成了巨大的心灵震撼，并成为一个在他们诗词中反复出现的主题。这首词就是这一类的代表作，词人遥想中原的残破景象，通过北归的鸿雁向北方人民表示问候和关心，表达出渴望统一的强烈愿望。

[注释]

①塞垣：指北方的边塞地区。②大梁遗老：中原父老、北宋遗民。大梁是战国时的魏都，北宋时的都城汴京。③淮河北去：指淮河以北地区，时被金兵占据。④宣和宫殿：借指故国宫殿。宣和（1119—1125）是宋徽宗年号。

[词解]

春天来了，江南的梅花已经凋谢，万物开始复苏。那北方边塞之地也应当冰雪消融，飞到南方过冬的大雁也应当及早返回北方了。既然大雁将要及早归去，那我就托你们将我的问候带给那沦陷中原的父老。大雁一路向北飞去，只见宋金交界的边防处一片寂静（南宋当局苟安，不图北上，故边防松弛，一片寂寥），而那淮河以北的失地却满目荒凉，人烟稀少。不但人烟稀少，昔日那无比奢华喧闹的宣和宫殿也早已废弃，到处都是一片冷烟衰草。

[词评]

后村词与放翁、稼轩，犹鼎三足。其生于南渡，拳拳君国，似放翁。志在有为，不欲以词人自域，似稼轩。

——冯煦《蒿庵论词》

清平乐

五月十五夜玩月

风高浪快，万里骑蟾(chán)①背。曾识姮娥真体态，素面②原无粉黛。　　身游银阙珠宫，俯看积气③濛濛。醉里偶摇桂树，人间唤作凉风。

[注释]

①蟾：蟾蜍，俗称蛤蟆，月中的精灵。此指月亮。②素面：不搽脂粉。③积气：天空。《列子》中记载：杞国有人担心天会掉下来，有人告诉他说："天，积气耳。"从"俯看积气濛濛"句，表示他离开人间已很遥远。

[词解]

风高浪急，我乘着万里长风骑着蟾蜍飞到那月宫中去。我原本就是从天上来的，识得那月中仙子的真面貌，只见她不搽脂粉，素面朝天，依然是那么皎洁美好。我游走在华丽堂皇的月宫之中，俯瞰那濛濛的万里天空。在月宫中畅饮美酒，醉眼蒙眬中不小心摇了一下月宫

翘首天上嫦娥

中的那棵桂树，立刻带给了人间阵阵凉风。

[词评]

全首词虽然有浓厚的浪漫主义色彩，但是作者的思想感情却不是超尘出世的。他写身到月宫远离人间的时候，还是忘不了人间的炎热，希望给他们送去一阵凉风。联系作者忧国忧民关心民生疾苦的作品，可以说这首词也是寄托这种思想的，并不只是描写遨游月宫的幻想而已。

——《宋词鉴赏辞典》

吴文英

吴文英（约1200—约1260），字君特，号梦窗，晚年又号觉翁，四明鄞县（今浙江宁波）人。本姓翁氏而入继吴氏。一生未第，游幕终身，于苏、杭、越三州居留最久。其词蕴意深远，构思绵密，用笔幽邃，超逸之中时有沉思之语；重创造而少模仿，反陈述而重联想。然亦有跳跃性过强，来去无端，且用典过密，藻绘过甚之病，故难免失之堆砌与晦涩。现存《梦窗词》40余首。

八声甘州

陪庾幕诸公游灵岩

渺空烟四远、是何年，青天坠长星[1]？幻[2]苍崖云树，名娃金屋[3]，残霸[4]宫城。箭径[5]酸风射眼[6]，腻水[7]染花腥。时靸(sǎ)双鸳响[8]，廊[9]叶秋声。　　宫里吴王沉醉，倩五湖倦客[10]，独钓醒醒[11]。问苍天无语，华发奈山青。水涵空、阑干高处，送乱鸦、斜日落渔汀。连呼酒，上琴台[12]去，秋与云平。

[说明]

词人在苏州任仓台幕僚时，曾同幕友同游灵岩山。灵岩山在苏州西，山上留有吴王夫差修筑的遗迹。词人在游灵岩时，回想到吴国的兴亡史，感慨丛生，联系到当时南宋的危难时局，更是一腔悲愤，因此写下了这首怀古词。

[注释]

①长星：彗星。②幻：梦幻。此为词中领字，领起以下三句。③名娃：指越国献给吴王夫差的美女西施。金屋：用汉武帝金屋藏娇的故事。《汉武

故事》载汉武帝为胶东王时，曾对其姑母说："若得阿娇，当作金屋贮之也。"借指吴王在灵岩山上为西施修建的馆娃宫。④残霸：指曾称霸一时但有始无终的吴王夫差。⑤箭径：采香径，为一小溪，在香山旁。⑥酸风射眼：寒风吹得眼睛发痛。化用李贺《金铜仙人辞汉歌》"魏官牵牛指千里，东关酸风射眸子"句意。酸风，凉风。⑦腻水：宫女濯妆之脂粉水。一指香水溪。⑧靸：拖鞋。此处用为动词。双鸳：鸳鸯履，指妇女所穿的鞋。⑨廊：响屧廊。《吴郡志·古迹》："响屧廊在灵岩山寺，相传吴王令西施辈步屧。廊虚而响，故名。"⑩五湖倦客：指范蠡。赵晔《吴越春秋》载，越国大夫范蠡辅佐勾践灭吴后，"乘扁舟，出入三江五湖，人莫知其所适"。五湖指太湖。⑪醒醒：极其清醒。⑫琴台：在灵岩山上，相传为西施弹琴之处。

［词解］

茫茫何处，渺渺何年，不知这灵岩是如何生出？难道是从那青天上坠落下来的一颗彗星吗？随着这颗坠落人间的彗星，也就幻化出了这里种种美景胜迹。幻化出苍苍高崖、入云古木，更幻化出了美人的"藏娇"金屋以及吴王盘踞的宫城。采香径前吹来秋日的凄凄冷风，射入人眼，令人几欲眼酸落泪，吴王宫中漂出的带着脂粉的流水将这采香径染腻，而且此腻水经过花丛，又将花儿染腥。想当年，西施曾穿着木屧在此走过，发出妙响，而今这响屧廊中却只有飒飒秋风吹动树叶的响声。就在吴王终日沉溺于酒色之时，范蠡成功地帮助越王成就了霸业，然后归隐，泛舟于太湖之上，在那里独自垂钓，异常清醒。而今，昔日往事已经成空，现在我们（南宋国势危急之时）又当如何呢？我质问苍天，苍天无语相应，青山也在笑我这个华发之人。我倚着这高高的栏杆，看波涛汹涌。傍晚时分，乌鸦纷纷择树而息，落日斜照着水边的汀州。我带着美酒，和友人相互呼应着，登上了这高耸入云的灵岩琴台，站在这里，才发现满腔的秋思就像那无尽的云彩。

灵岩悲慨

［词评］

近人学梦窗，辄从密处入手。梦窗密处，能令无数丽字，一一生动飞舞，如万花为春，非若琱璚蹙绣，毫无生气也。

——况周颐《蕙风词语》

［词人逸事］

吴文英和吴潜的交情深厚，并且吴潜和吴文英之兄翁逢龙又是同年进士，由于这层关系，吴潜和吴文英兄弟三人往来甚密，并且经常诗文相和，其中和吴文英的唱和之作尤多。吴潜曾在淳祐十一年（1251）和开庆元年（1259）两度担任丞相。后来遭到贾似道的诬陷，被削官贬谪，并最终死在了谪所。吴潜对国事忠贞的高尚品格，对吴文英很有影响。吴潜在任参知政事时，吴文英还做了他的幕僚。对于吴潜的被贬遇害，吴文英十分痛心，但是慑于贾似道的淫威，又不敢公开悼念，便以“过先贤堂”为名，写下了《西平乐慢》一首，寄托哀思。

卢祖皋

卢祖皋（约1174—1224），字申之，又字次夔，号蒲江。温州永嘉（今浙江温州）人。词风纤雅清远，为格律词派重要作家。有《蒲江词稿》一卷传世。

江城子

画楼帘幕卷新晴，掩银屏，晓寒轻。坠粉①飘香，日日唤愁生。暗数十年湖上路，能几度，著娉婷②。　年华空自感飘零，拥春酲（chéng）③，对谁醒？天阔云闲，无处觅箫声④。载酒买花年少事，浑不似、旧心情。

［注释］

①坠粉：指落花。②娉婷：姿态美好，这里喻青春年华。③酲：病酒。④“无处”句：化用杜牧“玉人何处教吹箫”句意。

［词解］

暮春时分，雨过天晴，轻轻卷起小楼的帘幕，空气中仍有丝丝寒意，转而又掩上银屏来御寒。一场风雨过后，花儿纷纷飘落，残留在空气中的香味，时时唤起词人郁积在心底的哀愁。他在心中暗数，十多年来在船上漂泊东西，不觉青春已逝，韶华渐老。如今词人只能独自感慨岁月飘零，他借酒浇愁，酒醒之后有谁能与他为伴呢？词人只感到深深的孤独，抬头远望，天阔云闲，他该去哪儿才能找到那个曾经同自己一起欢笑一起快乐的人呢？他想要像年少的时候一样，载酒买花，却怎么也找不回曾经的心境。全词寓情于景，对人生的悲欢离合与今昔身世之变做了真切地反思，深婉而自然。

[词评]

后段与刘龙洲词“欲买桂花同载酒，终不似少年游”可称异曲同工。然终不如少陵之“诗酒尚堪驱使在，未须料理白头人”，为倔强可喜。

——况周颐《蕙风词话》

文及翁

文及翁（生卒年不详），字时学，号本心，绵州（今四川绵阳）人，迁居吴兴（今浙江湖州）。宋朝灭亡后志不为官，闭门写书，有文集二十卷，已失传。《全宋词》辑其词一首。

贺新郎

游西湖有感[1]

一勺西湖水，渡江来，百年[2]歌舞，百年酣醉。回首洛阳花石[3]尽，烟渺黍离之地。更不复、新亭堕泪。簇乐红妆摇画舫，问中流击楫何人是？千古恨，几时洗？　　余生自负澄清志[4]。更有谁、磻溪未遇，傅岩未起[5]。国事如今谁倚仗？衣带一江而已[6]！便都道、江神堪恃。借问孤山林处士[7]，但掉头、笑指梅花蕊。天下事，可知矣！

[说明]

这首词是词人登科后和同年进士一同游览西湖时所作。当时南宋朝廷偏安一隅，丝毫不思收复失地，一雪国耻，词人在词中对这一现象进行了无情的揭露与嘲讽，抒发了忧国忧民的情怀。

［注释］

①游西湖有感：李有《古杭杂记》载："蜀人文及翁登第后，与同年游于西湖，一同年戏之曰：'西蜀有此景否？'及翁即席赋《贺新郎》。"②百年：宋室自公元 1127 年南渡长江后，到作者写作本词时已历 120 年，此为约数。③洛阳花石：洛阳在北宋时以园林著称，多名花奇石。此借指汴京，亦借以泛指中原。④澄清志：《后汉书·范滂传》："滂登车揽辔，慨然有澄清天下之志。"此处作者以范滂自比。⑤"磻溪"二句：相传太公望隐居磻溪（今陕西宝鸡东南）垂钓，遇周文王，成为周朝的开国大臣。相传傅说在傅岩（今山西平陆）隐居，殷高宗举以为相，天下大治。⑥"衣带"句：以衣带比喻长江狭隘易渡，不足倚仗。⑦林处士：指北宋诗人林逋。

［词解］

眼前这一弯湖水（西湖），似乎只有一勺那么大，而自渡江以来，这里就成了君臣上下的偏安之地，在此整日歌舞沉醉，竟然已有百年，回头眺望古都，那洛阳的花石已化为灰烬，京都汴梁的宫殿已经是淹没在渺渺烟雾中的黍离之地。南渡以后，已经没有人再去记挂往日的故地，时间久了，连那些空发感叹的人也没有了。西湖上一片笙管笛箫之声，那精美的船只上仕女杂坐，笑声不断，歌舞不绝。而那像祖逖一样誓将中流击楫、收复中原的人却又在哪里呢？故土沉沦、帝王被掳之千古恨事，什么时候才能得到雪洗呢？我像那个范滂一样，生平怀着收复失地、再振国威的雄心壮志，一心想要澄清中原，然而却请缨无路，报国无门，如同那未遇到文王的姜尚，没被高宗举用的傅说。现在国事要依靠什么来支撑呢？这长江不过是只有一衣带宽而已（指长江狭窄、不足凭借），那些君王臣子却都说有此天险大可以安然无忧。那些士大夫们依然不问国事，我原本想要和他们议论时局、商讨国事，他们却学林和靖隐居观梅，忘怀国事，寄情于山水，并以此相标榜。如此情状，天下大事的结局，也就可想而知了。

［词评］

此词语言风格的散文化，议论化倾向明显，这是辛氏词人"以文为词"的一个突出特点，此词总起来看，可以说是南宋词中的《陈政事书》。

——《宋词鉴赏辞典》

刘辰翁

刘辰翁（1232—1297），字会孟，号须溪，庐陵（今江西吉安）人。曾除太学博士，宋亡，隐居不仕。为人耿直，词风遒劲，情辞跌宕，间有清灵婉丽之作。平生著作颇丰。今传《须溪词》。

柳梢青

春感

铁马蒙毡，银花①洒泪，春入愁城②。笛里番腔③，街头戏鼓④，不是歌声。　　那堪独坐青灯！想故国、高台月明⑤。辇下⑥风光，山中岁月，海上心情⑦。

［说明］

这首词是词人晚年隐居山中时所作。虽然题名为“春感”，实际上却是元宵节有感而作，当时元军已经攻占了宋朝的大部分国土，南宋亡国在即，时局十分混乱，此词笔调苍凉，抒发了词人的亡国之痛和深沉的故国之思。

［注释］

①银花：银色灿烂的花灯。②愁城：指被元军占领的临安故都。③番腔：北方少数民族的腔调。此指蒙古族的歌曲。④戏鼓：蒙古族的鼓吹杂戏。⑤“想故国”二句：用李煜《虞美人》“故国不堪回首月明中”词意。⑥辇下：辇毂之下，此处代京城。⑦海上心情：临安沦陷，南宋的爱国志士多从海上逃亡，在福建、广东一带参加抗元活动，作者精神上向往他们，故云。

［词解］

词人先写想象中元宵夜时的临安城：现在的临安城中，应当到处都是元军的铁马蒙毡，在元军的铁蹄践踏下，人民惨遭蹂躏，凄惨悲苦，往昔的火树银花也都在洒着血泪，满城皆是一片愁云惨淡，春天在这个时候来临了。那横笛中吹奏出来的是陌生的番腔（蒙古族的歌曲），街头上演的也变成了蒙古人的鼓吹杂戏，这在南宋遗民听来压根就不能称之为歌声。接着词人回到了现实：我隐居在故乡庐陵的山中，独自一人面对青灯坐着，想着那故国旧都、高台宫殿，都已沦于敌手，笼罩在一片惨淡的月光中，这种悲凉愁苦让我怎堪忍受啊！想我现在的处境，眷念的是故都临安的美丽风光（宋亡之前临安城中的繁华热闹情形），过的是隐居山林的寂寞生活，牵挂神往的却是爱国志士们的海上抗元活动！

幽 居

[词评]

近人论词，或以须溪词为别调，非知人之言也。须溪词多真率语，满心而发，不假追琢，有掉臂游行之乐。其词笔多用中锋，风格遒上，略与稼轩旗鼓相当。世俗之论，容或以稼轩为别调，宜其以别调目须溪也。

——况周颐《餐樱庑词话》

[词人逸事]

刘辰翁深知自己刚直不容于权要，又不愿和那些达官贵人同流合污，便托词请老，请为濂溪书院山长。南宋灭亡之后他就不再复出，专心于著述。虽然他不再过问世事，但是依然心怀故国，鄙视新朝，常发出像杜甫一样“我亦每饭不忘君”的呼声。江万里、陈宜中等人知道他学识渊博便相继向新朝荐举他，他都坚决予以拒绝。他的高洁气节，赢得了时人及后世的推崇。他还曾为自己刻了一枚印章，文曰“三代人物”，以古代高士自许。

邓 剡

邓剡（1232—1303），一名光荐，号中斋，又号中甫，庐陵（今江西吉安）人。临安沦陷后坚持在海南一带抗元，后兵败被俘，宁死不屈。工诗词，词多表达国破家亡的凄苦。存词 13 首，有《中斋词》。

唐多令

雨过水明霞①，潮回岸带沙。叶声寒、飞透窗纱。堪

恨西风吹世换②，更吹我，落天涯。寂寞古豪华③，乌衣日又斜。说兴亡、燕入谁家④？惟有南来无数雁，和明月，宿芦花。

［注释］

①水明霞：彩霞照亮了水面。②西风吹世换：以季节变换暗示朝代的更替。③豪华：用形容词代指金陵，因其是六朝的京城，以豪华著称。④“乌衣”三句：化用刘禹锡《乌衣巷》诗意。诗曰：“朱雀桥边野草花，乌衣巷口夕阳斜。旧时王谢堂前燕，飞入寻常百姓家。”乌衣即乌衣巷。

［词解］

一场大雨过后，天空如洗，傍晚的彩霞照亮了水面。水面上波浪汹涌，不时漫过海滩然后又渐渐退去，岸边留下了一些潮水中携带的泥沙。秋风吹落了树叶，透过窗纱钻进屋内，让人感到秋寒阵阵。不知不觉中，秋风已经将夏天带走，实在是让人怅恨，也将我吹落到天涯。昔日繁华的金陵，现在已经是一片衰败寂寥，夕阳又一次照着乌衣巷。谈论兴亡声中，昔日王谢堂上的燕子飞入了谁家？燕子无情，又改新主，不变的唯有那从南方飞来的一群群大雁，依然每日露宿在明月照耀下的凄清而洁白的芦花丛中。

［词评］

邓氏此词以感情沉郁和风格清奇取胜。上片“寓情于景”。下片“以喻见意”，通过寒叶、西风、乌衣巷、明月、芦花等，表达了他作为作者的主体感受。全词如一幅清丽而寓意深刻的画卷，让欣赏者感到精神上的愉悦和满足。

——《宋词鉴赏辞典》

［词人逸事］

祥兴二年（1279）二月，元将张弘范率领数万精兵，想要将南宋朝廷一举消灭，宋军和元军在新会崖门的海域展开了一场历时二十多天的战争，史称“崖山之战”。当时风雨大作，浓雾弥漫。十万宋军虽然竭力死战，但最终还是战败，战死士卒浮尸遍海上。陆秀夫面对宋军的惨败，意识到时局已经不可逆转，就将自己一生积累下来的宋室书籍，都交给了邓剡，叮嘱他道："我们死后，如果你还侥幸活着，要记住将这些向世人宣传！"邓剡含着热泪接下。陆秀夫又对小皇帝赵昺说："国事至此，无力回天，陛下当为国死。德祐皇帝已受元人侮辱，陛下不可再受辱！"九岁的小皇帝茫然地点了点头，陆秀夫将他背在肩上，投海而死。见此情景，余下的兵将、官吏等人，也都纷纷追随其后，投海自尽。邓剡悲伤难忍，便也紧跟着众人毅然跳入了大海。

文天祥

文天祥（1236—1283），字宋瑞，又字履善，号文山，吉水（今江西吉安）人。官至右丞相，1275年，元兵大举伐宋，临安告急。他在家乡筹集军队抗元，次年奉命前往敌营议和，被拘押后脱逃，转战在赣、浙等地。后来兵败被俘，坚贞不屈，拒绝了元朝的劝降，在大都（今北京）就义。能诗，后期多为表现爱国精神的作品。存词不多，笔触有力，感情强烈，震撼人心。有《文山先生全集》。

酹江月

驿中言别友人

水天空阔，恨东风、不惜世间英物①。蜀鸟吴花残照里②，忍见荒城颓壁。铜雀春情③，金人④秋泪，此恨凭谁雪？堂堂剑气，斗牛空认奇杰。　那信江海余生，南行万里，属⑤扁舟齐发。正为鸥盟⑥留醉眼，细看涛生云灭⑦。睨柱吞嬴(yíng)，回旗走懿(yì)，千古冲冠发⑧。伴人无寐，秦淮应是孤月。

［注释］

①"恨东风"二句：这里是感叹南宋抗元的军事斗争没能得到上天庇佑。英物，英雄杰出的人物。②蜀鸟：指鸣声凄怨的杜鹃，相传它为蜀国的望帝魂魄所化。吴：指金陵（三国时吴都）。③铜雀：台名，曹操建，故址在今河北临漳西南。④金人：汉武帝时铸造的用来捧露盘的仙人，是用铜铸就的故称铜仙或金人。这里指代南宋的文物与宝器全被敌人劫掠一空。⑤属：托付。⑥鸥盟：与海鸥结盟为友，借指抗元的同志。⑦涛生云灭：

比喻时局变化不利于宋朝的险恶情况。⑧“睨柱吞嬴”三句：歌颂蔺相如、诸葛亮抗敌的英勇行为，千载以后还能激发人们对敌寇无比的愤怒。作者借以表示自己坚决不妥协的态度。睨柱吞嬴，是说蔺相如持璧睨柱的豪气压倒了秦王。回旗走懿，诸葛亮死后，司马懿追赶，姜维反旗鸣鼓，司马懿退走。

［词解］

江水连着长天，一派空阔辽远，恨只恨那东风，不肯帮助人间杰出的英雄人物。蜀地的杜鹃鸟在残阳中凄怨地悲啼，金陵那吴宫中的花草在斜阳中显得萧索。怎么能忍心看到都城变得如此荒芜，一片断壁残垣。铜雀台上的春恨之情，铜人秋日的眼泪，这些亡国的耻辱都要靠谁来雪洗？宝剑光芒四射，剑气直冲上了云霄，然而如此豪杰却空被辜负。我将自己的生命交付给一叶扁舟，让它载着我一路南行，历尽了千辛万苦，想不到最后还能够从那凶险的江海上逃生，得以保住了我自己的生命。我强睁着蒙眬醉眼，正是为了和那江中的海鸥结成盟友，在江边细细地观看那波涛起伏，烟云变幻。蔺相如持璧睨柱的壮气压倒了秦王嬴政，诸葛亮死后还用计吓走了司马懿，他们的英雄壮举千载以后还能激发人们对敌寇无比的愤怒。陪伴着我这个夜不能寐的人的，应当是秦淮河上那一轮孤零零的明月。

［词评］

气极雄深，语极苍秀。其人绝世，词亦非他人所能到。

——陈廷焯《云韶集》

［词人逸事］

文天祥在率兵抗击元兵时，寡不敌众，在五坡岭战败被俘，不久被押送到潮州。当时投降元军的汉奸张弘范正在主持潮州事务，他看到文天祥以后，马上笑脸相迎。文天祥对他横眉冷目，并嗤之以鼻。张弘范虽然很尴尬，但还是厚颜无耻地劝说文天祥要识时务，向元军投降。文天祥丝毫不为所动，并且冷冷地看着他，一言不发。张弘范强忍着怒气，假笑说道：“文丞相，只要您能写封信给张世杰将军，劝他不要再抵抗元军，那么我就担保您以后还可以接着做丞相。”“无耻之徒！”文天祥怒斥道。“文丞相，刚者易折呀！”“宁折不弯！”这下子张弘范露出狰狞的面目，抽出利剑相胁。但文天祥神色坦然，径直撞向剑尖。张弘范吓得连连退步，悻悻而去。

酹江月

和友[1]《驿中言别》

乾坤能[2]大，算蛟龙、元不是池中物[3]。风雨牢愁无着处，那更寒蛩(qióng)四壁[4]。横槊(shuò)题诗[5]，登楼作赋[6]，万事空中雪。江流如此，方来还有英杰[7]。　堪笑一叶漂零，重来淮水[8]，正凉风新发。镜里朱颜都变尽，只有丹心难灭。去去龙沙[9]，江山回首，一线青如发[10]。故人应念，杜鹃枝上残月。

[说明]

本词作于1279年8月。文天祥与友人邓剡先后被元军俘虏，两人被一起押往大都（今北京）。途经建康（今南京），邓剡因病暂留天庆观，文天祥继续被解北上。这时邓剡写了一首《酹江月·驿中言别》赠行，文天祥写本篇相和。二词均用苏轼《念奴娇》原韵。

[注释]

①友：指邓剡。②能：这样之意。③“算蛟龙”二句：从《晋书·刘元海载记》“蛟龙得云雨，非复池中物也”句脱化而来。蛟龙，指豪杰之士。池中物，喻蛰居一隅，无远大抱负的人。④那更：兼之。蛩：蟋蟀；一作“虫”。⑤横槊题诗：套用苏轼《赤壁赋》“酾酒临江，横槊赋诗”句。⑥登楼作赋：指王粲在荆州作《登楼赋》。⑦方来还有英杰：比喻事业必有后人完成。⑧重来淮水：宋德祐二年（1276），文天祥出使元营，因痛斥敌帅伯颜，被拘押至镇江，伺机脱逃，在淮水之间和敌骑数次相遇，历尽艰难才得南归。这次，又抵金陵一带，故称“重来淮水”。⑨龙沙：泛指塞外沙漠之地。⑩“一线”句：化用苏轼《澄迈驿通潮阁》“青山一发是中原”诗句。

［词解］

乾坤如此之大，蛟龙原本就不是池中之物。风雨飘摇的局势、被困牢中的窘状都已经让我愁绪满怀，无可排遣，哪里还能再忍受这四壁处不停息的蟋蟀声。当年“横槊题诗、登楼作赋”的壮志雄心都已经落空，抗元大业也已经失败，所有的事情都已经成空，让人悲不自胜。然而抗敌复国的事业就像那奔腾的江流一样永不止息，以后一定会出现英杰，将此大业完成。想我当年乘一叶小舟在淮水间飘零潜行，上次得以南归，这次却又一次被押至这淮水岸边（即金陵一带）。此刻正是秋风乍起，凉意顿生之时。镜子里的容颜都已经改变，只是我这颗忠君爱国的赤血丹心依旧不变。虽然我人正在渐渐北去，心却始终南向，我频频回首，看那青山一发处的中原。我死了以后也会化作杜鹃，魂兮归来，到那时，老朋友应当在月夜中，听我在树枝上声声啼血。

［词评］

文山词，有“风雨如晦，鸡鸣不已”之意，不知者以为变声，其实乃变之正也，故词当合其人之境地以观之。

——刘熙载《艺概》

［词人逸事］

元世祖曾亲自接见文天祥，劝其投降。文天祥见到元世祖坚持不跪。元世祖并没强迫他下跪，而是说：“今后假如你可以改变心意，以效忠宋朝的忠心来对待朕，那朕可以在中书省为你留下一个职位。”文天祥回答道：“我是宋朝的宰相，如今国破家亡，我只求速死，不求苟活。”元世祖又问：“那你有何愿望？”文天祥答到：“唯愿一死足矣！”元世祖极为气恼，无法忍受，就下令杀害文天祥。第二天，文天祥被押到刑场。临刑前，监斩官问：“你还有什么话说？回奏还能够免死。”文天祥呵斥道：“死则死耳，还有何要说？”行刑时，他问监斩官：“哪里是南方？”有人为他指明方向，他便朝南方跪拜：“我的事情已完结，心中没有愧疚！”随后从容就义，年仅四十七岁。

徐君宝妻

徐君宝妻（生卒年不详），南宋末年岳州（今湖南岳阳）人。国破家亡后，被元兵掳至杭州，誓不从敌，投水而死。留下绝命词一首。

满庭芳

汉上①繁华，江南人物，尚余宣政②风流。绿窗朱户，十里烂银钩③。一旦刀兵齐举，旌旗拥、百万貔（pí）貅（xiū）④。长驱入，歌台舞榭，风卷落花愁。　清平三百载，典章文物，扫地俱休。幸此身未北，犹客南州。破鉴徐郎⑤何在？空惆怅、相见无由。从今后，梦魂千里，夜夜岳阳楼。

[说明]

这是一首绝命词，是词人投水自杀前所作。

[注释]

①汉上：泛指江汉流域。②宣政：指宣和（1119—1125）、政和（1111—1118），是宋徽宗的两个年号。③烂银钩：灿烂的银制帘钩。④貔貅：古代传说中的一种凶猛野兽，这里代指凶残的元军。⑤破鉴徐郎：陈将亡时，徐德言与其妻乐昌公主各执破镜一半离散，后凭镜而重获团圆。此处徐郎有双关之意，亦指其夫徐君宝。

[词解]

汉江的繁华景象，江南的风流人物，都还有当年宋徽宗时的余韵风流（指南宋的文明繁荣源于北宋）。千里长街，家家户户都是朱红的大门，绿色的窗纱，银制的帘钩。一旦那些凶残的元军举起兵戈，发兵百万，挥旗南下，长驱直入我宋朝国都（临安）。从此那些歌台舞榭再无欢愉之声，大风吹卷着落花，带来无限哀愁。宋朝三百年的灿烂文化，名胜古物，全都被元军洗劫一空，毁坏殆尽。我被掳走后，幸亏尚还在南州（杭州），没有被掳到北地。我的夫君徐郎（徐君宝）在哪里呢？我们再也不能相见了，这让人怎样的惆怅悲苦又无可奈何。虽然此身不能相见，但是从今以后，我的魂魄，还是会飞过几千里路，回到我们的故乡，在岳阳楼上夜夜相守。

乐昌公主

[词评]

读其“此身未北，犹客南州”与“断魂千里，夜夜岳阳楼”之句，知其有生为南宋人、死为南宋鬼之意。惜但传其词而逸其名姓，至香百年后无从得知此爱国女子之生平也。

——刘永济《唐五代两宋词简析》

[词人逸事]

据说徐君宝妻被掳走后，落到了元兵的一个大帅手里。虽然徐妻一直冷语相向，但那个贪图她美色的大帅还是隐忍着没有发作。一日，他又强逼。徐妻知道自己已经不能自保，先是推托说身体不舒服，容她再过几天。但那大帅哪里还能再等得下去。看到形势已经不能再扭转，她便对那个大帅说，我可以答应你，但是，首先我要先祭奠一下我那死去的夫君，以求得他的原谅，然后才能安心服侍你。那大帅大喜，便应允了，看到徐妻真的设起了灵堂拜祭，便信以为真，以为终于可以得手了。但是没曾想就在他洋洋得意的时候，徐妻已经祭奠完毕，然后纵身投入了庭院中的深池，清白刚烈地死去了。

张　炎

张炎（1248—约1320），字叔夏，号玉田，又号乐笑翁。宋亡前过着贵族公子的优裕生活。宋亡后家产被籍没，落拓浪游，致卖卜为生。终生布衣。论词标举清空，注重句法、炼字、意趣、用事、音律和构思，追求词的形式美。工长短句，以春水词得名，人号曰张春水。有词集《山中白云词》及词学专著《词源》传世。

八声甘州

辛卯岁[①]，沈尧道[②]同余北归，各处杭、越。

逾岁，尧道来问寂寞，语笑数日，又复别去。赋此曲，并寄赵学舟[③]。

记玉关④、踏雪事清游，寒气脆⑤貂裘。傍枯林古道，长河⑥饮马，此意悠悠。短梦依然江表⑦，老泪洒西州⑧。一字无题处，落叶都愁⑨。　　载取白云归去⑩，问谁留楚佩，弄影中洲⑪？折芦花赠远，零落一身秋。向寻常野桥流水，待招来、不是旧沙鸥⑫。空怀感，有斜阳处，却怕登楼。

[说明]

这首词是词人从元都南返后的第二年所作。词中将挚友离别的愁情和怀念故国的伤感渗透在一起，以爽健之笔写悲苦之感，读之令人为之欷歔、感慨万千。

[注释]

①辛卯岁：元世祖至元二十八年（1291）。②沈尧道：名钦，号秋江，曾与张炎同游燕京，并一道由北地返回江南。是时沈尧道在杭州，张炎在越州（今绍兴），为作者词友。③赵学舟：名与仁，字元父，号学舟，为作者词友。④玉关：本指玉门关，此泛指边地风光。⑤脆：使脆裂，意谓燕京边地寒气使人身着貂裘犹不觉暖。岑参《北庭贻宗学士道别》有“容鬓老胡尘，衣裘脆边风”句。⑥长河：指黄河。⑦江表：指江南。⑧西州：在今南京市西，此处借指杭州，即南宋都城临安，寄寓黍离之悲。⑨“一字”二句：暗用唐人红叶题诗之故事。范摅《云溪友议》：“卢渥舍人应举之岁，偶临御沟，见一红叶，命仆搴来。叶上乃有一绝句。……诗云：‘水流何太急，深宫竟日闲。殷勤谢红叶，好去到人间。”这里借题诗红叶代指题诗寄给沈尧道。⑩“载取”句：用陶弘景“山中何所有？岭上多白云”句意。⑪“问谁”二句：用《九歌·湘君》“捐余玦兮江中，遗余佩兮醴浦”及“君不行兮夷犹，蹇谁留兮中洲”句意。⑫沙鸥：喻志同道合的朋友。

[词解]

回想当年我们一同在北方踏雪漫游，那段时光是多么的让人怀念。那时候，天气酷寒，连我们身上所穿的貂皮裘衣都被冻得又硬又脆，几乎被冻裂。我们沿着一条古道一路走来，道路两旁是丛林枯树，走累了就停下来休息，让马儿在黄河边饮水，何等的自在悠然。然而，那段时光匆匆过去，如同是做了一个短短的梦，醒来以后发现自己依然是身在江南。望着你所居住的杭州，我忍不住老泪纵横，愁苦满腹，却一个字也写不出，那飘飞的落叶都为我感到忧愁。你走时带去了悠悠白云，而那个留下玉佩，在中州边徘徊往来的人又是谁呢？我折下一枝芦花，将它送给远方的你，它就如同那个身世飘零，心如寒秋的我。我走到那个原来的野桥流水处，却发现招来的不是昔日的沙鸥（即不见昔日的故友）。我徒然伤感怀念，最害怕在那夕阳斜照的时候，登上高楼（怕不堪忍受更沉重的悲愁）。

［词评］

读《山中白云词》，意度超玄，律吕协洽，不特可写青檀口，亦可被歌管荐清庙。方之古人，当与白石老仙相鼓吹。

——仇远《山中白云词序》

卷五 金·元·明·清词

吴 激

吴激（1090—1142），字彦高，自号东山，建州（今福建建瓯一带）人，金代作家、书画家。初仕于宋，后出使于金，因知名被留，任翰林待制。工诗能文，尤精于词，风格清婉苍凉，被元好问推之为“国朝第一作手”，与蔡松年并称“吴蔡体”。存词十首。

人月圆

宴张侍御家有感

南朝千古伤心事，犹唱后庭花①。旧时王谢，堂前燕子，飞向谁家②？　　恍然一梦，仙肌胜雪，宫髻堆鸦③。江州司马，青衫泪湿，同是天涯④。

［说明］

据说，有一次，宇文虚中与吴激等人在张侍御家饮酒会宴，座中偶然发现一位佐酒的歌妓本是大宋宗室的后代，宋亡之后流落他乡沦为歌妓。坐中诸公皆心生感慨，遂全都作乐章一首。宇文虚中首作《念奴娇》，第二个轮到了吴激，便就作了这首《人月圆》。

［注释］

①“南朝”二句：“南朝”借指被灭亡的北宋。“犹唱后庭花”，化用杜牧“商女不知亡国恨，隔江犹唱后庭花”，发今人伤怀之感。②“旧时”三句：“旧时王谢”化用刘禹锡《乌衣巷》诗中“旧时王谢堂前燕，飞入寻常百姓家”。“王谢”都是南朝有身份、有地位的士族大家。表现对世事变迁的感慨。③宫髻堆鸦：指宫女黑色的鬓发。④江州司马，青衫泪湿，同是天涯：化用白居易《琵琶行》中“同是天涯沦落人，相逢何必曾相识。……座中泣下谁最多，江州司马青衫湿”。借意抒怀，不知亡国之恨的自己和眼前的歌姬同白居易之与琵琶女的境遇相似。

［词解］

词人用了三个典故，全词又都是化用唐人的诗句而来，巧妙地应和了眼前的情事又意境深远：南朝灭亡的伤心往事千百年来还在上演（借指北宋的灭亡），而歌女依然还在唱着那曲致使国亡的《后庭花》。随着朝代的更迭，世事的变迁，昔日那王谢堂前的燕子，如今都飞到哪里去了呢？相逢恍然如一梦，肌肤胜雪，鬓发青青。白居易遇到琵琶女为之泪湿青衫，而我今日也为你（那位佐酒的歌姬）掬一把同情泪，一样都是伤心人沦落在天涯。

［词评］

彦高词集，篇数虽不多，皆精微尽善。虽多用前人诗句，其剪截缀点若天成，真奇作也。先人尝云，诗不宜用前人语。若夫乐章，则剪截古人语亦无害。但要能使用尔。如彦高《人月圆》，半是古人句，其思致含蕴甚远，不露圭角。

——《词林纪事》

［词人逸事］

吴激是前宋朝宰相吴栻之子、书画家米芾的女婿。他满腹才华，工诗能文，书画超绝，尤其擅长乐府。宣和年间他奉命使金，却被金人强行留下，以宋臣的身份留仕于金。吴激虽然被迫仕金，却一直心念大宋，内心十分矛盾和痛苦。

张中孚

张中孚（约1096—1154），字信甫，自号长谷老人。喜读书，精于翰墨，词风悲凉。有《三谷集》。

蓦山溪

山河百二[1]，自古关中好。壮岁喜功名，拥征鞍[2]、貂裘绣帽。时移事改，萍梗落江湖[3]，听楚语，厌蛮歌，往事知多少[4]？　　苍颜白发，故里欣重到。老马[5]省曾行，也频嘶、冷烟残照。终南山色，不改旧时青[6]。长安道，一回来，须信一回老[7]。

［说明］

张中孚出生于官宦世家，曾任知镇戎军兼安抚使，在宋亡之后降金。

一生历事宋金及伪齐刘豫，故为士大夫所不屑，而他自己心中也是十分矛盾，这些感情从这首词中可窥见一二。

[注释]

①山河百二：意谓秦地险固，两万人足以抵挡诸侯百万之兵。②征鞍：远征的车马。③“萍梗”句：像浮萍和桃梗一样漂泊在江湖上。④往事知多少：李煜《虞美人》中有“春花秋月何时了，往事知多少”。⑤老马：作者自比。⑥“终南”句：借用刘禹锡“不改南山色，其余事事新”诗意，感慨人生世道的复杂。⑦“长安”三句：白居易《长安道》中有“君不见，外州客，长安道；一回来，一回老”。

[词解]

关中地势险固，两万人足以抵挡诸侯百万之兵。我少壮时代也曾横刀立马，建功立业，锦帽貂裘。然而，世事变迁，朝代更迭，昔日功成名就之士此刻却像浮萍和桃梗一样漂泊在江湖上，沦落任由他人使。整日听着他乡的语调，看着异族的歌舞，实在感到厌倦，往事实在是不堪回首，有谁知道呢？到了暮年，我满头白发，又一次欣喜地回到了故乡。虽然老马识途，但也为眼前的黯淡萧条景象频频悲鸣。长安已经几度易主，只有那终南山之色依然是青青如昔。

[词评]

以清遒之笔，写慷慨之怀，冷烟残照，老马频嘶，何其情之一往而深也。昔人评诗，有云：“刚健含婀娜。”余于此词亦云。

——况周颐《蕙风词话》

蔡松年

蔡松年（1107—1159），字伯坚，因家乡别墅名为萧闲堂，故号萧闲老人，真定（今河北正定）人。其作品风格清秀隽朗，有文集《明秀集》传世。

大江东去

还都后，诸公见追和赤壁词，用韵者凡六人，亦复重赋。

《离骚》痛饮①，笑人生佳处，能消何物？夷甫当年②成

底事，空想岩岩青壁③。五亩苍烟，一丘寒碧，岁晚忧风雪④。西州扶病⑤，至今悲感前杰。　　我梦卜筑萧闲⑥，觉来岩桂，十里幽香发。块磊⑦胸中冰与炭，一酌春风都灭。胜日神交⑧，悠然得意，遗恨无毫发。古今同致，永和⑨徒记年月。

［说明］

这首词表达了词人对官场的厌倦和对当时现状的不满，以及由此而生发对隐居避世生活的渴望。

［注释］

①《离骚》痛饮：是说人生佳处，但能读《离骚》饮酒，不需他物。②夷甫：王衍字夷甫。据《晋书·王衍传》中载，王衍虽位居宰辅却不论世事，唯雅咏玄虚。③岩岩：高貌。青壁：一作“玉壁”。用麦甫故事。东晋名士王衍，字麦甫，人称“岩岩清峙，壁立千仞”。顾恺之的《麦甫画赞》中记载：王衍才气过人，处事异于常人，崇尚老庄之道，后为石勒所害。死前犹言：“呜呼，吾曹虽不如古人，向若不祖尚浮虚，戮力以匡天下，犹不可至今日。”表现出其对现实的回避。④“五亩苍烟”三句：借描绘岁寒翠竹以自比。⑤西州扶病：引谢安故事。谢安为东晋名臣，文武兼备，有天下之志，淝水大捷后乘胜追击，一度收复河南失地。然终因位高风大招人忌，被迫出镇广陵，不问朝政。太元十年（385），谢安扶病舆入西州，不久病逝。⑥卜筑萧闲：作者在镇阳别墅筑有萧闲堂，故自号为萧闲老人。⑦块磊：垒块，胸中不平的样子。⑧神交：慕名而没见过面的交往。⑨永和：晋穆帝司马聃的年号。

［词解］

人生的得意之事莫过于痛快地喝酒，读《离骚》如能如此，则不需其他。那个东晋的谢安、王导那些人做了什么伟业呢？王衍虽然避世，隐居于五亩烟霞、一丘瑞雪的山水田园之所，却又空想能够成就伟业，晚年依旧是罹遭风雪，不得善终。谢安虽曾一度建下些许功绩，但最终还是被夺权职，病死在西州，至今想来都觉悲壮。我梦想着要避居在镇阳的别墅萧闲堂终日喝酒，不问世间事。到那时候，胸中的那些怨恨与不平，都好似冰火相遇，伴着微风，在饮酒中都化为乌有。那些美好的日子里，与那些平日不相熟的名人相会，是多么悠然自得，再也不见丝毫的怅恨之情。古今都是这样，王羲之又何必在《兰亭集序》中记什么“永和九年，岁在癸丑”呢？

[词评]

此公乐府中最得意者。

——《词林纪事》

赵秉文

赵秉文（1159—1232），字周臣，号闲闲居士，晚号闲闲道人，磁州滏阳（今河北磁县）人，金代学者、书法家。生性好学，诗文书画皆工，其作格调清丽，颇具境界。著述甚丰，有《滏水文集》等传世。

水调歌头

四明有狂客，呼我谪仙人①。俗缘千劫②不尽，回首落红尘。我欲骑鲸归去，只恐神仙官府，嫌我醉时真③。笑拍群仙手，几度梦中身。 倚长松，聊拂石，坐看云。忽然黑霓落手④，醉舞紫毫⑤春。寄语沧浪流水，曾识闲闲居士⑥，好为濯(zhuó)冠巾。却返天台⑦去，华发散麒麟⑧。

[说明]

这首词洋溢着浓厚的浪漫主义色彩，词人处世颇有太白遗风，所以其友人常以神仙或前代才人相誉并有诗文相赠，于是，词人便也作了这首游仙词予以回应。

[注释]

①“四明”二句：唐朝自称四明狂客的贺知章曾称赞李白为“谪仙人”。②千劫：千世。劫为佛教用语，世界经历若干万年毁灭一次，称一劫。③“我欲”三句：“骑鲸人”指李白，传说李白死后骑鲸归去，李白也曾自称“海上骑鲸客”。“神仙官府”缘自唐顾况集《王源诀》：“下界功满方超上界，上界多官府，不如地仙快活。”意思是神仙也不自在，照样要受管束，“嫌我醉时真”就是原因之一，所以倒不如谪去仙籍，反倒自在。④“忽然”句：指写字题诗墨染纸如黑色云霓一般。作者擅长书法，尤工草体，故有此喻。⑤紫毫：笔的一种，用紫黑色的兽毛制成。⑥闲闲居士：作者自号。

⑦天台：山名，在今浙江天台州境内，是仙霞岭的余脉。⑧麒麟：传说中的神兽。

［词解］

像当年贺知章称李白为“谪仙人”一样，友人也称我为“谪仙人”。我历尽千劫依然尘缘未了，就落到了红尘中（做了一个谪仙人）。我原本想骑着大鲸返回仙界，又担心神仙官府中的规矩会约束我，嫌我太过于率真。在梦中我几度和群仙畅谈，言笑晏晏。倚长松，聊拂石，坐看云起云落，乐哉悠哉。不时以紫毫之笔，蘸天上的黑霓作墨，醉酒当书，狂放恣意。告诉那沧浪之水，可识得我闲闲居士，我要用你去洗净那尘世间的肮脏，把清白还给人间，然后我再返回天台，在那里披着头发骑着麒麟遨游于仙界。

［词评］

这首词气势恢宏，想象丰富，时空交错，古往今来，天上人间，浑然一体。作者以“谪仙”自比，充分表达了自己的向往和追求。且运笔自如，语句或流畅或生动，虽处处用典，却又不拘泥于典，借典寓意，极富表现力。在游仙词中也可谓独树一帜了。

——《宋词鉴赏辞典》

邓千江

邓千江（生卒年不详），临兆（今属甘肃）人。金初士子。元人陶宗仪《南村辍耕录》云：“金人大曲，如吴彦高《春草碧》、蔡伯坚《古州慢》、邓千江《望海潮》，可与苏子瞻《百字令》、辛幼安《摸鱼儿》相颉颃。”词作《望海潮》为千古绝唱，沉雄有力，流传甚广。

望海潮

献张六太尉

云雷①天堑，金汤②地险，名藩自古皋兰③。营屯绣错④，山形米聚，喉襟百二秦关⑤。鏖(áo)战血犹殷。见阵云冷落，时有雕盘。静塞楼头晓月，依旧玉弓弯。　看看定远⑥西还。有元戎阃(kǔn)命⑦，上将斋坛⑧。瓯脱⑨昼空，兜零⑩夕举，甘泉⑪

又报平安。吹笛虎牙⑫闲。且宴陪朱履⑬，歌按云鬟。招取英灵，毅魄长绕贺兰山。

[说明]

这首词歌颂了戍边将帅的英雄功绩和以苦为乐的乐观主义精神，风格雄浑有力，气象万千。

[注释]

①云雷：指军队声威之盛。②金汤：金城汤池之省称。③皋兰：兰州的旧称。④绣错：如锦绣之错置。“绣错”出自《战国策·秦策》：“秦韩之地，形相错如绣。”⑤山形米聚：聚米为山，规划军事行动，略如近代的沙盘作业。“米聚”出于《东观汉记》中马援劝光武伐隗嚣，“聚米为山川地势，上曰，虏在吾目中矣”。“百二秦关”语见《史记·高祖本纪》，“秦形胜之国，带山河之险，悬隔千里，持戟百万，秦得百二焉”，是指地势险要，易守难攻之地。⑥定远：班超被封为定远侯。⑦元戎：指军事统帅。阃命：将令。⑧斋坛：将坛。出于《史记》，曰：萧何荐韩信于刘邦，须拜为大将，言：“王必欲拜之，择良日，斋戒，设坛场，具礼，乃可耳。”⑨瓯脱：匈奴语，意为防哨。这里指西夏营垒。⑩兜零：举烽火的器具。⑪甘泉：秦、汉宫名，旧址在陕西淳化甘泉山上。⑫虎牙：喻将士。⑬朱履：指代高级门客。

[词解]

黄河天堑水气如云、水势如雷，金城汤池地形险要，这让兰州自古就是名藩。疆场上的营屯如锦绣错置，山形如米聚成堆，秦关险要，如同咽喉。战后，战场上尸横遍野，血流成河。天空阴云密布，偶有老鹰盘旋其中，欲啖地上死尸的血肉。边塞一片寂静，只有那楼头上的一弯晓月跟往昔一样。

您（张太尉）守边取得显赫功绩，威名远播，立下汗马功劳，如同封了定远侯的班超。传将令，上将坛，您责任重大，帅才如同魏尚、韩信一般，令匈奴不敢进犯，保得边疆一方平安。边疆平安无事，将士们也得以自在悠闲，只见军营中羌笛悠悠，觥筹交错，一派歌舞升平的景象。而此番安宁欢愉景象正是无数将士洒血疆场换回来的，所以要将那些烈士的英灵祭奠，他们的声名将如同那贺兰山一样永存后世，流传百世。

[词评]

金人乐府，称邓千江《望海潮》为第一。

——杨慎《词品》

[词人逸事]

邓千江原来只是一个小人物，名不见经传，后来他写了这首《望海潮》献给张太尉，太尉看后甚喜，大加赞美，并赠他白金百星。但邓千江并未因此而受宠若惊，他觉得自己的词，应该受到更大的赞美和嘉奖，便对太尉的赞美赏赐淡淡谢过，飘然而去，似乎是还不惬意。而这首词的确写得不错，再加上词人的高傲自诩，引得很多人关注，此词得以广泛流传，邓千江也因此一举成名。

> 元好问
>
> 元好问（1190—1257），字裕之，太原秀容（今山西忻县）人。曾于遗山（今山西定襄境内）读书，故自号遗山山人。少聪慧，七岁能诗，十几岁就名震京师。辑有《中州集》《中州乐府》和《王辰杂编》等书，其《论诗》绝句三十首在中国文学批评史上颇有地位。工诗词，诗风雄浑开阔，情辞沉郁悲凉。词则可以代表金词的最高成就。其小令婉约，长调豪放。有《遗山集》。

水调歌头

赋三门津①

黄河九天上，人鬼瞰(kàn)重关。长风怒卷高浪，飞洒日光寒。峻似吕梁②千仞，壮似钱塘③八月，直下洗尘寰。万象入横溃④，依旧一峰闲。　　仰危巢，双鹄(hú)过，杳难攀。人间此险何用，万古秘神奸⑤。不用燃犀下照，未必佽(cì)飞⑥强射，有力障狂澜。唤取骑鲸客，挝(zhuā)鼓过银山⑦。

[注释]

①三门津：指三门峡，黄河中十分险要的地段，河面分人门、鬼门、神门，水湍浪急，仅容一船通过。②吕梁：山名，在今山西离石东北。③钱塘：指钱塘江。每年八月，其江潮汹涌，蔚为壮观，观者甚众。④横溃：

急湍横溢泛滥之状。⑤“万古”句：用《左传》中“神奸”之典。传说夏禹将百物之形铸于鼎上，“使民知神、奸”，进而可辨神仙和奸佞的模样。这里是说三门峡险要有如神鬼控御，神秘而不可测。⑥佽飞：汉武官名，掌握弋射鸟兽。这里取其便利轻疾若飞之意。⑦挝鼓：击鼓。银山：极言其波澜高大。

［词解］

黄河之水似乎是从天上而来，黄河之险让人鬼都要俯瞰而欲过不敢。大风起时，波涛汹涌，怒浪滔天，飘飞的浪花在阳光下闪闪发亮。黄河水所掀起的水浪高过那吕梁山，水浪声势之状可比那八月的钱塘潮，横空之下，一洗尘寰。黄河水浪冲斥万象，但是中流的砥柱山面对滔天巨浪，却依旧气定神闲。砥柱山之高峻，如那危巢，难以攀援。人间有这样的险处有何用呢？原来是为了测辨忠奸。无须“燃犀下照”看水下美景，也不必像佽飞用力拉弓，便可力挽狂澜。呼唤那个骑鲸客，击着鼓飞过银山。

［词评］

舒写胸臆，发挥景物，境皆独得，意自天成。

——叶燮《原诗》

［词人逸事］

有一年，元好问上京赶考，当时他踌躇满志，一心想要求取到功名。途中经过一片靠近芦苇水湖之地，看到一个捕雁的人，手中提着两只大雁。他正好腹中饥饿，想着怎么填饱肚子，便和老者搭讪道：“这大雁可真是肥啊，而且还是两只。”捕雁的老者回答说：“我今天捉到的原本是一只大雁，另外一只好像是它的伴侣，它看到我捉住同伴后，竟然没有逃走，而是叫着投地而死。”元好问听后愣住了，想区区两只大雁竟然如此生死相依，而人间事却那么变化莫测，实在是可悲可叹由此越发觉得那两只大雁可钦可佩啊。于是就买下了那两只雁，将它们埋在了一处，并取名为雁丘。

水龙吟

从商帅国器猎于南阳①，同仲泽②、鼎玉赋此。

少年射虎名豪③，等闲赤羽千夫膳(shàn)④。金铃锦领⑤，平

原千骑，星流电转[6]。路断飞潜[7]，雾随腾沸，长围[8]高卷。看川空谷静，旌旗动色，得意似，平生战。 城月迢迢鼓角，夜如何？军中高宴。江淮草木，中原狐兔，先声自远[9]。盖世韩彭[10]，可能只办，寻常鹰犬[11]。问元戎早晚，鸣鞭径去，解天山箭[12]。

[说明]

这首词是作者元好问与金军著名的大将完颜鼎（字国器）一起射猎终南山时所作，同行者还有王渥（字仲泽）等人。

[注释]

①商帅国器：人名。曾任元帅，镇商州，故称商帅。南阳：疑是南山之误。②仲泽：王渥，字仲泽，金人，工诗善赋，词亦闻名。③名豪：英豪，指商帅。④赤羽千夫膳：赤羽即旗帜。千夫膳即千夫之膳食。两者合起来是指军队人数众多，阵容盛壮。⑤金铃锦领：指车骑之鲜艳。⑥星流电转：形容打猎车骑奔驰得迅速。⑦飞潜：天上的飞禽和水里的游鱼。⑧长围：指打猎合围以困鸟兽。⑨"江淮草木"三句：谢玄等破苻坚于淝水，坚众奔溃，望八公山上草木，风声鹤唳，皆以为晋兵。这里用来形容敌方兵士的胆战心惊。"中原狐兔"，不仅指围猎的对象，更指代中原大地上的那些敌军，他们在和商帅兵戈相见之前，便已闻风丧胆、望风而逃了。⑩韩彭：指韩信和彭越。两人都是西汉初著名武将，辅佐刘邦建国后，皆获罪被杀。⑪鹰犬：指为人所驱使利用。⑫天山箭：唐薛仁贵曾率军战胜九姓突厥于天山，军中有"将军三箭定天山"之称。

薛仁贵三箭定天山

[词解]

商帅是少年射虎的英豪，将统领赤羽千夫视为等闲之事。商帅射猎时，千骑相随，奔腾在广袤的平原上，所乘的每一匹骏马都是头悬金铃，锦绣围脖，纵横驰骋，快如流星闪电。商帅射猎技艺精湛，将天上飞禽和水中游鱼的去路统统阻断（即将它们猎获），马蹄在浓雾中奔腾，声势浩荡，忽而又合围起来将那些鸟兽统统困于中间，最后将它们一网打尽。猎后山谷间一片寂静（鸟兽都被猎获了），只有旌旗飘飞在山间，如同平生所经历的一场胜战。到了夜晚，城台上明月高悬，鼓角声从远方隐隐传来，打猎满载而归的将军正在军中高堂上设宴。回想围猎时的情形，豪气万千。商帅不但在猎场上声威显赫，在战场上的军威更使敌人闻风丧胆。那功劳卓绝的韩信、彭越，也只不过是平常的被人驱使利用的工具罢了。商帅的才略志向，是要效法薛仁贵，三箭定天山，一举荡清边患，这才是真正的英雄。

[词评]

乐府，诗家之大香奁也。遗山所著，清新婉丽，其自视似羞比秦、晁、贺、晏诸人，而直欲追配东坡、稼轩之作，岂是以东坡为第一，而作者之难得也耶。

——李宗淮《遗山乐府》跋

耶律楚材

耶律楚材（1190—1244），字晋卿，契丹族，辽皇族子孙。杰出政治家，精通天文、地理、术数、医卜之学。金末为开州同知。元太宗时，官至中书令。工诗，语皆本色。亦能词，气格高远浑厚，有苏、辛之风。有《湛然居士文集》。词仅存一首。

鹧鸪天

题七真洞

花界[1]倾颓事已迁。浩歌遥望意茫然。江山王气空千劫[2]，桃李春风又一年[3]。　　横翠嶂，架寒烟。野花平碧[4]怨啼鹃。不知何限人间梦，并触沉思到酒边。

[说明]

七真洞即纪念七真的道观，道家以茅盈、许旌等七人为七真。

[注释]

①花界：犹香界，指佛寺。此指道观。②王气：象征帝王运数的瑞气。劫：佛经以大地形成至毁灭为一劫。千劫：极言时间之久。③桃李春风：黄庭坚《寄黄几复》诗：“桃李春风一杯酒，江湖夜雨十年灯。”④平碧：犹平芜。

[词解]

七真道观已经倾塌颓败了，世间的人事已经发生了沧桑巨变。心中激荡着一种郁气便放歌远望，但依然免不了意气萧飒，心绪茫然。江山历经千劫，帝王的瑞气几度消亡，朝代几经变迁，在春风吹来的桃花、李花中又过了一年。远方翠峦叠嶂，烟雾弥漫。原野上长满了野花，杜鹃在悲怨地啼叫。这一切都让人忍不住质问“何限人间梦”，而面对一切的未知，只有到那能解千古忧的酒里寻找答案了。

[词评]

高浑之至，淡而近于穆矣。庶几合苏之清、辛之健而一之。

——况周颐《蕙风词话》

刘秉忠

刘秉忠（1216—1274），字仲晦，初名侃，又名子聪，后更今名，自号藏春散人，邢州（今河北邢台）人。元代政治家、作家。曾入武安山为僧，后游云中。识元世祖（忽必烈）于藩邸。从征云南大理。至元初，拜太保，参领中书省事，每因顾问，常推荐人才。如颁章服，举朝仪，给俸禄，定官制，皆出其手。工诗、词和散曲，著有《藏春散人集》及乐府。

木兰花慢

混一后赋

望乾坤浩荡[1]，曾际会，好风云。想汉鼎初成，唐基始建[2]，生物如春。东风吹遍原野，但无言，红绿自纷纷。花月留连醉客，江山憔悴醒人[3]。　　龙蛇一屈一还伸[4]，未信丧斯文[5]。复上古淳风，先王大典，不贵经纶。天君几时

挥手，倒银河，直下洗嚣尘⑥。鼓舞五华鸑鷟(yuè zhuó)⑦，讴歌一角麒麟。

［说明］

这首词为词人在蒙古灭金以后所作。

［注释］

①乾坤浩荡：天地广大。②“想汉鼎”二句：指元朝建国开基，统一天下。汉鼎，封建时代太庙内放有九鼎。鼎代表宗庙社稷。③醒人：由屈原《渔父》“众人皆醉，而我独醒”脱化而来。④“龙蛇”句：是说国家兴亡如龙蛇有屈有伸。⑤文：指礼乐制度。⑥“倒银河”二句：要倾倒天上银河的水，把世间一切污浊洗干净。⑦鸑鷟：水鸟名，相传为瑞鸟。

［词解］

浩荡乾坤，风云际会。想当年汉鼎唐基，国家一统，就像今日元朝一样，万物都如逢春而新生。东风吹遍了整个原野，即便是不发一语，那些红花绿树也自然会纷纷绽放。醉客流连于花间月下，江山衰亡时出现独醒之人。国家的兴亡更迭犹如龙蛇之有屈有伸，最是自然不过，古人留下的礼乐制度却不会丧失。作为一个新朝，一定要复现上古的淳风，按照先王留下的法典，任用那些满腹经纶之士。倾倒天上银河，洗净人间一切污浊。瑞鸟、祥兽都已经出现，全民都为之欢喜鼓舞，讴歌赞扬，盛世即将来临。

［词评］

雄廓而不失之伧楚，酝藉而不流于侧媚。

——半塘老人跋《藏春乐府》

［词人逸事］

起初刘秉忠不过是名刀笔小吏，但却不甘就此沉沦，遂弃职去武安山出家做和尚，法号为“子聪”。公元 1247 年，也就是他 30 岁那年，机缘巧合，在游历云中一带时遇见忽必烈，并被忽必烈招为幕府，后而深得器重。他们曾经在一起讨论“马上得天下，不可以马上治之”等治国道理。忽必烈很喜欢让有学问的汉臣给他讲述历史典故，刘秉忠就经常给他讲唐太宗等明君治国的故事。后来，蒙古军灭了金国和南宋，统一中国，刘秉忠被任命主持元大都的兴建工作，并且建议以大元作为国号。

张 野

张野（生卒年不详），字野夫，号古山，邯郸（今属河北）人。官翰林学士。工词，风格隽秀雄健。有《古山乐府》传世。

水龙吟

酹辛稼轩墓在分水岭[①]下

岭头一片青山，可能埋得凌云气[②]。遐(xiá)方异域，当年滴尽，英雄清泪[③]。星斗撑肠，云烟盈纸，纵横游戏[④]。漫人间留得，阳春白雪[⑤]，千载下，无人继。　不见戟(jǐ)门华第[⑥]。见萧萧竹枯松悴。问谁料理，带湖[⑦]烟景、瓢泉[⑧]风味。万里中原，不堪回首，人生如寄。且临风高唱，逍遥旧曲，为先生酹(lèi)。

［说明］

辛弃疾的墓位于江西铅山县南分水岭下。词人对这位爱国政治家和著名词人十分崇敬，作为一个生活在元朝奉行民族歧视政策的高压统治下的汉族士大夫，他将辛弃疾视作自己黄泉下的异代知音，以无限深情之笔作了这首吊唁之词。

［注释］

①分水岭：在江西铅山南一公里许，为辛弃疾墓所在地。②凌云气：用来称赞辛弃疾文辞之美。③“遐方异域”三句：是说辛弃疾带兵渡淮归南宋后，其抵抗金兵、收复中原的大志受到主和派的阻挠，不能实现。④“星斗撑肠”三句：赞扬辛词笔力纵横，挥毫满纸。⑤阳春白雪：古代楚国的歌曲名。此处用以比喻辛词的高深。⑥戟门华第：写辛弃疾当时府第的气派。⑦带湖：在江西灵山下，为辛弃疾曾居之地。⑧瓢泉：在江西铅山，辛弃疾名之。

［词解］

在一片郁郁葱葱的山岭下面，埋的应是一股凌云之气。想当年，辛弃疾带兵渡淮归南宋后，其抵抗金兵、收复中原的大志却受到主和派的阻挠，不能实现，让英雄无用武之地，徒流尽悲愤慷慨的泪水。作为一个大词人，他才华出众，笔走龙蛇，给人间留下阳春白雪一样的佳作。千载而下，再也没有人能够比得上他。时过境迁，当年辛弃疾戟门华第的居住处，如今只有萧萧的枯竹在风中瑟瑟而立。昔人已去，那带湖上的烟波景色，瓢泉处的万种风情，还有谁来料理呢？中原万里，早已物是人非，几度易主，不堪回首了。人生飘忽，就如同是寄居在天地间的过客。暂且高歌一首旧日的乐曲，临风洒酒，祭奠英雄的在天之灵。

萨都剌

萨都剌（1308—约 1348），亦作萨都拉，字天锡，号直斋，元代诗人、画家、书法家。个性耿直，因弹劾权贵，故被左迁。性喜山水，尝登安庆司空山太白台，结庐其下，悠游以终余年。诗词皆工，题材颇广。诗风清丽俊逸，也有豪迈奔放之作，词属豪放派。留有《严陵钓台图》和《梅雀》等画。著有《雁门集》三卷，集外诗一卷，有《天锡词》传世。

百字令

登石头城①

石头城上，望天低吴楚②，眼空无物。指点六朝形胜地，惟有青山如壁。蔽日旌旗，连云樯橹(qiáng lǔ)③，白骨纷如雪。一江南北，消磨多少豪杰！

寂寞避暑离宫④，东风辇(niǎn)路⑤，芳草年年发。落日无人松径冷，鬼火高低明灭。歌舞尊前，繁华镜里，暗换青青发。伤心千古，秦淮一片明月。

［说明］

这首词雄浑悲壮，借古抒怀，是萨都剌任职金陵时所写，堪称历代金陵诗词中的佳作。

［注释］

①石头城：金陵城。故址在今南京清凉山，昔为六朝都城。②吴楚：指今江苏、浙江一带地区。③樯橹：指船舰。④离宫：行宫，古代帝王出巡时驻跸之所。⑤辇路：古代宫中皇帝行车的道路。

［词解］

站在这金陵城上，天空似乎也变得很低，临空俯瞰，吴楚之地一片浩渺，如若无物。回溯当年六朝盛事，一切都不见了，只有青山依然屹立。想当年，朝代更迭时，这里发生过多少战争。多少次，这里旌旗蔽日，船舰连天，兵戈相交，惨死多少将士，白骨累累如雪。大江南北，多少英雄豪杰在此丧命。六朝灭亡以后，昔日繁华都已不在，那用来避暑的离宫再无人声，倾颓废置。昔日辇车往来的路上人迹罕至，只有路边的芳草，在春风吹来时年年转绿。落日下，松树边的小径清幽冷寂，全无人踪，只有鬼火上下飞舞忽明忽暗。虽然有樽前美酒，丽人歌舞，生活优裕，但窥镜自照，却发现青发暗换，岁暮将老。抚今追昔，惹人伤心千古。此时，唯有一轮明月，高高地照在秦淮河上。

［词评］

此词全用苏轼赤壁怀古词《念奴娇》原韵，千载之下，和苏词者极众但能如此者寥寥。此词虽和韵却不受束缚，反而因难见巧，思笔俱畅，论古道今，纵横驰骋，千载兴亡，历朝往事，驱策于腕下；眼前景物，胸中慨叹，交汇于笔端。深沉豪迈，凄凉悲慨兼而有之，味之令人动情，读之叹为观止。

——王步高《金元明清词鉴赏辞典》

杨　慎

杨慎（1488—1559），字用修，号升庵，新都（今属四川）人，杨廷和之子，明代三大才子之一。其诗虽不专主盛唐，仍有拟古倾向。又能文、词及散曲。其词好入六朝丽字，似近而远，然其妙处亦能过人。后人辑有《升庵集》。

临江仙

《廿一史弹词》[1]第三段说秦汉开场词

滚滚长江东逝水，浪花淘尽英雄[2]。是非成败转头空。青山依旧在，几度夕阳红。　　白发渔樵[3]江渚（zhǔ）[4]上，惯看秋月春风。一壶浊酒喜相逢。古今多少事，都付笑谈中。

[说明]

这是词是杨慎晚年所写，本名为《历代史略十段锦词话》，此为第三段的开场词，后来清初的毛宗岗批点《三国演义》时，将这首词移至《三国演义》卷首。

[注释]

①《廿一史弹词》：长篇弹词，杨慎作。以正史所记的事迹为题材，用浅近的文言写成。唱文均十字句，后再系以诗或曲。②“滚滚”二句：用杜甫诗“不尽长江滚滚来”与苏轼《念奴娇》词“大江东去，浪淘尽，千古风流人物”句意。③渔樵：渔父樵夫。④渚：水中的小块陆地。

[词解]

滚滚长江向东流去，从不休止，许多英雄人物也都跟着这东去的流水消逝于历史的长河之中。是非与成败，瞬息万变，转眼之间，一切都是枉然。不变的只有那巍巍的青山，依旧屹立，夕阳几度落下又重新升起。银发的渔父、樵夫生活在江渚之上，任他是非成败也不在意，只着意于秋月春风，悠然自得。与友人欣喜相逢，共同饮下一壶浊酒，把酒言欢，纵论古今。古往今来发生的多少故事，都在谈笑之中一一而过。

[词人逸事]

在明世宗嘉靖帝的“议大礼”事件中，杨慎展露峥嵘，表现出了不屈的精神和过人的胆识。当时嘉靖帝即位仅六天，就提出要为他的生身父母上“皇帝”“皇太后”的尊号。根据当时的宗法，这是绝对不可以的，故遭诸多大臣强烈反对。杨慎两次上疏议大礼，并且“跪门哭谏”，还在宫门外的金水桥边对百官疾呼：“国家养士一百三十年，仗节死义，正在今日。”嘉靖帝大怒，接连两次对他施以“廷杖”，把他打得死去活来，但他苏醒之后依然哭叫着进谏。后来，他被贬谪到云南，但他仍旧坚持自己的主张，

青山依旧在，几度夕阳红

丝毫不肯屈服，朝廷始终也没有赦免他。最后他含恨死在云南。

吴伟业

吴伟业（1609—1671），字骏公，号梅村，又号大云居士，太仓（今属江苏）人。因曾屈节事清，每悔恨于心，遗言死后墓碑书“诗人”，不道政绩。吴伟业博学多才，诗、文、词、曲无所不能。少时所为诗词，风华绮丽，后经丧乱，遂多悲凉之音，后人称之为“梅村体”。有《梅村集》传世。

沁园春

观潮

八月奔涛，千尺崔嵬(cuī wéi)①，砉(huá)然②欲惊。似灵妃③顾笑，神鱼④进舞；冯夷⑤击鼓，白马来迎。伍相鸱(chī)夷⑥，钱王羽箭，怒气强于十万兵。峥嵘甚，讶雪山中断，银汉西倾。　孤舟铁笛⑦风清，待万里乘槎(chá)问客星。叹鲸鲵(ní)⑧未剪，戈船⑨满岸；蟾蜍(chán chú)⑩正吐，歌管倾城。狎(xiá)浪儿童，横江士女，笑指渔翁一叶轻。谁知道，是观潮枚叟⑪，论水庄生⑫。

[说明]

这是词人观看阴历八月十八日钱塘江大潮时所作。

观潮

[注释]

①崔嵬：山高峻的样子。②砉然：形容迅速动作的声音。③灵妃：水中仙子。④神鱼：当指鲛人。传说它会织绸子，眼泪滴下来都能变成珍珠。⑤冯夷：古代传说中的江河之神。⑥伍相：指伍子胥。鸱夷：是一种革囊。⑦铁笛：多指隐者或道士所用乐器。⑧鲸鲵：能吞

食小鱼之大鱼，古以喻凶恶之人。此指清征服者。⑨戈船：战船。⑩蟾蜍：癞蛤蟆，亦代指月亮。⑪观潮枚叟：汉枚乘作《七发》，其中写江潮一篇最有名。⑫论水庄生：庄子有《秋水》篇。

[词解]

八月钱塘江潮涨时，波涛澎湃，卷起的波浪可达千尺之高，发出的声音让人听了几乎要惊倒。景象如此壮观，似乎是那水中的仙子在回眸而笑，神鱼在起舞，冯夷在击鼓，白马前来相迎。伍子胥的鸱夷，钱王的羽箭，他们的十万精兵也比不上这钱塘潮的声势之盛。那气象是多么的峥嵘，雪山都被它冲断，天上的银河也为之向西倾斜。在风清之夜，乘着一叶孤舟，吹奏铁笛，直上万里银河，前去寻访那牛郎织女星。只可叹鲸鲵还没有被擒获，满岸都是战船（故不能归去）。月亮正在慢慢地出来，满城都是弦歌箫管之声。那在浪涛中嬉戏的儿童，横江而立的仕女，都指着江中渔翁的一叶小舟发笑。他们哪里知道，那船上的人是观潮的枚乘，他正在和庄子一同谈论这“秋水”。

[词评]

吴伟业诗余二卷，韵协宫商，感均顽艳，允足接迹屯田，嗣音淮海。王士祯诗称“白发填词吴祭酒”，亦非虚美。

——《四库全书总目提要》

[词人逸事]

吴伟业是一个风流才子，曾和秦淮河上的名妓卞赛相遇，并对她一见倾心。据说当年他在为兄长吴继盛送别时，宴席之间见到卞赛，顿时为之失魂落魄，连写给兄长的送别词也都变成了自己思慕佳人的心曲。卞赛听了以后，自然一下子就明白了吴伟业的心思。卞赛平日里见惯了达官贵人，都不把他们放在眼里，却对风流儒雅、才华出众的吴伟业颇有好感。当时她一改昔日的矜持，悄悄走到吴伟业的身边，轻声向意中人问道：“亦有意乎？”但面对卞赛大胆的表白，吴伟业却不知如何应答。后来迫于各种世俗压力，吴伟业和卞赛有缘无分，最后还是没能在一起。

陈维崧

陈维崧（1625—1682），字其年，号迦陵，江南宜兴（今属江苏）人。他少负才名，性豪迈，明末为诸生，入清周游四方，多次参加科举考试都不中。康熙十八年（1679）召试鸿词科，由诸生授检讨，纂修《明史》。以词冠绝一时，为阳羡派领袖。青壮年适逢明清易代，颠沛流离，词风一变而为悲壮苍凉。尝与朱彝尊合刊所作曰《朱陈村词》。有《湖海楼诗文词全集》传世。

南乡子

邢州①道上作

秋色冷并刀②，一派酸风卷怒涛。并马三河③年少客，粗豪，皂栎林中醉射雕④。　残酒忆荆高⑤，燕赵悲歌事未消。忆昨车声寒易水⑥，今朝，慷慨还过豫让桥⑦。

［说明］

这首词是词人在羁旅行役途中，面对历史遗迹感叹而作的一首怀古词，词中引用荆轲、高渐离事，委婉地表达了词人反清复明的愿望。

［注释］

①邢州：今河北邢台。②并刀：古代并州在今山西太原一带，以产锋利的刀而闻名。③三河：汉代的河内、河南、河东三郡称为三河，即今河南洛阳及黄河南北一带。④“皂栎”句：化用杜甫《壮游》“呼鹰皂栎林，逐兽云雪岗”诗意。栎，落叶乔木。⑤荆高：指荆轲和高渐离，两人都是战国时期的刺客。⑥易水：在河北易县。燕太子丹曾饯荆轲于易水之上。为歌曰：“风萧萧兮易水寒，壮士一去兮不复还。”⑦豫让桥：在今河北邢台县翟村。《史记》载，豫让是春秋末战国初的刺客，本为晋智伯家臣。后赵襄子灭智伯，豫让欲为智伯复仇，漆身吞炭，变易容貌，谋刺赵襄子。一日赵出行，豫让伏桥下，赵到桥上时，坐马受惊，豫让为其所擒，后伏剑自杀。

［词解］

秋色冷如锋利的并刀，酸冷的秋风骤起，在江海上卷起汹涌的波涛。纵马奔驰在三河的那个少年，在皂栎林中乘醉射大雕，很是粗犷英豪。淋漓畅饮，酒已残，兴致乍起，追忆起了当年的荆轲和高渐离，一直到今天，当年的悲歌燕赵恨事还没有停止（明朝的亡国之恨）。回忆起当年易水送别，虽然那个易水壮士一去未能复返，但是，今天的我依然会义无反顾地渡过那豫让桥。

［词评］

读先生之词，以为苏、辛可，以为周、秦可，以为温、韦可，以为左、国、史、汉、唐、宋诸家之文亦可。盖既具什佰众人之才，而又笃志好古，取裁非一体，造就非一诣，豪情艳�趁，触绪纷起，而要皆含咀酝酿而后出，以故履其阈，赏心洞目，接应不暇；探其奥，乃不觉晦明风雨之真移我情；噫其至矣！

——蒋景祁《陈检讨词钞序》

［词人逸事］

陈维崧和江南名伶徐紫云有过一段脍炙人口、生死相牵的缠绵情事。据说陈维崧对徐紫云一见倾心，当时正是梅花盛开的时节，两人便时常在那梅花的暗香疏影之间流连约会。徐紫云为其歌唱，陈维崧也为他写下了不少佳作。其中一部分是爱到发痴的臆语。此外，陈维崧还请来名画家给徐紫云画肖像，然后在画上题诗词，并邀请其他文士名流一起题诗赏画。陈维崧家原本就有妻妾子女，后来陈紫云也娶妻成家，但二人依然往来亲密。陈紫云病逝后，陈维崧为他写了大量的深情怀念之作。

醉落魄

咏　鹰

寒山几堵①，风低削碎中原路②。秋空一碧无今古。醉袒(tǎn)貂裘，略记寻呼③处。　　男儿身手和谁赌？老来猛气还轩举④。人间多少闲狐兔⑤，月黑沙黄⑥，此际偏思汝⑦。

［注释］

①堵：座。②削碎中原路：形容鹰这种猛禽的飞翔不同于凡鸟。③寻呼：指呼鹰寻猎。④轩举：高昂飞扬。⑤狐兔：被猎之物。⑥月黑沙黄：

高山出猎

描写狐兔出来活动的夜晚。古人认为此时最宜出猎。⑦汝：指鹰。

[词解]

寒山能有几座呢？在萧瑟的寒山中，苍鹰在盘旋低飞，迅疾的声势似乎要把那道路都给削平。秋日的天空一碧如洗，古今皆同。醉后袒着貂裘，敞开胸膛，依稀还记得以往呼鹰寻猎的地方。

我这个男子汉大丈夫有一副好身手，谁能来和我较量呢？虽然我年岁已老，壮志豪情依然高昂，锐气不减，堪和他人较量。人间有很多狐狸野兔，月黑沙黄之际，最易出猎，这个时候我最需要你（苍鹰）来做我的助手。

[词评]

声色俱厉，较杜陵“安得尔辈开其群，驱出六合枭鸾分”，可谓一语中的。

——陈廷焯《白雨斋词话》

[词人逸事]

陈维崧少时才思敏捷，词采飞扬，吴伟业称他为“江左凤凰”。明亡（1644）时，陈维崧仅二十岁。入清后虽补为诸生，但长期未曾得到官职，游食四方，身世飘零，接触社会范围较广。所以文章气势如虹，如滔滔江水，奔流不息。

朱彝尊

朱彝尊（1629—1709），字锡鬯，号竹垞，嘉兴（今浙江嘉兴）人，清代诗人、词人、学者。通经史，能诗词古文。其词作风格醇雅清丽，为浙西词派的创始者。与山东桓台县人王士禛同为文坛领袖，合称为“南朱北王”。其词多写琐事、宴游，咏物词居多。有《日下旧闻》《曝书亭集》等，另有《明诗综》《词综》等。

卖花声

雨花台[1]

衰柳白门[2]湾，潮打城还[3]。小长干接大长干[4]。歌板酒旗[5]零落尽，剩有渔竿。秋草六朝寒，花雨空坛。更无人处一凭栏。燕子斜阳来又去，如此江山！

[注释]

①雨花台：在江苏南京，古为扼要之地，今为名胜之地。相传梁武帝时，有法师讲经于此，感天雨花，故名。②白门：指金陵城，即今南京。③潮打城还：化用刘禹锡“山围故国周遭在，潮打空城寂寞回”诗意。④小长干、大长干：南京旧地名。所谓大、小长干，谓地之长与短也。⑤歌板：歌唱时用来打节拍的竹板。酒旗：酒帘，以布缀竿，悬于门首，做招徕酒客之用，此外，酒旗的升降还是店家有酒无酒，营业与否的标志。

[词解]

金陵城旁的杨柳已经衰残，潮水在寂寞地拍打着城墙，然后又慢慢退下。一眼望去，大长干连接着小长干。昔日歌唱时打拍子的竹板和那酒楼前飘飞的酒旗都已经不见了，剩下就只有我手中的这支渔竿了。秋日衰草幽寒，雨水冲击着空空的花坛。我独自一人登高凭栏。斜阳中燕子飞来又飞去，昔日王谢都已不见，江山几度易主，朝代几经更换。

[词评]

声可裂竹。

——谭献《箧中词》

[词人逸事]

朱彝尊曾与某道士相交甚好，道士的道观中有两株枇杷树，每年枇杷成熟的时候，道士都会送来一些给朱彝尊。而这些枇杷又都无核，朱问道士其中的原因。道士便谎称此为仙种，朱彝尊不信。这名道士素来嗜吃，尤喜蒸猪脚。有一天，朱彝尊把道士请到家里，叫仆人拿一只猪脚去蒸。不一会儿，蒸猪脚就做好端上来了，味道极佳，道士大喜，边吃边问朱彝尊快速蒸猪脚之法。朱彝尊说：“不错，这其中的确有些小术，但我想用来换你的枇杷仙种。”道士马上说：“其实没什么特别，就是在枇杷树刚开花时，将花心中的一根须摘去便可。”朱彝尊便说道：“其实我的蒸猪脚，是昨夜就做好的。”

屈大均

屈大均（1630—1696），字翁山，又字介子，番禺（今属广东）人，明末清初著名学者、诗人。少年为诸生，明亡后曾参加抗清活动，兵败为僧，中年还俗。一生坎坷，遍历天南海北，目睹易代之变，所作悲凉慷慨，寄托遥深。工诗，尤长于描写山林边塞景物。后人辑有《翁山诗外》《翁山文外》《翁山易外》《广东新语》及《四朝成仁录》等。

长亭怨

与李天生冬夜宿雁门关作

记烧烛、雁门高处。积雪封城，冻云迷路。添尽香煤①，紫貂相拥夜深语。苦寒如许。难和尔、凄凉句。一片望乡愁，饮不醉、垆（lú）头驼乳②。　无处，问长城旧主，但见武灵遗墓。沙飞似箭，乱穿向、草中狐兔。那能使、口北关南③，更重作、并州④门户。且莫吊沙场，收拾秦弓⑤归去。

［注释］

①香煤：本为古代妇女画眉用品，此借指烤火用的煤炭。②垆：置酒的土台、土墩子。驼乳：驼奶酒。③口北关南：指张家口以北、雁门关以南的地区。④并州：古九州之一。大约包括现在的山西大部和内蒙古、河北等部分地区。此处泛指内地。⑤秦弓：秦地南山产檀柘，是制作弓干的上等材料，故秦以出产良弓著名。这里是表明作者希望明君再世，收复故土的决心。

［词解］

还记得，当初你我于冬日在雁门关中夜宿。那时候，大雪飞舞，厚厚的积雪将全城都给封住，天上是厚厚的阴云，让人辨不清方面，使人迷路。在火炉中添上满满的煤炭，你我穿着貂皮大衣围着火炉在深夜里谈话。环境已经如此艰苦，你又作了那样凄凉哀伤的词句，实在是让我难以相和。远望故乡，满怀愁绪，苦闷地饮着驼奶酒，想要以醉解忧，却又偏偏久喝不醉。长城故主已经无处可寻，所见的只有击破戎狄的赵武灵王的坟墓。沙石飞走，如同乱箭一样射向了草丛中的狐狸和野兔。如何能让这口北关南之地重新成为故土边防的门户呢？暂且不要空自哀吊沙场，拿起秦弓再次出征，将故土收复。

[词评]

纵横排荡，稼轩神髓。

——叶恭绰《广箧中词》

[词人逸事]

屈大均自幼家境贫苦，但其父亲教育严格，使他得到了良好的教育和熏陶。父亲屈宜遇曾致力于科举，无奈多次不中，只好改习医术，在乡间行医。其父酷爱读书，常将所有的钱都花在购书上。他常对屈大均说“家可无田，但不可无书”，他将全部希望寄托在屈大均身上，对他监督很严，让他“日诵数千言”。屈大均天分颇高，又聪敏好学，每天夜里在母亲织布机前的油灯下苦读。每夜能诵记 30 页，次日清晨由父亲检查背诵，全都一字不差。父亲还经常教导他做人要有气节，要懂得洁身自好。在父亲的指导下，屈大均的才识和人品俱佳，名扬乡里。

纳兰性德

纳兰性德（1655—1685），原名成德，字容若，号楞伽山人，满洲正黄旗人，清代著名词人。康熙进士，官一等侍卫。善骑射，广交友，好读书，作词主情致，工小令。风格清新婉丽，抒性真挚，自然生动，不事雕饰，颇多感伤情调。著有《通志堂集》，附词四卷，名《侧帽》。后经顾贞观增补为《饮水词》，后人又汇集成《纳兰词》。现存词 348 首。

金缕曲

赠梁汾[1]

德也狂生耳[2]！偶然间、缁(zī)尘京国[3]，乌衣门第[4]。有酒惟浇赵州土，谁会成生此意[5]？不信道、遂成知己。青

眼高歌俱未老⑥，向尊前、拭尽英雄泪。君不见，月如水。　　共君此夜须沈醉。且由他、蛾眉谣诼(zhuó)⑦，古今同忌。身世悠悠何足问，冷笑置之而已！寻思起、从头翻悔。一日心期千劫在，后身缘⑧、恐结他生里。然诺重⑨，君须记！

［说明］

这首词作于清康熙十五年（1676），当时词人与顾贞观刚刚相识即一见如故，情意相投，于是便作此词以赠之。

［注释］

①梁汾：顾贞观，号梁汾。纳兰性德与其友谊最笃。②"德也"句：作者自谓。③缁尘京国：谓在京城奔走供职，衣裳为风尘染黑。④乌衣门第：谓生在贵族之家。作者之父明珠，官大学士，相国。⑤"有酒"句：用李贺《浩歌》"买丝绣作平原君，有酒惟浇赵州土"句，表示愿学战国时赵国平原君，虚己下士，广结宾客。浇，浇酒祭祀。赵州土，平原君墓土。成生：作者自指。其原名成德，故有此谓。⑥"青眼"句：翻用杜甫诗"青眼高歌望吾子，眼中之人吾老矣"句意。青眼，尊重之眼光。阮籍能为青白眼，"嵇康赍酒挟琴造之，籍大悦，乃见青眼"（《世说新语》）。词人和顾贞观当时都尚年轻，故云"俱未老"。⑦蛾眉谣诼：谓美女遭人妒忌。顾贞观曾遭人诬构排挤，罢职归家。⑧后身缘：身后因缘。佛家讲究因缘说。⑨然诺重：重然诺，守信用。答允了的话，就不再食言。

忆往昔快意事

［词解］

我自己原本也是个狂生！不过是偶然的机遇，生于贵族之家，奔走供职于京城。我愿意学战国时代那个虚己下士、广结宾客的平原君，只是，谁懂得我的这番心意呢？不曾想，竟然有幸和你相遇，并且成了平生知己。你和我都还年轻，在桌旁举杯相谈，同醉杯中美酒，共洒英雄泪。此时窗外，月华如水。酒逢知己，又有此良宵，今夜我一定要和君喝个痛快，不醉不归。不要管那些奸佞小人的诬陷排挤，古往今来，佳人贤才总是容易遭人妒忌。生命中那些伤心不平事不值得放在心上，将它们一笑置之就可以了。回想起来，要从头开始参悟。一天的约定历经千劫依然存在，怕只怕身后的因缘结在来生里。我们彼此的承诺，这些君都要牢记！

[词评]

词旨嵚崎磊落，不啻坡老、稼轩，都下竞相传写。

——徐釚《词苑丛谈》

[词人逸事]

纳兰性德家世显赫，他的父亲纳兰明珠迎娶努尔哈赤的孙女为妻，并生下一子，就是纳兰容若。他少即显露过人才华，被称为清朝第一才子。纳兰性德的一生虽然富裕，但过得并不快乐，少年时代他与表妹感情深厚，后来表妹却被征入宫，成为康熙帝的爱妃。后来他娶妻卢氏，当两人感情日渐甜蜜之时，卢氏又早逝，对他打击颇大。

图书在版编目(CIP)数据

图解豪放词/苏轼等著,崇贤书院释译.—合肥:黄山书社,2015.11

(经典传家系列丛书)

ISBN 978-7-5461-5319-3

Ⅰ.①图… Ⅱ.①苏… ②崇… Ⅲ.①豪放派-词(文学)-作品集-中国-古代
Ⅳ.①I222.82

中国版本图书馆 CIP 数据核字(2015)第 286435 号

出 品 人　任耕耘
总 策 划　任耕耘　李　克
选题策划　汤吟菲　白剑峰
项目统筹　刘　春
责任编辑　程　景
装帧设计　未　氓
责任印制　戚　帅
出版发行　时代出版传媒股份有限公司(http://www.press-mart.com)
　　　　　黄山书社(http://www.hspress.cn)
地址邮编　合肥市政务文化新区翡翠路 1118 号出版传媒广场 7 层　230071
印　　刷　安徽新华印刷股份有限公司
版　　次　2016 年 3 月第 1 版
印　　次　2016 年 3 月第 1 次印刷
开　　本　700mm×1000mm　1/16
字　　数　270 千
印　　张　17.25
书　　号　ISBN 978-7-5461-5319-3
定　　价　24.00 元

服务热线　0551-63533706

销售热线　0551-63533761

官方直营书店(http://hsssbook.taobao.com)